TerreSombres

Une collection dirigée par Laure Buisson

Gwenaële Robert, *Le Dernier des écrivains*
Christian Authier, *L'Ouverture des hostilités*
Alexis Brocas, *Il n'y a jamais de meurtre en l'île*
Joseph Macé-Scaron, *La Falaise aux suicidés*
Nicolas Chaudun, *Mortel bouquet*
Alain Gardinier, *Vengeance au fronton*
Laurence Haloche, *L'Ombre du temps*
Jean-Michel Delacomptée, *Fermez le ban*
Joseph Macé-Scaron, *La Reine jaune*

LA REINE JAUNE

DU MÊME AUTEUR

Romans

Trébizonde avant l'oubli, Robert Laffont, 1990
Le Cavalier de minuit, Julliard, 1998, prix du Livre d'aventure
Ticket d'entrée, Grasset, 2011
La Surprise du chef, Éditions de l'Observatoire, 2021
La Falaise aux suicidés, Les Presses de la Cité, 2022

Essais

La Galaxie Barre (avec Michel Chamard), La Table ronde, 1988
Les Politocrates (avec François Bazin), Seuil, 1993, prix du Livre politique
La Tentation communautaire, Plon, 2001
Montaigne, notre nouveau philosophe, Plon, 2002, prix de la Maçonnerie française 2003 dans la catégorie « humanisme » et prix Charles-Oulmont de la Fondation de France
L'Homme libéré, Plon, 2004
Le Mississippi, Belem, 2007
La Panique identitaire, Grasset, 2014
L'Horreur religieuse : quand les religions nous détruisent, Plon, 2016
Éloge du libéralisme, Éditions de l'Observatoire, 2020
Rendre vie à la mort, Éditions de l'Observatoire, 2020

Joseph Macé-Scaron

LA REINE JAUNE

Roman

Les Presses de la Cité TerreSombres

92, avenue de France – 75013 Paris
ISBN 978-2-258-20685-4
Dépôt légal : mars 2024

À Christophe

« Vous devriez vous démasquer, monsieur.
— Vraiment ?
— Mais bien sûr, il est temps.
Nous avons tous abandonné notre déguisement, sauf vous.
— Je ne porte pas de masque.
— Pas de masque ? Pas de masque ! »
C'est alors que naît l'Épouvante. C'est ainsi que viennent,
du fond des âges et des espaces, les épouvantements.

Robert William Chambers,
Le Roi de jaune vêtu

Prologue

« Extirper le Mal à la racine… »

La rage aux lèvres, Jean des Issambres froissa entre ses mains osseuses la lettre de dénonciation qu'il avait dû parcourir une bonne dizaine de fois.

Des manants avaient osé quitter leur village pour se réfugier sur la montagne qui surplombait la petite cité de Roquebrune. Voulaient-ils échapper à la dîme ? Sûrement pas. Ceux de ses conseillers qui s'inquiétaient des effets de la disette étaient des bouffons. Ce n'était jamais la faim qui agitait le peuple, mais le sentiment que les maîtres ne tenaient pas leur rang.

Le comte demeurait persuadé que cette soudaine migration était l'œuvre de groupes d'hérétiques qui s'infiltraient dans la région en abusant de la grande faiblesse du royaume de France. Car si l'ordre régnait du massif des Maures jusqu'à la côte, à la cour s'étiolait François II, un enfant-roi incapable de tenir une rapière entre ses mains débiles.

Quelle aubaine, pour le comte des Issambres, d'avoir sur le trône un maladif perpétuel à l'haleine de crypte, malléable comme de la cire chaude ! Sa Provence n'était rattachée au royaume que de fraîche date. Il était le maître absolu. Enfin presque. Ceux que ses partisans appelaient par dérision « les razats » parce qu'ils rasaient leurs domaines s'étaient rassemblés à Draguignan pour une de leurs singeries huguenotes qu'ils nommaient culte.

Les talons de ses bottes résonnaient sur les tomettes tandis qu'il faisait les cent pas. De pourpre étaient les rideaux encadrant les hautes fenêtres de sa chambre, tout comme le tissu recouvrant les assises et les accoudoirs des chaises. De pourpre, le prie-Dieu et la nappe sur la table plus ajourée qu'une mantille castillane. De pourpre, les rubis qui enchâssaient les verres et le vin de Bourgogne dans la carafe. De pourpre, le compotier vénitien où scintillaient les grains des grenades entrouvertes. De pourpre, les volets intérieurs de la pièce, la commode et l'épaisse peau de loup teintée jetée sur le lit comme si l'on venait d'écorcher la bête. Vivant dans ce tourbillon pourpré qui aurait fait tourner la tête aux plus pompeux des Césars, le comte pensait rivaliser avec ces princes italiens qui régnaient sur des confettis d'États.

La vérité était moins séduisante. Ce seigneur qui se voulait rempli d'une auguste majesté n'était plein que de lui-même et n'avait d'autre souci que de pousser le plus loin possible la fortune de son nom. Quiconque croisait le grand sénéchal ne pouvait ignorer le regard perçant qui agressait l'espace et les lèvres minces comme les rebords d'une plaie qui annonçaient la goule.

Il entretenait une myriade d'espions et d'obligés. Aucun noble, aucun échevin ne faisait un pas sans qu'il en soit informé. Il écrivait des dizaines de missives qu'il envoyait aux quatre coins de la province et même jusqu'à la cour des Valois, où il pensait que l'on faisait grand cas de ses conseils, qui se pouvaient résumer en un seul : amputer le corps malade du royaume des protestants mais aussi des catholiques trop timorés. Cette obsession ne reposait sur aucune foi, car Jean des Issambres avançait dans le désert spirituel des fanatiques…

Paule Nirsen reposa le texte en vieux français qu'elle s'ingéniait à résumer. Il était intitulé *Excellent Opuscule à tous nécessaire qui désirent avoir connaissance des abominations commises dans la Province des provinces*. Plus simplement, ces pages traitaient d'un épisode de la guerre entre les ultra-catholiques et les protestants qui avait ensanglanté la Provence sous la Renaissance durant une cinquantaine d'années.

Les lunettes glissèrent de son nez en sueur. La chaleur qui s'était abattue sur le pays rendait pénible de rester à sa table de travail. Elle était à deux pas des jardins du Palais-Royal, mais la mairie d'arrondissement avait fermé l'eau des bassins.

Paule saisit le bol personnalisé rapporté de la côte normande et avala une gorgée du thé vert à l'hibiscus. La boisson n'avait même pas refroidi.

Les éditions Granier lui avaient demandé d'apporter les preuves que le manuscrit qu'elle avait devant les yeux était une œuvre de Nostradamus.

Elle n'avait pas pu refuser. C'était son métier et elle aimait ce type de défi. Diplômée de la prestigieuse École nationale des chartes, c'est à ce titre qu'on lui avait confié ce travail. L'éditeur, le jeune Ambroise Perrat, lui avait proposé une somme d'autant plus importante qu'il comptait sur ces pages pour republier à l'automne suivant l'intégrale des *Prophéties* de Nostradamus dans une édition de luxe. Depuis la pandémie, les amateurs de ce genre de littérature étaient devenus légion.

Comment ce texte était-il parvenu entre les mains de l'éditeur ? Perrat avait vaguement évoqué une librairie du quartier des antiquaires à Lyon. Paule savait que dans le domaine de la bibliophilie la provenance du livre était une question qu'il ne servait à rien de poser.

Quels éléments pouvaient prouver que Nostradamus avait bien écrit ce texte ? D'abord, le titre. L'expression « Province des provinces » pour qualifier la région revenait souvent sous sa plume. Il l'avait même transmise à son fils César, historien peu scrupuleux, auteur de la première histoire de la Provence. Et puis il y avait cette digression sur la maladie de François II. Nostradamus devait soigner son successeur. Enfin, il y avait l'éditeur lyonnais du texte, Macé Bonhomme, à qui l'on devait aussi *Les Prophéties*. Un faisceau d'indices convergents, certes, mais pas suffisants pour constituer une preuve. C'est pour cela que Paule avait été choisie. Experte dans le domaine de la stylométrie, science méconnue du grand public, elle traquait les structures syntaxiques, la fréquence des expressions ou le vocabulaire de l'auteur. Bref, toutes les particularités stylistiques que l'on pouvait retrouver dans les œuvres de Nostradamus. Un travail laborieux, qui exigeait une attention soutenue alors que la canicule n'aidait pas à la concentration.

Paule reprit une gorgée de thé puis le texte.

Du bout de sa botte, Jean des Issambres avait repoussé la missive jusqu'aux charbons ardents rougeoyant dans la cheminée, assez vaste pour contenir un bœuf. Comme il aurait aimé précipiter dans les flammes de l'enfer ces manants qui lui résistaient ! L'Église sainte catholique et apostolique amollie par les intrigues s'imaginait encore que si on séparait les enfants parpaillots de leurs familles ils deviendraient de bons petits chrétiens, mais ce n'était là que lubies de prêtres qui ne s'étaient jamais frottés à la guerre.

Soudain, une idée sortit de son esprit tortueux. Pourquoi ne pas envoyer justement un prêtre à la rencontre de ces rebelles pour les raisonner plutôt que la soldatesque ? Après tout, s'il ne s'agissait que de brebis égarées, un berger aurait vite fait de les convaincre de rejoindre le troupeau. Il fit chercher le curé de Saint-Pierre, aux homélies pleines d'humaine tendresse. C'était un vieil homme souffreteux aux yeux chassieux et au cou aussi long que celui d'un héron.

En le recevant, des Issambres lui tint un long discours où il ressortait que parfois certains hommes avaient été choisis pour accomplir de grandes choses, alors que d'autres étaient prédestinés à jouer un rôle de lâche pour l'éternité.

Il n'en croyait pas un mot et était bien trop occupé à caresser son chien, un dogue de la taille d'un ânon. Mais le curé désigné volontaire fut contraint après ces belles paroles de partir sur-le-champ, ses besaces garnies de victuailles et de petites croix peintes en bois.

Trois jours plus tard, le grand sénéchal, sans nouvelle de son messager, convoqua le capitaine de sa garde, une brute furieuse, ancien mercenaire castillan. Il lui fut donné l'ordre de partir avec un détachement afin de ramener le prêtre et les villageois déserteurs morts ou vifs.

Vers midi, sept cavaliers quittèrent la ville de Roquebrune par la porte de Tounens.

Parvenus au pied du massif des Maures, ils virent un filet de fumée noire qui montait vers le ciel tandis qu'une odeur âcre les prenait à la gorge.

Ils furent obligés de descendre de leurs montures car le chemin s'arrêtait là. Le feu avait dû être allumé au centre d'une clairière entourée de broussailles et de chênes-lièges.

Les aiguilles de pin et le sable crissaient sous leurs bottes. Bientôt les broussailles furent remplacées par des hautes herbes, ils rampèrent vers la clairière. Tous les dix mètres, ils attendaient que le capitaine leur fasse signe pour reprendre leur progression.

Tout à coup, un homme torse nu, la barbe hirsute et les yeux injectés de sang, bondit sur eux en leur tirant la langue et en brandissant une hachette. Le capitaine saisit une pierre de la taille d'un poing puis l'abattit de toutes ses forces sur le visage du forcené, lui broyant le crâne au-dessus du nez.

Sans se préoccuper du corps, la troupe continua à avancer dans le silence. L'odeur de brûlé était devenue irrespirable.

Les soldats pénétrèrent enfin dans la clairière. Une épaisse colonne de fumée se leva pendant quelques secondes, cachant momentanément le corps qui se trouvait au-dessus des braises. Puis elle se dissipa, révélant le prêtre, les bras en croix, attaché par les pieds à trois poteaux plantés dans le sol.

La tête du vieil homme pendait au-dessus du feu. Son visage et son torse avaient été à moitié brûlés, la chair était noire jusqu'à ses mains. Ses vêtements lui avaient été enlevés, il ne lui restait que ses bottes serrées autour des chevilles par ses intestins sortis pour l'occasion. Quelqu'un ou quelque chose lui avait planté à plusieurs reprises un crucifix autour du cœur, comme si on avait cherché à l'extirper de la cage thoracique sans l'arracher. Le malheureux tenait toujours entre les doigts de sa main droite son chapelet, dont les grains étaient incrustés dans sa paume. Il avait dû supplier pour que son calvaire cesse, mais ses prières n'avaient pas été entendues…

Écœurée, Paule repoussa vivement sa chaise et fit quelques pas dans la pièce. C'était à chaque fois la même chose. Dès qu'elle lisait un texte sur les guerres de Religion, sa mémoire inouïe démarrait au quart de tour, faisant défiler toutes les atrocités commises par les deux parties. Du bruit, de la fureur, de la barbarie, une haine de l'autre portée à son point d'incandescence comme à notre époque. La jouissance crue de la souffrance infligée. Plus l'ennemi était semblable, plus il fallait l'anéantir.

Paule haussa les épaules comme si ce geste pouvait chasser ses réflexions et alla chercher une bouteille d'eau fraîche. Le thermomètre battait des records. Son soutien-gorge était trempé sous son chemisier noir. Elle pesta en traversant son appartement biscornu dont le plancher craquait au moindre pas et se ravisa. La bibliothèque Richelieu, qui abritait une partie des archives de la BNF, et la bibliothèque nationale de l'École des chartes étaient en face de chez elle. Son appartement était lui-même tout parfumé d'autrefois. Il avait servi de refuge, durant près d'un siècle, à un quarteron de royalistes de gauche.

Dans le couloir qui menait à sa cuisine, elle tourna la tête pour se regarder dans un miroir. Un tic depuis son plus jeune âge. Sa grand-mère lui répétait sans cesse : « Tu t'aimes trop, Paule ! » Alors qu'au contraire, c'était un besoin permanent de se rassurer. Elle se força à sourire. En vain. Elle avait l'air si sérieuse et si triste. Pas de maquillage pour souligner ses grands yeux clairs, aucune boucle de cheveux ne s'échappait de sa queue-de-cheval pour venir adoucir un front légèrement bombé. Tout était lisse, à l'exception de deux gouttes de sueur qui roulaient sur ses tempes. C'était parfait. Ce qu'elle voyait était précisément ce qu'elle voulait donner à voir.

Après avoir bu toutes les boissons du frigo, elle regarda l'horloge de la cuisine. Il était presque 19 heures. Elle n'avait pas vu le temps passer et avait oublié de déjeuner, ce qui lui arrivait souvent quand elle travaillait sur un texte qui la passionnait. Pour se donner du courage, elle alla prendre une douche avant de retourner à sa table de travail.

Tuant ses chevaux dans une course effrénée, la petite troupe était revenue à Roquebrune avec le corps du prêtre enroulé dans une couverture. Le capitaine n'eut pas à se perdre dans les détails. Le comte des Issambres prit sans tarder la décision d'aller châtier en personne les assassins et de planter leurs têtes à chaque porte de la ville.

En moins d'une heure, une compagnie de chevau-légers fut prête à partir. Des éclaireurs s'en détachèrent et filèrent en direction des Maures. Il n'y avait aucune trace de vie humaine autour de la clairière où avait eu lieu le martyre du prêtre.

Le paysage épousait la pente menant aux trois sommets qui couronnaient le massif. En observant le dessin torturé de la crête de montagne au-dessus d'eux, un des éclaireurs crut déceler l'éclat du soleil sur du métal.

La compagnie de chevau-légers arriva peu de temps après au bas de la montée dans un nuage de poussière et Jean des Issambres mit pied à terre d'un bond. Le capitaine insista sur le fait qu'ils devaient rester sur le qui-vive, observer le moindre rocher, la moindre anfractuosité susceptible d'offrir une cachette à un homme isolé.

Des traces de pas remontaient jusque là-haut. Les rebelles ne pouvaient pas être allés ailleurs. En progressant dans la pente, les soldats rencontrèrent des crevasses et des fossés trop réguliers pour ne pas être de la main de l'homme.

Ils marchaient depuis plus de deux heures quand ils arrivèrent sur un chemin broussailleux qui menait à ce qui pouvait ressembler à un plateau.

La compagnie traversa un bosquet d'arbres et aperçut tout à coup le toit de ce qui avait été jadis une chapelle. Sur la droite se dressaient de nombreuses constructions en ruine. Il y avait eu là autrefois un village.

Le capitaine s'inquiéta que ceux qu'ils poursuivaient leur facilitaient beaucoup trop la tâche. Il sentait la nervosité gagner la troupe. Ils avaient tous hâte de retrouver les assassins du curé et de leur faire souffrir mille morts avant de les dépecer puis de les tuer. Des Issambres connaissait bien cette tension. C'était l'excitation de l'action à venir qui s'emparait de lui, le poids qui pesait sur la poitrine d'un homme avant de se battre et de faire rendre gorge à l'adversaire.

Ils traversèrent les ruines parsemées d'arbres tordus aux troncs noircis. On avait l'impression qu'un incendie s'était propagé en ciblant seulement certaines espèces de plantes. Les mimosas en fleur étaient intacts.

Sur un des côtés, un glissement de terrain récent avait décroché un énorme bloc de pierre qui bouchait l'entrée d'une ancienne grotte.

Le comte des Issambres donna l'ordre de déblayer l'accès. Quand ses chevau-légers eurent dégagé l'éboulis, ils furent étonnés de tomber sur une porte en bois. Sans attendre les ordres, ils voulurent la fendre, mais la porte s'ouvrit sous la première poussée.

Un éclaireur alluma une torche et ouvrit la marche dans un interminable couloir qui avait été badigeonné à la chaux et d'où l'on entendait un bruit sourd venant des profondeurs.

Au bout, ils débouchèrent dans une salle grande comme la nef d'une basilique où étaient couchés des dizaines de corps d'hommes, de femmes et d'enfants. Sur les murs couraient des motifs représentant tout un monde grouillant qui témoignait de ces temps lointains où animaux et humains n'étaient pas séparés.

Au fond de la salle faiblement éclairée par des cierges se dressait la gigantesque statue en bois peinte en jaune d'une femme couronnée de bois de cerf. Le drapé de sa tunique était rendu dans les moindres détails, mais ses yeux n'étaient figurés que par deux trous sombres et sa bouche grande ouverte lui mangeait tout le bas du visage. Cette statue n'était qu'un cri primitif.

Les soldats restèrent un long moment pétrifiés. Ils eurent ensemble et au même moment le sentiment qu'en franchissant le seuil de cette grotte ils venaient d'accomplir bien plus qu'un sacrilège, le réveil d'une entité qui plongeait ses racines dans les peurs les plus ancestrales.

Le comte fut parcouru de frissons des pieds à la tête, mais il fut le premier à reprendre ses esprits et à remarquer une paire de gants de femme posée au pied de la statue. Elle était chaude et parfumée. Il s'approcha d'un des corps allongés, le plus proche. Un solide gaillard, qui paraissait dormir. En le touchant, des Issambres fit la grimace et ses pupilles se dilatèrent comme deux lacs sombres. La mort était récente.

Un martèlement, monotone et régulier, s'élevait du sol.

Sans attendre, ils sortirent les cadavres de la grotte pour les décapiter, les dépouiller de leurs vêtements et les pendre par les pieds aux arbres afin d'offrir un festin aux corbeaux.

Sur le chemin du retour, le comte des Issambres ne dit pas un mot. Son visage était impassible, comme s'il somnolait sur son cheval.

Arrivé à Roquebrune, il regroupa l'ensemble de ses hommes dans la cour du château et leur intima l'ordre de garder le silence sur ce qu'ils avaient vu sous peine de mort immédiate. Ils avaient châtié les criminels et les têtes qu'ils avaient recueillies dans des grands sacs de jute allaient bientôt orner les portes de la ville. C'était la seule chose qui comptait. Pourtant le comte eut beau se lancer dans les combats, les intrigues, les commerces de toutes sortes pour la tenir à distance, la peur était là, prête à faire son chemin dans les replis les plus secrets de son esprit. Jean des Issambres finit par comprendre que celle-ci serait dorénavant sa plus fidèle compagne, jusqu'au moment où il serait seul dans son linceul.

Ce moment ne tarda pas. Les ultra-catholiques s'étaient rendus tellement odieux en brûlant les communes et en saccageant les campagnes que le comte finit par être destitué de ses charges et de ses titres. Le Parlement d'Aix déclara légitime de les tailler en pièces. Le duc d'Épernon passa la soldatesque au fil de l'épée, à l'exception du capitaine espagnol, qui parvint à s'échapper. On traîna le comte jusqu'à la corde qui l'attendait.

Le texte se terminait par ces vers que Paule se répéta tant de fois qu'elle finit par les chantonner :

Tous les devins plus vantés
Ont été par toi fréquentés
Pour savoir ta bonne aventure ;
Ils ont prédit que tu serais
Un jour plus haut que tous les rois,
Et voici qu'on te mène pendre :
N'ont-ils pas dit la vérité ?
Car tu t'en vas si hautement
Que nul si haut ne peut prétendre.

C'était de loin la partie la plus intéressante du texte. Elle était la signature de l'auteur.

PREMIÈRE PARTIE

Puisque c'était écrit

Depuis le rocher poussiéreux
Son ombre grandit,
Cachée dans les branches du buisson vénéneux
Elle enroule lentement ses épines
Vers le soleil bouillant,
Et quand j'ai touché sa peau
Mes doigts coulaient de sang…

« Far From Any Road », The Handsome Family
(générique de la saison 1 de *True Detective*)

1

Samedi 15 avril

Usant. Oui, c'était le mot. Quand elle sortit de chez elle, Brigitte Saglietto eut la sensation de se heurter à un mur de chaleur. Saisie de picotements dans les narines, elle commença à éternuer sans pouvoir s'arrêter. Saloperie de clim. Son mari la poussait au maximum sous prétexte que la température avait grimpé ces derniers jours. On n'était pourtant encore qu'au printemps. Cette course à l'air glacé finissait par être ridicule, avec ses rhinites à répétition. Le médecin ne lui avait-il pas recommandé de bien veiller à ce qu'il n'y ait jamais plus de sept degrés d'écart entre les températures extérieure et intérieure ? C'était peine perdue, elle n'obtiendrait pas gain de cause puisque son époux avait décidé une fois pour toutes qu'il était naturel *et* moderne de transformer leur maison en igloo.

La construction récente des villas pour retraités dans le quartier sud de la Bouverie avait été prise pour modèle par bon nombre d'habitants de la vieille ville. À force de regarder Netflix, les nouveaux arrivants vivaient dans l'idée qu'ils s'étaient installés pour leurs vieux jours non pas au pied du massif des Maures mais dans la banlieue de Los Angeles. Avoir dans toutes les pièces, garage inclus, une climatisation vorace en électricité et réchauffant l'air extérieur était devenu indispensable. Aussi indispensable que de creuser dans leur bout de jardin en pente des pédiluves bordés d'angelots et de bustes romains qu'ils nommaient pompeusement « piscines ».

Mais il y avait encore pire que les personnes âgées qui ne demandaient rien à personne pourvu qu'on les laisse gentiment creuser la couche d'ozone. Il y avait les estivants naviguant entre Les Arcs et Saint-Raphaël qui venaient vous convaincre d'adopter le *free cooling*, autrement dit le « rafraîchissement gratuit », en n'ouvrant les fenêtres qu'à la nuit tombée. Brigitte se souvenait qu'autrefois les habitants de Roquebrune se contentaient d'aérer au coucher du soleil et au petit matin avant de fermer fenêtres et volets. Avec l'épaisseur des murs, cela suffisait grandement à se prémunir de la canicule. Ils faisaient du *free cooling* sans le savoir.

Elle rit, avant d'être prise d'une deuxième rafale d'éternuements.

Un crochet par la pharmacie pour acheter des mouchoirs et du sérum physiologique pour ses muqueuses agressées s'imposait.

Arrivée sur la placette où se dressait le cadran solaire avec sa devise plébiscitée par les habitants, *Sènso lou soulèu sian ren*, « sans le soleil on n'est rien », elle eut une nouvelle crise d'éternuements et dut s'asseoir au bord de la fontaine pour reprendre ses esprits. Elle se rappela un livre rentré récemment qui parlait de la Grande Peste qui avait dévasté la Provence. Il y était écrit qu'à cette époque les médecins pensaient que l'âme demeurait à l'intérieur de la tête et qu'à chaque éternuement une parcelle pouvait s'échapper du corps. Cela lui arracha un sourire. Il faudrait qu'elle fasse une planche sur le sujet à son atelier de la Grande Loge féminine. Elle reprit sa marche en remontant la grande rue.

Du jour où elle avait accepté la responsabilité de la bibliothèque, force lui avait été de constater que les gens ne respectaient plus les livres empruntés. Cela commençait par les enfants, qui mâchouillaient les couvertures et les couvraient de gribouillis infâmes sur lesquels les parents s'extasiaient comme s'il s'agissait d'œuvres d'art. Puis les ados suivaient, ils écornaient les pages… quand ils ne les déchiraient pas. Devenus étudiants, ils faisaient même sournoisement des marques dans les marges qu'aucune gomme ne parvenait à effacer. Au moins, ils ne les oubliaient pas dans un train ou au bord d'une piscine, comme les adultes. La majorité de ces derniers ne consentaient à les rapporter à la bibliothèque qu'après avoir été menacés d'une visite de la police municipale à leur domicile.

Quant aux personnes âgées, ça elles aimaient les livres, mais quand elles les rendaient, ceux-ci étaient maculés de taches indéfinissables.

Avec regret, elle se souvenait combien on avait aimé ces compagnons fidèles, au plus fort de la pandémie. C'était bien fini. Avec quelle ingratitude on les avait délaissés quand avait sonné ce qu'on appelait si faussement « le retour à la normale ». Du jour au lendemain, la fréquentation de sa bibliothèque avait chuté et les bars s'étaient remplis de plus belle, même les plus minables.

Brigitte tourna à droite et prit un passage sous les bâtiments. Elle goûtait ce raccourci parce qu'il faisait pénétrer secrètement au milieu de la place Salvagno, dont elle aimait les proportions et la joyeuse animation qui s'y invitait avec ses cris d'enfants. Or, ce matin-là, le silence y régnait. Toutes les portes et fenêtres étaient fermées, comme si les habitants avaient choisi de se barricader.

Parvenue devant la bibliothèque Albert-Camus, Brigitte Saglietto sursauta en voyant que les grilles étaient, elles, entrouvertes. Elle pénétra dans la grande pièce où se tenait sur la gauche le bureau sur lequel elle officiait.

À l'exception de son ordinateur, celui-ci était toujours vide. Nulle photo de vacances, d'enfants ou d'animaux, pas de stylos ou d'objets familiers. Un désert qui attirait les gentilles moqueries de ses collègues qui s'amusaient à y déposer parfois un gâteau, un stylo, une fleur qui subissaient aussitôt un classement vertical. Elle avait le même comportement en loge quand elle voyait qu'une de ses sœurs avait mal mis ses décors ou oublié ses gants. Elle avait toujours une paire blanche et brodée pour l'étourdie dans une petite boîte au fond de son sac. Brigitte se défendait d'être psychorigide, elle n'aimait simplement pas être distraite quand elle s'adonnait à son travail, qu'il soit professionnel ou maçonnique.

Elle fut donc stupéfaite de voir trôner avec insolence un livre dont la couverture affichait un jaune agressif au milieu de sa table. Elle s'empara de l'ouvrage et commença à l'examiner comme si elle ne l'avait jamais vu auparavant.

2

Samedi 15 avril

Le capitaine Guillaume Lassire se morfondait dans une pièce sans fenêtres où la ventilation était tombée en panne depuis trois jours. Il avait déjà taillé trois fois ses crayons, qu'il avait disposés de chaque côté d'un carnet de voyage vintage en cuir que lui avait envoyé son amie d'enfance, la chartiste Paule Nirsen, pour son anniversaire. Il n'avait pas osé lui dire qu'il avait opté désormais pour le bon vieux classeur avec ses feuilles perforées. Il aimait les sortir, les étaler devant lui pour avoir une idée globale de l'affaire en cours, les ranger dans l'ordre qu'il voulait et entendre le cliquetis des anneaux quand il les refermait. Le bruit sec et parfait du travail accompli.

Un bruit qui, répété des dizaines de fois dans une journée de travail, aurait dû rendre fous ses collègues de la gendarmerie, heureusement la plupart somnolaient, en ce début d'après-midi. Et, surtout, depuis qu'il était arrivé à Fréjus, il n'y avait eu que très peu d'affaires criminelles nécessitant l'ouverture d'un classeur. Un simple Post-it était suffisant pour relater un cambriolage perpétré par des amateurs.

C'est peu de dire que le capitaine Lassire avait du mal à remplir ses journées.

Il repensa avec nostalgie à l'affaire d'Étretat où, avec Paule, ils étaient parvenus à mettre fin à l'épidémie de crimes déguisés en suicides.

Cette affaire riche en rebondissements, dans laquelle il s'était jeté à corps perdu, sans se préoccuper des procédures réglementaires, lui avait valu d'être rappelé à l'ordre à deux reprises. Persuadé de son bon droit, il avait ignoré ces avertissements.

Bien que l'enquête eût permis de coincer la bande de dangereux psychopathes sévissant depuis des années sur la côte normande, il avait fait l'objet d'une enquête interne. Sa hiérarchie, qui mettait d'habitude plus de temps à réagir, avait désigné sans tarder, pour la mener dans les meilleurs délais, un officier de gendarmerie de Rouen.

Guillaume n'avait pas que des amis au sein de la gendarmerie. Il avait la dureté et la souplesse d'une lame de sabre. Sa manière de bousculer les codes tout en revendiquant la fierté d'être un militaire – même en dehors des heures de service – avait fait naître quelques solides inimitiés, que ses succès avaient attisées. « Les ratés ne vous rateront pas », écrivait Bernanos dans *Le Chemin de la Croix-des-Âmes*, un de ses livres de chevet.

Pour autant, le conseil d'enquête, constitué d'officiers supérieurs, s'était trouvé dans une situation délicate, coincé entre le succès de l'enquête résolue et la doctrine d'emploi que le militaire n'avait pas respectée.

Il n'y avait eu ni poursuites pénales, ni blâme, seulement des jours d'arrêt, effaçables au bout d'un certain nombre d'années. La véritable sanction était venue sous la forme d'une mutation prononcée officiellement dans l'intérêt du service mais qui était en fait disciplinaire. Quelqu'un s'était apparemment amusé à tracer une diagonale sur la carte de France, avant d'expédier le sanctionné à l'autre bout de l'Hexagone. Le lieu d'atterrissage choisi avait été le Var et, plus précisément, la gendarmerie de Fréjus.

Le dialogue avec le service des ressources humaines en charge du personnel officier n'avait pas duré plus de dix minutes. La responsable, une femme aux cheveux gris coupés très court et aux lèvres minces, avait souligné que ce poste était le Saint Graal pour la grande majorité des gendarmes de la région parisienne, qui se seraient damnés pour finir leur carrière au soleil de Fréjus.

Le « finir sa carrière » avait fait frissonner Guillaume, qui avait compris qu'en dépit du tableau idyllique et évidemment anisé le cadeau était empoisonné. Il avait pressenti qu'un suractif comme lui n'y trouverait pas son compte.

Quelques coups de téléphone à des collègues l'avaient conforté dans sa crainte. Il n'existait pas sur la circonscription de réseaux de criminalité organisés, et les atteintes aux biens étaient les infractions les plus fréquentes. À peine pouvait-il compter sur une augmentation des disparitions et des violences physiques crapuleuses durant la période estivale.

Depuis celle du commandant de la brigade jugé en 2013 pour trafic de cannabis, l'affaire la plus spectaculaire remontait à un peu plus de deux ans et avait fait, il est vrai, le tour de la France. Un homme d'une trentaine d'années connu des forces de l'ordre pour de menus larcins s'était présenté avec, dans un sac, la tête et les organes génitaux de son meilleur ami. Les gendarmes s'étaient obligeamment laissé dessaisir de l'affaire au profit des policiers et des psychologues. Cela n'avait pas entraîné au sein de la brigade la frustration qu'on aurait pu imaginer, plutôt un lâche soulagement.

Évidemment, il y avait Xavier Dupont de Ligonnès, qui, suspecté d'avoir massacré, en 2011, sa famille entière et leurs deux chiens avec une froide détermination avant de les enterrer sous une dalle de béton, n'avait jamais quitté les conversations roquebrunoises. D'abord parce qu'il avait été aperçu dans sa cavale pour la dernière fois dans un hôtel Formule 1 de la ville, bâti sur le modèle des motels américains. C'est ce qui avait dû plaire au fugitif, qui avait visité la presque totalité des États de l'Union. Des images du psychopathe abandonnant sa voiture sur un parking de Roquebrune et se dirigeant sac sur le dos vers le centre-ville avaient fait le tour de l'Europe. On avait déployé le grand jeu durant une dizaine de jours, hélicoptère, équipes de la gendarmerie, plongeurs et officiers cynophiles, car il s'agissait moins de retrouver l'assassin que son cadavre : comment un père de famille aurait-il pu abattre sa femme et ses enfants dans leur sommeil et survivre à un pareil geste ?

Puis, sept ans plus tard, un fidèle qui assistait aux vêpres dans la chapelle, perchée dans les hauteurs de Roquebrune, du monastère Saint-Désert Notre-Dame de Pitié avait cru le reconnaître sous une soutane marron.

Une nuée de policiers et d'enquêteurs s'était alors de nouveau abattue sur les rives de l'Argens. Le moine visé avait patiemment fait état de son identité, mais les policiers ne s'étaient jamais résolus à refermer cette piste. Depuis, la conviction profonde des Roquebrunois était que Dupont de Ligonnès n'avait pas quitté la région. Peut-être avait-il élu domicile dans une des innombrables grottes creusées dans le massif des Maures dont on parlait tant. Peut-être se faisait-il passer pour un de ces ermites qui peuplaient le Rocher.

Au sein des huiles de la gendarmerie, le mot d'ordre était resté le même : surtout, pas de vagues. Et on pouvait compter sur le commandant de la brigade, en poste depuis dix ans, pour qu'il n'y en ait aucune. Enguerrand d'Auligny, qui avait fait Saint-Cyr mais avait choisi la gendarmerie au grand désespoir de ses parents, s'était bâti au fil du temps une curieuse théorie. Il estimait qu'il y avait toujours de la place pour un crime dans des localités comme Roquebrune ou Fréjus et que le résoudre ne servirait à rien car, aussitôt après, un autre viendrait remplir le vide. Voilà pourquoi cet homme affecté d'un léger strabisme divergent laissait traîner les enquêtes et donnait à ses adjoints des feuilles de route illisibles.

3

Dimanche 16 avril

Quand Guillaume entra chez le commandant d'Auligny, le grand salon grouillait déjà d'invités qui échangeaient des banalités sur les études de leur progéniture ou le dernier film qu'ils avaient vu. Ils buvaient des martinis et parlaient fort. L'insurrection urbaine qui frappait les quartiers nord de Nice et de Marseille depuis trois jours était le cadet de leurs soucis.

Prétextant le nombre des familles nombreuses qu'il fallait loger dans sa brigade, d'Auligny avait loué un immense appartement avec toit-terrasse dans une bâtisse jouxtant la gendarmerie.

Grâce à ce privilège, ce célibataire endurci pouvait organiser ce qui ressemblait à des réceptions. Celle à laquelle il avait convié Guillaume était organisée en l'honneur d'une nièce italienne, Barbara Carcosa, qui descendait, prétendait-il, de la noblesse noire romaine. Les notables de Fréjus, Roquebrune ou du Muy s'étaient pressés pour participer aux agapes.

Passant d'un groupe à l'autre, Guillaume prêtait l'oreille aux conversations en prenant garde de ne se mêler à aucune. Une grande femme en tailleur jaune discutait avec un oligarque russo-chypriote propriétaire d'une chaîne hôtelière. Mince, les traits fins, ses cheveux noirs lui tombaient jusqu'aux épaules. Le gnome aux petits yeux noirs brûlants et au crâne rasé de près assénait à son interlocutrice des compliments épais. Elle les recevait avec le sourire désabusé de Meryl Streep quand on lui annonce qu'elle est à nouveau sélectionnée dans la catégorie « meilleure actrice ».

Guillaume regardait ses lèvres bien dessinées et un grain de beauté posé sur sa joue gauche, semblable aux mouches d'autrefois. Captivé, il en vit un deuxième en haut de son décolleté. Il émanait de cette femme une attraction presque magnétique.

Il aurait pu continuer de l'observer s'il n'avait pas senti une main se poser doucement sur son épaule.

— Est-ce que vous vous amusez ? lui demanda d'Auligny, sans attendre de réponse, levant les bras pour désigner l'assistance.

Renonçant à trouver des mots assez justes pour exprimer sa fierté, il se tourna vers le tableau derrière lui. Une grande toile représentait un jeune soldat en uniforme napoléonien, coiffé d'un énorme turban indien.

— Que pensez-vous de cette œuvre ? s'enquit-il en faisant un geste pour l'encourager à prononcer son verdict.

— Sans le moindre doute, commença Guillaume, qui connaissait sur le bout des doigts l'histoire militaire napoléonienne, il doit faire partie de ces groupes d'officiers qui, après Waterloo, ont tenté leur chance en Perse ou en Inde…

— Il s'agit, en effet, de Jean-Félicien Barbat d'Auligny, mon ancêtre, qui a mis son épée au service de la bégum de l'État de Bhopal. Avec une poignée de vétérans, il a organisé un corps d'élite à la barbe des services secrets britanniques. Je vois que vous êtes un connaisseur, mais vous n'avez pas tout vu, venez donc par ici…

Le commandant l'emmena dans une petite pièce dont le seul et unique meuble était une grande table sur laquelle reposait la maquette poussiéreuse d'une bataille entre des troupes indiennes et des formations bigarrées conduites par des militaires français.

— J'ai commencé à m'intéresser aux modèles réduits à l'âge de quinze ans. J'ai arrêté à vingt ans pour me consacrer aux voitures anciennes miniatures. Mais je compte bien m'y remettre. Voilà, je vous fais visiter un bout de mon jardin secret.

Guillaume considéra cette maquette avec la bienveillance indulgente qu'ont les subordonnés pour leurs supérieurs. Il se disait que d'Auligny faisait partie de ces personnages qui se rêvent un destin de grand homme mais à qui il manque l'étincelle de volonté leur permettant de finir ce qu'ils ont entrepris.

En le prenant cette fois par le bras, d'Auligny conduisit Guillaume dans un renfoncement de la pièce. Dans une petite alcôve, il y avait une statue recouverte d'un voile opaque. Il tira d'un coup sec sur une cordelette en soie, faisant apparaître l'image terrifiante d'une femme vêtue d'une longue robe couleur safran. Sa peau était noire, ses yeux et sa langue rouges. Elle portait un collier de crânes et à sa ceinture des bras coupés.

— Kali… murmura Guillaume, quelque peu mal à l'aise.

— Oui, Kali, la déesse du temps et de la destruction. C'est le seul objet qu'a ramené notre ancêtre de son épopée quand il a débarqué dans le golfe de Saint-Tropez. Et cette statuette n'est même pas couverte de feuille d'or, c'est juste une idole en bois peint. C'est Barbara, ma nièce, qui me l'a rapportée. Je lui en suis reconnaissant car sa mère et moi nous nous sommes perdus de vue depuis de longues années… Venez, il est temps de dîner, les autres doivent déjà être montés.

Les tables avaient été dressées sur la terrasse autour d'un grand buffet garni de nourriture italienne. Il n'y avait pas de plan de table et Guillaume choisit la place la plus éloignée du buffet. Il sentit son cœur s'accélérer. La jeune femme à la robe jaune venait de s'asseoir à côté de lui.

— Permettez-moi de me présenter, capitaine Guillaume Lassire.

— *Contessa Barbara Carcosa.*

Elle lui tendit la main. Guillaume crut devoir esquisser un baise-main mais elle lui saisit la sienne et la pressa avec force.

— Je sais qui vous êtes, poursuivit-elle, vous venez de rejoindre la brigade de mon oncle après avoir démantelé une organisation criminelle dans les brumes de la Manche.

L'ego de Guillaume était d'autant plus flatté que la *contessa* le considérait avec un intérêt évident. À mesure que les verres se vidaient, celui-ci ne faiblissait pas et son regard s'animait. Sans prendre garde aux autres convives autour de la table, elle s'empara d'une de ses mains sous la table et la pressa. Se sentant en terrain conquis, elle agitait ses longs cheveux bruns près de son visage et lui soufflait des mots parfumés. Elle n'attendit pas les desserts pour lui suggérer de l'accompagner dans sa chambre.

Les convives ne prêtèrent aucune attention à leur départ. Ils étaient bien trop occupés à soupeser les mérites des leaders de la droite française à la recherche désespérée d'un candidat susceptible de les sauver d'un naufrage à leurs yeux programmé à la prochaine présidentielle.

Une fois la porte de sa chambre refermée, Barbara Carcosa se pressa contre Guillaume, qui respira un parfum délicieux et subtil, mélange de rose et de vétiver. Il lui saisit la taille et l'enlaça. Elle remua lascivement des hanches et se frotta à son bas-ventre. Les mains de Guillaume se posèrent sur ses fesses tandis qu'elle l'embrassait.

Elle recula d'un pas, fit glisser sa robe en mousseline. Il voulut l'enlacer à nouveau mais elle se déroba et l'attira vers le lit. Guillaume s'allongea près d'elle, caressa ses seins, agréablement tièdes, et se fit la réflexion qu'ils étaient bien moins chauds que le reste de son corps.

Quand Guillaume eut quitté la chambre, Barbara Carcosa attrapa son portable et écrivit un message en faisant résonner ses ongles longs sur les touches : *L'approche a été couronnée de succès. C'est désormais à vous de jouer.*

4

Lundi 17 avril

Arrivé tôt dans les locaux de la gendarmerie, Guillaume essayait de soutirer un café au distributeur capricieux tout en consultant son portable. Il vit que d'Auligny avait essayé de le joindre à plusieurs reprises, sans laisser de message. C'était sa tactique habituelle pour souligner sa présence. Les premières fois, le capitaine s'était laissé prendre à ce petit jeu et le rappelait aussitôt, pour se rendre compte que le commandant de la brigade n'avait que des banalités à égrener. C'est ainsi qu'il maintenait l'illusion d'une intense activité.

Ses collègues étaient soumis aux mêmes artifices éventés. Le commandant mettait un point d'honneur à leur trouver de nouvelles missions, pourvu qu'elles soient déconnectées de toute affaire criminelle et qu'elles n'interfèrent pas dans le réseau de relations qu'il avait tissé avec patience.

Ces trois dernières semaines, les militaires s'étaient ainsi transformés en sourciers. Plus exactement, d'Auligny les avait chargés de vérifier les nombreuses lettres de dénonciation dont la gendarmerie avait été submergée après la multiplication des mesures de restriction d'eau décidées par les communes. La canicule avait fait chuter les débits des rivières et les habitants traquaient ceux d'entre eux qui auraient le culot de passer outre à l'alerte sécheresse pour remplir leur piscine.

Au début, les gendarmes étaient intervenus pour interrompre baignades familiales et barbecues dominicaux autour desdites piscines, provoquant hurlements des parents et des ados et crises de larmes des bambins.

Ils avaient donc décidé de se contenter de frapper à la porte des hypothétiques fraudeurs et de les mettre en garde contre les peines encourues. Ces derniers répondaient invariablement que leurs piscines avaient été remplies bien avant l'alerte. Une seule maison avait été scrupuleusement contrôlée plusieurs fois. C'était un mas provençal situé en bas du rocher de Roquebrune et agrémenté d'un bassin olympique et de deux spas. Son propriétaire était réalisateur de films pornographiques.

Les actrices, en majorité de jeunes Ukrainiennes, étaient nourries et logées, après avoir été délestées de leurs passeports dès leur arrivée à l'aéroport de Nice. C'était donc dans le plus simple appareil et en toute décontraction qu'entre deux prises elles accueillaient les militaires.

— Mon capitaine, nous avons eu, hier, quatre dépositions curieuses sur un même événement… commença Basile en dansant d'une jambe sur l'autre.

Guillaume regarda tristement son gobelet puis tourna les yeux vers les brigadiers Basile et Germain, qui s'approchaient avec la même mine sombre. Il est vrai que les deux hommes faisaient équipe depuis plus de dix ans.

— Un truc qu'on n'aime pas trop par ici, poursuivit Basile. Peut-être qu'il n'y a rien à signaler et que c'est un bobard d'ados, mais il se peut que vous repériez un élément que nous avons raté. Une des victimes qui s'étaient présentées est revenue ce matin. Si vous pouviez la recevoir juste une demi-heure, c'est tout ce que nous vous demandons.

Allongé sur le canapé en mousse, Guillaume agita son gobelet dans le vide pour indiquer qu'il voulait un nouveau café et tendit l'autre main pour prendre leur rapport. Le brigadier Germain s'en débarrassa comme s'il lui brûlait les doigts.

Le « truc » en question était le récit d'un covoiturage. Quatre jeunes filles avaient passé la soirée dans l'auberge du Cerf enflammé, près du domaine viticole du Château des Demoiselles, pour y fêter leur bac. Guillaume s'étonna en lisant le rapport que l'on puisse encore fêter ce qui lui semblait être devenu une simple formalité.

Vers minuit et demi, elles avaient décidé de rentrer à Roquebrune par la route de Callas en passant par la Bouverie. Elles étaient montées à bord de leur Renault Clio II et venaient de traverser les vignes lorsque après avoir emprunté le pont de l'Endre elles avaient aperçu sur le bord de la route une jeune femme qui leur faisait de grands signes de la main. Elles s'étaient arrêtées. L'auto-stoppeuse, qui portait une gabardine et un foulard jaunes, leur avait demandé de la déposer à Roquebrune. Sans hésiter, elles l'avaient fait monter sur l'étroite banquette arrière, entre deux d'entre elles.

Le voyage s'était poursuivi dans une ambiance étrange. La passagère n'était pas loquace et semblait même nerveuse, n'arrêtant pas de tripoter un bout de son foulard. Deux kilomètres avant d'arriver à la Bouverie, là où la route devient soudain plus étroite, l'auto-stoppeuse s'était agitée sur son siège et s'était exclamée d'une voix glaçante : « Attention à ce virage, il est dangereux ! » Et avait répété son avertissement, de plus en plus fort jusqu'à crier. Effrayée, la conductrice avait levé le pied de l'accélérateur et pris le virage sans problème. Puis les deux jeunes filles à l'arrière s'étaient mises à hurler à leur tour. La conductrice s'était arrêtée pour se retourner : la femme en jaune s'était évaporée.

La voiture roulait à soixante-dix kilomètres-heure et ses portières étaient fermées. Après y avoir réfléchi durant vingt-quatre heures, les quatre jeunes filles s'étaient décidées à venir en parler à la gendarmerie. Basile et Germain les avaient interrogées séparément. Elles décrivaient dans des termes identiques le même phénomène. Ils avaient noté en marge de leurs dépositions qu'aucune des quatre jeunes filles n'était connue des services pour l'usage de stupéfiants et conclu par une note plus personnelle, ce qui n'était pas dans leurs habitudes : *Nous avons été touchés par la sincérité et l'émotion exprimées par ces jeunes filles et nous considérons qu'il leur était difficile de mettre tout cela en scène. Nous ne savons pas ce qu'elles ont vu, mais elles nous ont paru réellement terrifiées.*

Guillaume reposa le dossier sur le canapé. Basile et Germain étaient toujours en face de lui. Il ferma les yeux. Seuls les muscles de sa mâchoire carrée se mirent à bouger. Il savait que la légende de l'auto-stoppeuse fantôme courait, à quelques variantes près, sur tous les continents du monde. À Chicago on la baptisait « Resurrection Mary », et en Irlande « Banshee », la messagère de l'outre-monde. Guillaume avait gardé en mémoire l'un des premiers cas français, signalé à Montpellier dans les années 1980 et repris plus tard par de nombreux plaisantins. Il s'étira longuement comme un chat, croisa les doigts derrière sa nuque et revint aux deux brigadiers qui attendaient sa sentence.

— Vous me dites qu'une des passagères est revenue sans avoir été convoquée ?

— Oui, mon capitaine, c'est la conductrice, et elle attend en bas, dans la salle Arnaud-Beltrame.

5

Lundi 17 avril

Guillaume observa la jeune fille assise dans le bureau derrière la vitre. C'est fou ce qu'un dos peut dire d'une personne. Celui-ci était penché légèrement en avant, ce qui était la marque d'une certaine assurance. Les bras étaient à l'arrière du corps, les croiser devant elle aurait indiqué qu'elle souhaitait rester dans sa bulle.

Il s'assit en face d'elle et nota un joli visage dont on peinait à deviner ce qu'il deviendrait dans dix ans. Ses cheveux étalés en boucles rebelles étaient blonds, et leurs racines châtain clair sous la lumière du plafonnier. Elle portait un tee-shirt noir sur lequel était inscrit *Louisiana* en lettres gothiques.

— Bonjour, madame Anne-Charlotte Palmaro, je suis le capitaine Guillaume Lassire.

— Bonjour, capitaine, vous pouvez m'appeler Anne-Cha.

Elle émit un petit rire complice en ramenant une mèche de cheveux derrière son oreille percée et cligna de l'œil si fortement qu'elle en perdit presque sa lentille de contact.

— Je vais vous paraître vieux jeu, mais je vais vous appeler « madame Palmaro », dit Guillaume en prenant sa voix grave de capitaine de gendarmerie.

Elle le dévisageait comme s'il était un sucre d'orge, sans aucune gêne.

— Je me vois contraint de vous demander, une nouvelle fois, ce qui est arrivé cette nuit-là.

Sans détourner son regard, elle refit le récit que Basile et Germain avaient recueilli la veille.

— Pourquoi êtes-vous revenue nous voir ?

— Parce que je ne souhaite pas, et mes amies non plus, que vous clôturiez l'enquête en considérant qu'il s'agissait d'une hallucination de blondes. Je sais très bien que la moitié des enquêtes qui ne sont pas résolues dans les vingt-quatre heures ne le sont jamais. Je suis donc venue pour voir où vous en étiez et aussi pour que vous me fassiez passer tous les tests nécessaires.

Guillaume garda le silence devant ce mélange de naïveté, de savoir et d'arrogance.

— Vous regardez trop les séries américaines, lâcha-t-il enfin.

— Pas vous ?

Il haussa les épaules.

— Puisque vous en avez formulé la demande, poursuivit-il, les collègues qui vous ont reçue vont effectuer quelques tests, mais avant je voudrais vous poser une ou deux questions…

— Allez-y, capitaine, je suis toute à vous.

Cette fois, Guillaume ne fut pas irrité mais amusé. Il avait vu tellement de post-ados adopter cette posture simulée de drague provocatrice… Simulée, car il ne fallait surtout pas s'y tromper : Anne-Cha souhaitait juste attirer l'attention de son interlocuteur. Rien de plus.

— L'auto-stoppeuse vous a-t-elle dit où elle souhaitait se rendre, à Roquebrune ?

— Oui. Impasse… Böcklin…

— Qui se trouve ?

— Je ne sais pas, mais nous lui aurions demandé une fois en ville.

Guillaume nota le nom. Les nouveaux lotissements, calqués sur les habitations des banlieues cossues américaines, prenaient des noms de fleurs, d'animaux ou d'artistes. Leur toiture provençale à l'identique ne leur offrait aucune identité. L'impasse pouvait avoir été nouvellement créée et se trouver par exemple entre la rue Cézanne et l'avenue Rodin.

— Il y a une chose que je ne comprends pas, dans votre histoire. Pourquoi cette dame blanche…

— Jaune. Elle était bien réelle et vêtue de jaune.

— Soit. Jaune, si vous voulez… Puisque cette jeune femme vous a arrêtées pour monter dans votre véhicule, pourquoi n'a-t-elle pas fait de même pour en descendre ?

Ce fut au tour d'Anne-Charlotte Palmaro de hausser les épaules.

— Vous essayez, capitaine, de me piéger. Je redis, tout d'abord, que je n'ai jamais parlé de « dame blanche », comme tous ces boutonneux qui inventent des canulars. Si elle était descendue à l'arrêt du véhicule, vous croyez vraiment que je perdrais mon temps ici ? Je n'ai aucune raison de me mettre dans de tels emmerdements. Aucune d'entre nous n'a alerté la presse, et quand tout cela sera fini nous aspirons toutes les quatre à replonger dans l'anonymat le plus total.

Guillaume se demanda si cet anonymat tant souhaité passait par la multiplication des selfies sur les réseaux sociaux. Mais après tout, Anne-Charlotte Palmaro semblait être tout sauf une petite chose fragile.

— Mais pourquoi les autres passagères ne vous ont-elles pas accompagnée dans votre visite ? dit Guillaume en se levant.

— Je ne pense pas que ma réponse vous plaise.

— Il y a peu de choses qui me déplaisent quand elles dépeignent des faits réels, madame Palmaro.

Elle hésita un court instant, se raidit sur sa chaise, puis la phrase fusa :

— Parce qu'elles ont peur.

— Peur ? De quoi, de qui ? Elles se sentent menacées ?

La jeune fille secoua la tête.

— Non, ce n'est pas ce que vous pensez.

— Alors je repose ma question : de quoi peuvent-elles bien avoir peur, madame Palmaro ?

— De la Reine jaune.

Elle avait prononcé ces mots sur un ton si bas et si grave que Guillaume se demanda s'il avait bien entendu.

— Ne faites jamais l'erreur de vous en approcher, poursuivit-elle.

Guillaume sourit avec gentillesse. Cette terreur juvénile sonnait faux. Tout dans l'attitude de cette jeune femme montrait qu'elle n'avait pas froid aux yeux.

— Je vous fais rire ? dit-elle agressivement.

— Non. C'est que je ne crois pas aux fantômes.

— Moi non plus, répondit-elle en plantant son regard dans le sien. Je crois juste qu'il y a des personnes qui n'ont pas fini leur vie et qui continuent de la vivre une fois disparues. C'est aussi simple que ça.

6

Mardi 18 avril

Guillaume, qui dormait nu depuis sa plus tendre enfance, s'était réveillé en sueur. Non pas en raison de la canicule mais plutôt d'un cauchemar. Il avait revécu la soirée chez Enguerrand d'Auligny, à la nuance près qu'elle s'était transformée en bal masqué. Les hommes avaient – à l'exception de lui-même – un loup en velours et les femmes un masque couleur jonquille qui leur recouvrait l'ensemble du visage.

Les invités portaient des gants, sauf, encore une fois, Guillaume. L'ambiance était joyeuse. Des rires fusaient et montaient crescendo dans les aigus sans qu'il en comprenne la raison. Il longeait la piste de danse et se dirigeait vers le bar. La seule boisson proposée et servie avec une grande louche en argent était une sorte de sangria où flottaient des morceaux de fruits qu'il ne reconnaissait pas. La *contessa* Barbara Carcosa s'approchait et lui caressait la joue avec une infinie tendresse puis faisait un pas en arrière pour lui tendre sa main à baiser. « Permettez que je retire votre gant », disait Guillaume. Il joignait le geste à la parole alors que la musique s'arrêtait d'un coup et se retrouvait face à une main d'écorchée avec ses tendons écarlates et même ses cartilages.

C'est sous la douche, après quelques séries de pompes puis d'abdos, que lui revint en mémoire une nouvelle fantastique de Maupassant, intitulée *La Main d'écorché*. Il mit ce cauchemar sur le compte de son esprit, qui traînait encore au bord de la falaise d'Étretat.

En arrivant à la gendarmerie, Guillaume fila tout droit dans le bureau de Basile et Germain, qui s'apprêtaient à aller effectuer une énième visite au mas provençal transformé en studio de cinéma porno.

— Brigadiers, j'ai du boulot pour vous, attaqua-t-il.

Les deux hommes sursautèrent comme s'ils avaient reçu un électrochoc puis le regardèrent, accablés. Guillaume leur rappela que c'était eux qui lui avaient demandé de recevoir la jeune fille avec son histoire d'auto-stoppeuse fantôme.

— Je voudrais que vous vérifiiez dans nos archives s'il n'y est pas fait mention d'un grave accident survenu entre le pont de l'Endre et la Bouverie, et n'hésitez pas à remonter le plus loin que vous pouvez. Ensuite, Anne-Charlotte Palmaro a parlé d'un restaurant où elles s'étaient rendues avant de reprendre la route…

— Le Cerf enflammé, dit Germain en faisant la grimace.

— Vous avez l'air de connaître…

— Je m'y suis rendu une fois avec des amis, mais c'est trop isolé et tellement sinistre que j'ai juré de ne plus jamais y mettre les pieds.

— Je suis désolé, mais c'est pourtant ce que je vais vous demander de faire. Je veux qu'on vous montre leur table et savoir ce qu'elles ont mangé.

— Et je suis obligé d'y aller pour ça ? On peut pas faire tout ça par Teams ? Il y a encore eu deux morts de la canicule, hier soir, et on doit s'occuper de prévenir les familles et les employeurs…

Guillaume le foudroya du regard et tourna les talons sans répondre. En passant devant le bureau du lieutenant Villeneuve, il vit celui-ci lui adresser de grands signes muets lui enjoignant de venir le rejoindre. Ce qu'il fit de mauvaise grâce. Ledit Villeneuve était un ambitieux, non dépourvu de talent. Très doué pour s'approprier le travail des autres et le présenter à ses supérieurs comme son œuvre. Guillaume avait souvent vu cette attitude au sein des administrations mais encore jamais au sein de la gendarmerie.

— Qu'y a-t-il, lieutenant ?

— Il y a une femme qui attend car elle a, dit-elle, des révélations à faire. Elle vient de Roquebrune.

— Pourquoi ne s'adresse-t-elle pas à la police municipale ?

— Elle prétend que l'affaire est trop délicate. Elle aurait pu s'adresser au commissariat central de Fréjus, mais comme vous le savez, la totalité de leurs effectifs est en arrêt maladie…

Non, Guillaume ne le savait pas. Il avait bien entendu parler du malaise et de l'explosion de burn-out chez les flics, mais cela s'arrêtait là. Il évitait, depuis sa mésaventure étretataise, tout contact prolongé avec la police nationale.

Une dame plutôt rondelette d'une cinquantaine d'années avec un gros sac à ses pieds était assise dans la salle où il avait entendu Anne-Charlotte Palmaro. Elle avait légèrement tourné sa chaise afin de mieux observer les allées et venues des brigadiers, tous en chemisette.

Elle portait un tailleur rose fleuri et revenait à coup sûr de chez le coiffeur puisqu'en dépit de la chaleur son chignon choucrouté tenait bon.

Guillaume monta la clim au maximum avant de s'installer face à elle. Aussitôt la femme éternua plusieurs fois de suite.

— S'il vous plaît, pouvez-vous arrêter cet instrument de torture ? Merci.

Guillaume s'exécuta sur-le-champ.

— Je vais vous demander, chère madame, de décliner votre identité…

— Mon nom est Brigitte Saglietto et je dirige la bibliothèque de Roquebrune. Je ne suis pas venue ici pour déposer une plainte mais un objet.

Elle ouvrit son gros sac dont elle sortit un livre qui avait été soigneusement recouvert de plusieurs couches de papier bulle comme s'il menaçait de se briser. Elle le sortit de son empaquetage avec un soin inouï et le montra à Guillaume, qui lut le titre : *Toi l'ami de passage.*

— Cet ouvrage, chuchota-t-elle, est paru récemment aux éditions Granier. Il s'adresse au fugitif le plus recherché de France, Xavier Dupont de Ligonnès. C'est une biographie très libre, très contemporaine. L'auteur met un soin particulier à se mettre en valeur.

Guillaume opina de la tête, il ne savait pas trop où cette femme voulait en venir.

— Si vous le parcourez, vous allez y trouver de multiples annotations au crayon dans la marge. L'écriture est assez régulière pour permettre de déchiffrer une bonne partie d'entre elles. L'auteur des notes écrit à la première personne. Il a commenté chaque étape de la vie du tueur pour apporter des précisions ou contester des faits comme, par exemple, les goûts musicaux de Dupont de Ligonnès… Un exemple : « Contrairement à moi, tu ne connais rien à la country, crétin. Écoute plutôt The Handsome Family, tu comprendras ! »

Brigitte Saglietto s'arrêta et se tapota le haut de la poitrine pour reprendre son souffle. Guillaume lui servit un verre d'eau.

— Merci. Et puis, il y a cette conclusion, que je vous lis intégralement, capitaine : « Je dois te confesser une chose… Un des soucis qui animèrent ma vie fut, en définitive, celui d'être aimé. Je ne suis pas comme toi. Je n'ai pas reçu, enfant, ce baume de l'amour qui a toutes les indulgences. Ils étaient, autour de moi et sur moi. Tous férus de discipline, la plus petite faiblesse ou mollesse était impitoyablement moquée… D'où ma propre dureté envers les autres et envers moi-même, qui conduisit l'extérieur à ne jamais se montrer tendre à mon égard. Tout homme qui commet un crime irréparable demeure l'enfant en quête des douceurs et de l'affection qu'il n'a jamais reçues »...

Elle souligna l'incongruité de la présence de l'objet sur son bureau alors que les portes de la salle de lecture étaient fermées à clef pour prévenir les vols. Elle avait scanné la pastille au dos du livre et trouvé les mentions concernant *Toi l'ami de passage*, l'éditeur, le nom du biographe, le nombre de pages, mais pour la première fois il n'y avait rien d'inscrit sur la provenance du livre. Et, surtout, personne ne l'avait emprunté.

— Je ne sais pas si vous serez en mesure de trouver des empreintes. Je dois reconnaître que je l'ai beaucoup feuilleté avant de vous l'apporter et puis il est possible que l'assassin l'ait lu et ait écrit dedans avec des gants.

— L'assassin... Nous n'en savons rien pour le moment. Vous avez parlé à d'autres personnes de votre découverte ?

— Non, à l'exception de mon mari. J'étais bien obligée également d'interroger mes deux employées, mais elles sont tombées des nues et n'avaient jamais vu ce livre dans nos rayons.

Guillaume se leva et fit plusieurs fois le tour de la pièce. La femme jetait des regards inquiets.

— Je dois ajouter une chose, commissaire.

— Capitaine.

— Oui, si vous voulez. Comment vous le dire sans que vous me preniez pour une folle...

La bibliothécaire tira plusieurs fois sur sa jupe avant de se lancer :

— Je perçois parfois des manifestations qui ne sont pas perceptibles par nos cinq sens.

— Vous essayez de me dire que vous êtes médium… ?

— Le terme n'est pas toujours flatteur. On préfère dire que j'ai un état de conscience modifié. J'ai hésité à venir vous voir car je ne pouvais pas vous apporter ce livre en vous cachant quelque chose. Or, quand j'ai parcouru du doigt les annotations faites dans le récit, j'ai eu une sorte de flash et il m'est apparu une entité qui ressemblait à l'assassin…

— Mais vous n'en êtes pas sûre, et il se peut qu'il vous soit apparu sous une forme diaphane… peut-être est-il mort…

Elle sursauta comme si on venait de l'insulter.

— Non. Je sais très bien faire la différence entre un esprit et une personne bien réelle. L'assassin que vous recherchez est vivant, j'en suis persuadée.

Guillaume ne put retenir un long soupir. En moins de vingt-quatre heures, cette gendarmerie dont les seules activités pouvaient se résumer à la vérification de l'état des piscines ou au vol de maillots de bain dans un des supermarchés de la périphérie avait été réveillée de sa torpeur. Pour une fois, la cité de Roquebrune se trouvait au cœur d'histoires invraisemblables, et ça, ça l'amusait beaucoup.

Il raccompagna Brigitte Saglietto, qui le suivait en trottinant.

— Et maintenant, commissaire, que comptez-vous faire ? demanda-t-elle avant d'éternuer.

— Nous allons faire les examens nécessaires mais aussi nous attacher à étudier ces annotations. Nous allons revenir très vite vers vous mais d'ici là, chère madame Saglietto, je vous demande de garder le silence et de surveiller votre rhume…

— Je serai une tombe ! s'écria-t-elle avant de se mordre les lèvres, consciente de l'incongruité de ce qu'elle venait de dire.

7

Mardi 18 avril

Guillaume contemplait le livre posé sur son bureau. L'objet exerçait sur lui une sorte de fascination. Il enfila lentement des gants pour le feuilleter. Très vite, il tomba sur la première des notes, reçut une violente décharge d'adrénaline.

Allons, se dit-il, ce serait trop extravagant d'avoir entre les mains la preuve que Xavier Dupont de Ligonnès non seulement est encore vivant mais de plus n'a nullement quitté la région...

Comme beaucoup de ses collègues à travers la France, il s'était plongé dans cette histoire et avait dévoré l'enquête réalisée par le magazine *Society*, qui abondait en faits inconnus du grand public.

Il se rappelait aussi les conclusions presque bucoliques du rapport de l'officier de police judiciaire qui avait conduit les recherches : « La solution la plus raisonnable semble donc résider dans l'attente d'une macabre découverte de la part d'un promeneur, d'un chasseur ou d'un ramasseur de champignons à la faveur de l'automne. »

Il finit par se décider à appeler d'Auligny, qui s'était octroyé une journée de télétravail chez lui.

— Bonjour, mon commandant.

— Enfin vous donnez de vos nouvelles, Lassire, ce n'est pas trop tôt ! Vous n'avez pas vu que j'essaie de vous joindre depuis le début de la matinée ?

— Si… mais.

— Il n'y a pas de « mais », capitaine. En dépit de la sympathie que j'ai pour vous et votre parcours, je vous avoue que je commence à m'inquiéter. Je ne voudrais pas que vous preniez cette fâcheuse habitude locale d'alterner absences et pauses, pauses et siestes… Ma famille a tenu à transmettre le sens du devoir et de la disponibilité au service du bien commun, Lassire. Je m'attache personnellement à ce que notre brigade baigne dans ces valeurs.

Guillaume faillit répliquer en lui rappelant la fameuse phrase de Giraudoux sur la famille Pineton de Chambrun : « Je connais bien la famille. Elle est complète : on y trouve un diplomate dont les maladresses mèneront peut-être à la guerre, un parlementaire qui la votera, un général qui la perdra ! » Il jugea préférable de s'en tenir au récit détaillé du témoignage de Brigitte Saglietto et du livre qu'elle avait apporté.

— Un conseil, Lassire : ne prenez pas trop ce qu'elle vous raconte pour argent comptant. Vous risquez de perdre votre temps et, par ricochet, d'en faire perdre à toute la brigade. Dois-je vous rappeler que tous les mois, dans toutes les gendarmeries et dans tous les commissariats, nous recevons des personnes persuadées d'avoir croisé Ligonnès ? Donc analysez ce livre, mais que cela n'empiète pas sur vos heures de travail surtout quand j'ai besoin de vous…

— Vous aviez besoin de moi, commandant ?

Lassire avait fait exprès de poser la question à l'imparfait.

— Oui, bien sûr, mais vous m'avez fait perdre le fil de mes pensées, avec votre légende urbaine…

Guillaume n'était pas sûr que l'expression soit appropriée, s'agissant d'un fugitif qui avait enfoui sa famille entière sous une couche de béton, mais il préféra ne pas poursuivre dans cette voie. De toute façon, sa décision était déjà prise. Il ne connaissait qu'une personne capable de démêler le vrai du faux quand il s'agissait d'un ouvrage, d'un libelle ou d'un manuscrit. Il ne pouvait pas laisser passer l'occasion de faire appel à Paule Nirsen. Quand avait-il entendu le son de sa voix pour la dernière fois ? Trois mois ? Six mois ?

Il tomba à plusieurs reprises sur un répondeur avant de parvenir à la joindre.

— Guillaume, comment vas-tu ? dit-elle comme s'ils venaient de se quitter la veille.

— On ne peut mieux. Surtout depuis que je sais que je vais avoir besoin de tes lumières.

— Tu sais parler aux femmes. Tu m'intéresses !

— À la gendarmerie de Fréjus, nous sommes en présence d'un ouvrage lié à la ville de Roquebrune et à une affaire que tu connais sûrement…

— Sans doute. C'est drôle, cette coïncidence… Imagine-toi que je viens de terminer l'étude d'un manuscrit relatant les exactions commises dans cette région durant les guerres de Religion…

Décidément, les chartistes ne naviguaient pas dans la même temporalité que le commun des mortels. Paule Nirsen devait être une des rares personnes de son entourage pour qui Roquebrune-sur-Argens évoquait les guerres de Religion et non la cavale de Xavier Dupont de Ligonnès. Sans la brusquer, il la fit revenir au XXIe siècle en lui retraçant les grandes lignes de l'affaire, puis lui parla du livre trouvé à la bibliothèque.

— Maintenant oui, je me rappelle cette tragédie, concéda-t-elle presque à contrecœur. Mais vous avez des spécialistes pour ça, non ?

— Nous sommes complètement débordés. Le mouvement de ras-le-bol dans la police nationale a relégué au placard nos missions et nous a obligés à reprendre pas mal de leurs enquêtes.

Guillaume, par esprit de corps et pour ne pas l'embrouiller encore plus, omit de lui dire que ces enquêtes étaient autrefois précisément du ressort de la gendarmerie.

— On a pris un tel retard que cela en devient critique. Si tu pouvais lire ce livre et nous l'analyser, ce serait formidable. C'est dans tes cordes et tu nous sauverais du ridicule si d'aventure, ce qui est le plus probable, les annotations se révélaient être l'œuvre d'un plaisantin. Tu imagines les gros titres dans la presse locale et même nationale ?

Son expérience passée avec les journalistes lui avait laissé un goût amer.

— Il se peut, poursuivit-il, que tu repères quelque chose que nous avons raté ou que tu trouves une idée à laquelle nous n'avons pas pensé, je te demande juste d'y jeter un coup d'œil…

Guillaume s'interrompit tout net, car Paule le connaissait trop bien pour ne pas voir venir le coup du « pauvre de nous, gendarmes mal aimés, en proie à toutes les critiques ».

— Ça te paraît évident, Guillaume, parce que c'est ton quotidien, rétorqua-t-elle.

— Oui, mais laisse-moi ajouter que cela ne devrait pas te prendre beaucoup de temps. Tu arrives, tu passes juste quelques jours. Et tu souffriras moins de la chaleur ici qu'à Paris.

Paule était envahie de sentiments contradictoires. Elle était excitée à l'idée de renouer avec l'univers des enquêtes policières mais se sentait également coupable d'abandonner ses chers manuscrits en quête d'auteurs.

— Pourquoi pas… Ton dernier argument était de loin le plus probant, ironisa-t-elle. Je vais y réfléchir, ça m'a l'air drôlement bizarre, ton affaire ! Mais bon, après tout ne le sont-elles pas toutes ? La plupart du temps, le meurtre est en soi une déclaration, un message de l'assassin à la société qu'il faut décrypter si l'on ne veut pas qu'il commette d'autres crimes.

Elle lui promit une réponse pour le lendemain matin. Après l'affaire d'Étretat, elle avait bien imaginé entamer une carrière d'enquêtrice et ouvrir un cabinet qui aurait initié une collaboration entre différentes disciplines. Mais ses demandes d'aides étaient restées lettre morte. Et, surtout, la paperasse administrative l'avait définitivement rebutée.

Et voilà que l'appel de Guillaume avait réveillé sa soif d'aventures. Cet instant, elle l'attendait depuis des mois et se l'avouait enfin.

8

Mardi 18 avril

Quand elle se réveilla, Marie ne comprit pas pourquoi elle était plongée dans une obscurité totale. Elle sut qu'elle était en danger avant même de se souvenir de ses derniers instants de conscience.

Son premier réflexe fut de tâtonner autour d'elle afin de trouver un point d'appui pour se redresser. Rien.

Après plusieurs essais infructueux, elle finit par se mettre debout. Quatre pas mal assurés, ses bras tendus devant elle. Un mur. Même opération en sens inverse, même résultat. La paroi rêche empestait le moisi. Une cave ?

Tout à coup, elle toucha un anneau, puis un second, avec une chaîne au bout. Cette découverte la fit frissonner. Elle ravala un cri pour ne pas alerter ceux qui l'avaient jetée dans ce trou à rat. Elle continua d'explorer à tâtons, trouva une porte cloutée sans serrure. Au moins n'avait-on pas cherché à l'enterrer vivante.

Ensuite, elle se palpa les bras, les jambes, la tête. Aucune plaie. Elle n'avait mal nulle part. Juste des courbatures et un début de migraine. Au moins, on n'avait pas abusé d'elle.

Comment avait-elle pu arriver dans un endroit pareil ? La dernière chose dont elle se souvenait, c'était une femme qui lui tendait un verre lors de la soirée chez le commandant Enguerrand d'Auligny. Elle était venue car le bruit courait que le réalisateur de *La Porcherie du sexe* y serait. On lui avait dit qu'il cherchait d'autres profils que des blondes aux yeux bleus…

Marie éternua plusieurs fois et porta ses doigts à son visage. Elle les en retira poisseux, comme si elle avait saigné du nez. La migraine se fit plus forte. Elle avait l'impression qu'on lui pelait l'intérieur du crâne avec un économe. Elle s'agenouilla, s'enserra la tête en priant pour que ça s'arrête, roula sur le sol et s'évanouit.

Ses éternuements la firent revenir à elle. Recroquevillée dans un coin, elle se laissa envahir par la panique. Les cinglés qui la tenaient prisonnière n'avaient pas fait tout cela juste pour lui faire peur. Qui étaient-ils ? Que voulaient-ils d'elle ? Elle avait soif. Elle avait faim, et l'impression que quelque chose s'était introduit dans son cerveau pour le dévorer… On l'avait droguée !

Cette pensée fut la dernière avant que la douleur ne revienne, surpassant tout ce qu'elle aurait pu imaginer. Elle voulut hurler, mais seul un grognement étranglé s'échappa de sa bouche. Elle s'évanouit à nouveau.

Elle n'entendit pas la lourde porte s'ouvrir, ne vit pas la lumière balayer la pièce et le petit groupe de personnes en grande conversation qui se tenait sur le seuil et l'examinait à la lueur d'une lampe-tempête.

Leurs visages étaient dissimulés sous des masques de cerf en cuir et leurs mains dans des gants en latex noirs. Tous, à l'exception d'un seul, qui portait sur la tête un crâne de cerf en ivoire et des gants en soie jaune. L'ombre de ses bois bien plus hauts que ceux des autres semblait déchirer la pièce.

— Venez auprès de moi, mes frères et mes sœurs, dit le Masque blême.

Une voix de femme.

— Approchez. Plus près. Ne craignez rien. Cet ange n'est pas près de se réveiller, bien que je n'aie jamais connu une telle résistance.

Une voix l'interpella :

— Avons-nous eu raison d'agir ainsi, Mère ?

Le crâne de cerf se retourna.

— Nous n'avions pas d'autre choix. La prochaine fois, veillez à leur donner une dose assez forte.

— Que fait-on, maintenant ?

— Il faut lui faire inhaler à nouveau du sérum. Tenez-lui doucement la tête en arrière. Il ne doit y avoir aucune marque sur le visage et sur le corps.

Trois silhouettes se penchèrent sur Marie, firent tomber quelques gouttes d'un flacon dans chaque narine. Puis ils la recouchèrent sur le sol avec le même luxe de précautions et l'observèrent un court instant.

— Elle est très belle, souffla une voix.

— L'offrande n'en aura que plus de valeur, coupa la Mère.

— Et maintenant ?

— Elle va tomber dans un coma profond.

— Où allons-nous la porter ? Qu'allons-nous faire d'elle ? Nous ne pouvons pas l'enterrer au village. Il n'y a plus un seul sarcophage en pierre de disponible. Et pourquoi monter le corps jusqu'en haut de la colline, alors qu'il serait plus simple de le jeter dans l'Argens ou dans l'Endre ?

— Ce serait stupide, dit la Mère. Une bonne partie de la rivière et même du fleuve est à sec. Elle va reposer en paix chez elle. Tout simplement. Elle sera morte dans son sommeil. Le médecin de Roquebrune est bien trop occupé à soigner les vivants et à examiner les victimes de violences conjugales pour s'attarder sur ce cas. Ce ne sera qu'une personne de plus morte de la canicule.

9

Mercredi 19 avril

Paule Nirsen avait préféré prendre le train jusqu'à Aix aux aurores. Elle ne supportait plus le vol Paris-Nice, avec ses usagers qui se précipitaient vers la sortie avant même que l'appareil ait touché le tarmac. Sans oublier les taxis locaux, qui regardaient débarquer les nouveaux venus avec l'appétit du prédateur observant un troupeau d'antilopes.

Dans le wagon, le seul désagrément aurait pu être les trois bambins qui avaient décidé, sous l'œil bienveillant de leurs parents, de faire une partie de chat perché dans le couloir, mais Paule avait mis son casque pour entendre une conférence de son collègue Adelbert de Cernin intitulée « Les humanités numériques : que penser des méthodes quantitatives de l'historien sur le cas de Madame de Staël ? ». Le sujet était aride, mais le langage à la fois délicieusement ampoulé et imagé était entrecoupé de saillies humoristiques telles que « le visage de l'héritière Necker, une des plus riches d'Europe, cabotait le long des rivages de la beauté sans jamais parvenir à aborder »…

Paule ne vit pas le temps passer et faillit continuer jusqu'à Marseille Saint-Charles.

Guillaume l'attendait sur le quai en uniforme. Sa stature et le taux de testostérone qu'il dégageait firent taire dans l'œuf les lazzis et les provocations des jeunes qui étaient montés en gare d'Avignon. Paule lui donna l'accolade, l'embrassa sur les deux joues mais refusa énergiquement qu'il porte sa valise.

Le temps qu'ils récupèrent le véhicule de service et rejoignent l'autoroute qui les mènerait à Roquebrune, elle lui fit un rapport enjolivé de son voyage en citant abondamment Adelbert de Cernin, dont Guillaume avait pu apprécier le courage – à moins qu'il ne se fût agi d'inconscience ? – à Étretat.

Elle n'avait décidément pas changé. Toujours ce mélange d'ironie et d'empathie, alors que les deux faisaient d'ordinaire mauvais ménage.

— Tu as eu le temps de manger quelque chose ? demanda-t-il soudain en apercevant un panneau annonçant une station-service-restauration.

Paule répondit qu'il n'y avait pas de wagon-bar dans son train. À vrai dire, elle n'avait pas faim mais elle adorait s'arrêter sur les aires d'autoroute et regarder ce qui s'offrait aux voyageurs. Elle pouvait même trouver de l'intérêt à cette malbouffe qu'elle n'aurait jamais consommée ailleurs.

À peine sortie de la cafétéria, Paule se cala au fond de son siège et attaqua la salade de quinoa armée d'une fourchette en plastique. Après quelques bouchées, elle enleva ses chaussures et posa les pieds sur le tableau de bord.

— Tu te régales ? s'enquit Guillaume.

Elle fit la moue.

— Explique-moi ce que tu faisais à Paris, quand je t'ai appelée.

Guillaume avait toujours du mal à comprendre en quoi consistait le métier de chartiste, et d'ailleurs, il n'était pas très sûr que c'en soit un. Lui qui croyait que ceux qui devenaient élèves de l'École des chartes entraient dans le temple du savoir et de la conservation du patrimoine comme on entre en religion, se coupant ainsi définitivement du monde réel, s'était vite rendu compte qu'ils présentaient l'indéniable avantage de savoir lire dans les entrailles d'un texte au point de pouvoir en révéler l'auteur. Et puis, Paule était restée à un carrefour d'où partaient plusieurs voies professionnelles. Elle incarnait assez bien ce portrait d'un élève troussé jadis par un romancier : « Il était entré à l'École comme on entre sous une porte cochère pendant une averse : pour attendre. » Pour l'avoir vue à l'œuvre, il était persuadé qu'elle avait manqué sa vraie vocation et qu'elle aurait fait une excellente officière de police.

— J'étais sur un manuscrit afin de lui rendre son auteur, lui répondit-elle.

— Et ça paie bien ?

Toujours les pieds calés sur le tableau de bord, elle fit des moulinets avec sa fourchette, essaimant quelques graines de quinoa dans l'habitacle.

— Tout dépend si l'on répond aux attentes du client. Et là, je crains de l'avoir déçu car le texte en question n'est pas de l'auteur espéré. J'avoue que sa demande m'avait intriguée, car Ambroise Perrat n'est pas connu pour avoir édité, jusqu'à présent, des livres de ce type.

— Il publie quoi ?

— Des romans. Essentiellement des jeunes romancières. Il a un vrai sens du casting littéraire.

— Et là il s'attendait à quoi ?

— À une œuvre de Nostradamus. Or, il s'agit d'un de ses contemporains, Guillaume Bouchet. Un conteur de la Renaissance qui se piquait d'être un poète. Ce sont les vers qui concluent le texte qui l'ont trahi. Bien évidemment, quand je les ai lus à Adelbert, il les connaissait. Cet homme sait tout et m'effraie parfois.

Paule tourna la tête vers la fenêtre et crut discerner des vagues de chaleur.

— Qu'as-tu voulu dire, hier, reprit-elle, quand tu as dit que ton affaire était dans mes cordes ? J'ai du mal à penser que vous n'avez pas les bonnes personnes pour prendre en charge ce type d'enquêtes…

— J'ai déjà demandé. Nos experts refusent de s'en occuper.

— Et pourquoi ?

— Ils expliquent qu'ils sont déjà surchargés de boulot et qu'il y a déjà eu trois alertes concernant Dupont de Ligonnès. Bref, pour eux, il faudrait arrêter de croire que Roquebrune-sur-Argens est le refuge préféré des criminels en France…

— Trois ? Tu m'as parlé, hier, de l'hôtel Formule 1, et aussi du pauvre moine qui lui ressemblait…

Guillaume expliqua que, quelques années auparavant, on avait trouvé le squelette d'un homme de la taille de Dupont de Ligonnès avec des lambeaux de vêtements au fond d'un ravin dans le massif qui dominait Roquebrune. Ils étaient parvenus, cette fois-là, à tenir la presse à distance.

— D'accord, mais je ne saisis toujours pas pourquoi tu as autant besoin de moi…

Il fit entendre un soupir d'agacement.

— Parce que tu es la meilleure dans ce domaine et que dans une ville comme Roquebrune, quand la rumeur s'installe, plus rien ne peut la déloger. Est-ce que cela suffit à ton ego ? lança-t-il en commençant à doubler un camion dans une côte sans visibilité.

Son portable sonna.

Il ne va pas doubler et répondre en même temps, s'effara Paule, qui considérait jusqu'à présent sa conduite comme « sportive ».

Ce fut pourtant exactement ce qu'il fit, sans oublier de mettre le haut-parleur.

— Vous avez du nouveau, Germain ?

Le camion accéléra. Guillaume écrasa la pédale d'accélérateur puis se rabattit sèchement. Le routier en klaxonna de rage. Paule rouvrit les yeux.

— Mon capitaine, nous avons vérifié, il y a bien eu un accident grave sur la route qui passe par le pont de l'Endre. Un chauffard ivre a fauché une jeune femme dans un tournant. Morte sur le coup. Nous nous sommes aussi rendus, Basile et moi, à l'auberge du Cerf enflammé. Nous avons pu constater que la dénommée Anne-Charlotte Palmaro était bien présente le soir du dîner, avec quatre de ses amies…

Guillaume raconta à Paule l'histoire de l'auto-stoppeuse qui s'était volatilisée. Elle avait montré un intérêt poli pour la piste de Dupont de Ligonnès. Mais là, elle avait sorti un calepin de son sac et bombardait Guillaume de questions, le coupant parfois pour lui raconter une anecdote sur ce type de phénomène.

Il se demanda si Paule n'avait pas choisi une fois pour toutes d'être la contemporaine d'une dame blanche aussi terrifiante soit-elle plutôt que d'un escroc mythomane un brin minable accusé d'avoir trucidé toute sa famille. Malgré tout, il accepta de lui donner à lire les dépositions des quatre jeunes femmes.

10

Mercredi 19 avril

Guillaume ne s'était pas moqué d'elle. Il voulait vraiment lui rendre le séjour agréable. Il avait déniché non pas un meublé chez l'habitant ou une chambre d'hôtel mais une bastide ancienne, parfaitement restaurée, sur le chemin des Fourches, à moins d'un kilomètre du centre-ville. Le désistement à la dernière minute d'une famille entière avait rendu l'affaire possible pour un prix abordable et sans avoir à payer une partie en liquide. Un exploit ou, plus simplement, la peur du gendarme.

« La maison a dû être autrefois une maison fortifiée, avait dit Guillaume avant de prendre congé, avant d'ajouter : Les chambres sont austères mais il y a une piscine, ce qui est un vrai luxe par ces temps de canicule. »

Paule pouvait profiter seule de cet immense bâtiment de deux étages à la façade ocre et aux volets bleus bien alignés. Son jardin était rempli de mimosa. Les buissons de la plante donnaient l'impression d'avoir tout envahi, ne laissant plus de place aux autres espèces végétales.

La bastide avait aussi l'avantage d'être située au carrefour des différents quartiers de Roquebrune. Paule s'était fait expliquer par la logeuse qui lui avait apporté les clefs et les draps la géographie curieuse de cette cité qui partait des collines et s'était étendue sur dix mille hectares au fil des décennies jusqu'à la Méditerranée. La chartiste en elle pensa aussitôt à ces nations enclavées qui cherchaient un corridor leur offrant un débouché sur la mer. La vérité était plus prosaïque. Les services administratifs du Var n'avaient fait que suivre le cours capricieux de l'Argens.

Après s'être familiarisée avec les dispositions des lieux et avoir choisi de s'installer dans la chambre qui donnait plein est afin d'être réveillée le matin par les lueurs de l'aube, elle appela Brigitte Saglietto, dont Guillaume lui avait donné les coordonnées.

Elle reçut un accueil sympathique. La bibliothécaire lui proposa de passer à la bibliothèque après le déjeuner. Paule accepta car elle souhaitait faire un tour dans la vieille ville. Elle était curieuse de voir si Roquebrune correspondait à l'idée qu'elle s'en faisait après avoir travaillé sur le manuscrit attribué à tort ou intentionnellement à Nostradamus.

Heureusement que les murs épais de la bastide gardaient encore un peu de fraîcheur à l'intérieur car, dehors, la chaleur commençait à devenir étouffante. Paule réfréna son envie d'enfiler une jupe légère ou un short. Tenue trop estivale.

Elle était là pour le travail, se fit un court chignon et choisit une jupe bleue plissée et un chemisier blanc.

En sortant, elle s'arrêta un instant pour humer le parfum poudré et duveteux du mimosa puis gagna la route d'un bon pas. Paule passa successivement devant des lotissements, une base nautique d'où l'on voyait le mythique rocher de Roquebrune et une chapelle transformée en salle d'exposition d'artisanat local avant d'arriver au pied de la colline où se trouvait le village.

Roquebrune avait été bâtie sur le mode traditionnel des cités médiévales perchées de la région, blotties sous la protection d'un château. Paule pouvait encore en discerner les murailles.

Elle s'arrêta pour acheter une fougasse au chorizo qu'elle grignota en remontant la rue principale jusqu'à déboucher sur une jolie petite place avec des cafés sous les arcades, des fontaines et une haute bâtisse de trois étages. Elle s'approcha et lut qu'elle avait été la propriété de l'ordre du Temple. C'était le témoignage d'une époque où la Provence était considérée par les croisés comme la porte de l'Orient. À coup sûr cet édifice qui tenait encore debout devait attirer les doux dingues qui ne pouvaient pas voir un bien ayant appartenu aux Templiers sans penser souterrains, salles au trésor et bimbeloteries ésotériques.

Elle emprunta une rue qui aurait pu servir de décor à un film tiré de l'œuvre de Dumas et trouva la bibliothèque (Paule avait en horreur le mot « médiathèque »). Quand elle entra, tous les regards des employés se tournèrent vers elle.

Une petite femme boulotte rompit l'enchantement en lui tendant une main ferme que la chartiste saisit sans hésiter. Elle faillit sursauter car son interlocutrice avait effectué une légère pression avec trois doigts sur son poignet. Paule lui répondit de la même manière.

— Je suis Brigitte Saglietto, la directrice, et vous devez être Paule Nirsen, l'experte qui nous vient de Paris.

Il n'y avait aucune raillerie dans ses propos, plutôt le constat dressé que l'affaire était d'importance. Puis, de but en blanc :

— Vous aimez le chocolat ?

— Demandez à un chat s'il aime le lait, lui répondit une Paule amusée.

— Alors, venez, je vous invite dans un endroit que vous devriez apprécier.

Une fois assises en terrasse sous l'enseigne *La Chocolaterie du Rocher*, la bibliothécaire expliqua fièrement à Paule qu'il y avait une histoire d'amour entre Roquebrune et le chocolat. On comptait une dizaine de chocolatiers rien que dans le village. Cette précieuse fève avait été connue ici bien avant que Versailles en fasse un mets de roi. C'était un capitaine espagnol qui l'avait introduite car dans son pays le chocolat faisait déjà fureur. Paule dressa l'oreille.

— Dites-moi, ce capitaine ne s'était-il pas mis au service du comte des Issambres ?

Brigitte Saglietto la regarda, stupéfaite.

— Si, et c'était un sinistre traîne-rapière. On l'a soupçonné d'avoir commis bien des crimes avant de venir s'installer ici. Et d'avoir continué ses sévices tout en pratiquant de vraies orgies... Vous semblez bien connaître l'histoire de Roquebrune...

Sans citer la maison d'édition, Paule expliqua qu'elle avait travaillé sur un manuscrit relatant la guerre sanglante entre catholiques et protestants.

— C'était une période assez sombre, reconnut Saglietto en hochant la tête pensivement. Quand on essaie de vivre du tourisme, comme ici à Roquebrune, il y a des épisodes que l'on aimerait passer sous silence...

La serveuse arriva et leur demanda si elles avaient fait leur choix. Paule n'avait pas fini de lire la carte où s'étalaient toutes les déclinaisons du cacao, y compris pour les végans et les intolérants au lactose. Elle demanda une glace au chocolat et un grand verre d'eau et Brigitte Saglietto un citron pressé et une tablette de chocolat à la tomate.

Leur conversation débuta par leur amour commun de l'écrit. Brigitte Saglietto soumit Paule à un feu roulant de questions sur les études nécessaires pour devenir chartiste, lui demanda également si cela avait été une vocation, quel était celui des manuscrits sur lesquels elle avait travaillé qui l'avait le plus marquée. Paule répondit et s'enquit à son tour des difficultés rencontrées pour inciter les gens à retrouver le chemin de la lecture. À les voir ainsi, s'esclaffant, se saisissant l'avant-bras, on aurait dit deux amies de longue date en goguette.

Puis Brigitte Saglietto évoqua la biographie annotée de Xavier Dupont de Ligonnès et l'effroi qu'elle avait ressenti en découvrant le livre sur son bureau.

— Le seul fait de penser qu'un tel criminel ait pu s'introduire ici comme s'il était chez lui… Peut-être même a-t-il écrit sa dernière remarque pendant qu'il était dans mon bureau…

Elle se caressa le bras comme si elle avait la chair de poule.

— Je ne sais si le capitaine Lassire vous l'a dit, mais je suis un peu médium, poursuivit-elle. Je déteste les supplices que l'on inflige aux livres, or, vous le constaterez par vous-même, l'auteur a agressé les pages avec son stylo. Sur le moment, ne pensant même pas aux empreintes, j'ai caressé la page blessée, et là, ce que j'ai vu m'a terrifiée. J'ai parlé d'un homme dont le visage fondait au soleil. Et c'est vrai que je l'ai vu, mais…

— Mais ?

— À vous je peux le dire sans que vous me preniez pour une illuminée. J'ai vu aussi une forme féminine derrière lui. Quelque chose de primitif que les anciens invoquaient afin de rendre les hommes fous…

Ces derniers mots furent susurrés. Brigitte Saglietto se tut, croqua la moitié de sa tablette comme si elle cherchait un réconfort face à ses émotions. La serveuse était de retour avec une carafe d'eau et les deux femmes demeurèrent silencieuses pendant qu'elle remplissait leurs verres.

— Et vous avez fait le même constat quand vous avez donné l'ouvrage au capitaine Lassire ? reprit Paule.

Brigitte Saglietto la regarda, étonnée.

— Non seulement je n'ai pas cherché à recommencer cette terrible expérience, mais j'avais soigneusement enveloppé le livre pour que rien ne s'en échappe. Je me suis trop exposée. J'ai un engagement humaniste, mais j'ai aussi une famille à protéger. Il faut que j'arrête de me mettre en quatre pour les autres…

Paule savait par expérience jusqu'où pouvait conduire la tentation de traquer un criminel, mais aussi quelle ivresse c'était !

Elle se leva pour payer et Brigitte l'en empêcha. Paule promit à la bibliothécaire de revenir la voir pour lui donner les conclusions de son enquête. Elle reprit le chemin en sens inverse mais sans s'attarder sur les bâtiments. L'air devenait oppressant, au point qu'on aurait pu se croire dans une étuve. La chaleur l'amollissait physiquement. Mais sa discussion avec Brigitte Saglietto avait fait remonter des fragments de souvenirs. Perdue dans ses pensées, elle ne prêta aucune attention aux passants qui se poussaient du coude en la voyant parler à voix haute. Elle avait l'habitude.

Plus qu'un mot, c'était un chiffre qui revenait sans cesse dans sa tête. Quatre. Pourquoi quatre ? Parce que Brigitte Saglietto avait employé l'expression familière « se mettre en quatre » ? Où avait-elle entendu ce chiffre ?…

Elle déboucha sur la chapelle romane Saint-Roch, fermée au public mais devant laquelle stationnaient cinq bikers près d'une buvette qui vendait des burgers. Elle comprit. Et appela aussitôt Guillaume.

— Dis-moi, quand ton collègue t'a parlé tout à l'heure du dîner de la conductrice dans cette auberge… il a bien dit qu'elle s'y trouvait avec quatre autres convives ?

Silence. Guillaume avait vu juste : Paule s'intéressait davantage aux légendes urbaines qu'aux crimes bien réels.

— Il faudra que je lui redemande… mais oui. Pourquoi ?

— Elles étaient quatre jeunes filles dans le véhicule, au retour.

— Où veux-tu en venir, Paule, je suis un peu pressé, là…

En dépit du ton agacé, elle insista :

— Contrairement à leurs déclarations initiales, les convives n'étaient pas quatre mais cinq à table. Sont-elles venues ensemble ? C'est probable, mais alors qui était la cinquième ? Est-elle repartie par ses propres moyens ? Et si oui, avec qui ? Tu ne trouves pas cela étrange ?

Guillaume, du coup, se concentra.

— Le choc provoqué par l'auto-stoppeuse leur a peut-être fait oublier qu'elles étaient cinq à table…

— Mais l'auraient-elles abandonnée en partant ? À les en croire, poursuivit Paule, elles sont reparties comme elles étaient venues, elles auraient dû être cinq et non quatre. Sauf qu'entre-temps l'une d'elles s'est transformée en auto-stoppeuse façon fantôme…

— Tu es où, là ?

— Devant la chapelle Saint-Roch.

— Trouve-toi un lieu ombragé, j'arrive.

11

Mercredi 19 avril

Paule se dirigea vers la buvette. Les bikers à la peau tannée par le soleil buvaient des Budweiser à même la canette autour d'une table en dégustant sur le pouce de leurs mitaines cloutées des tramezzini à la mozzarella toastés. Ils étaient en grande conversation mais à l'arrivée de la jeune femme ils s'arrêtèrent net et la dévisagèrent. Paule était incapable de distinguer les motards tatoués aux cheveux longs qui aimaient la moto des motards tatoués aux cheveux longs qui aimaient la moto et surtout foutre la merde. Elle devait en avoir le cœur net. En bonne pratiquante de boxe française, elle choisit d'aller au contact.

— Bonjour, messieurs, je peux vous aider ?

Un grognement se fit entendre. L'un d'entre eux, qui aurait pu passer pour un des multiples sosies de Johnny Hallyday, s'approcha d'elle.

— Tu es de la mairie ?

— Non, pourquoi ?

— Parce que tu es habillée comme une nénette de la mairie, avec ta chemise blanche et ta jupe bleue. Elles ont toutes le même uniforme.

— Est-ce que le bandana ou le blouson font forcément le motard ? rétorqua de but en blanc Paule, ce qui détendit l'atmosphère.

Le biker rit puis il lui déroula malgré tout son cahier de doléances. La mairie de Roquebrune avait interdit le rassemblement annuel festif des Hell's Angels qui se tenait traditionnellement en août. La raison avancée était qu'ils avaient balancé des poupées gonflables en guise de bouées sur le lac.

— En vérité, dit le motard, ils ne supportent pas la liberté. Vivre sans attaches, avoir le goût de l'aventure, respecter un code de l'honneur, c'est trop pour eux. Ils ont tous ici le fantasme de vivre comme aux States, avec leurs villas et leurs piscines, mais ils n'ont rien compris à l'esprit de l'Ouest… On est des parias, alors qu'ici, à Roquebrune, c'est le royaume des sectes…

— Des sectes ? releva Paule.

Elle n'obtint pas de réponse car l'homme qui tenait la buvette intervint dans la conversation, le torchon posé sur une épaule :

— Vous êtes bien sympas, les gars, mais vous aviez beau être des centaines à votre petite sauterie, cela n'a rien rapporté aux commerçants d'ici !

Ses deux employés s'étaient arrêtés de nettoyer le comptoir. Ils l'approuvèrent et défièrent du regard les motards.

— Vous, les riverains, vous êtes comme ces touristes qui se plaignent du bruit des cigales… ironisa le porte-parole des bikers.

— Les cigales ne sont pas assez connes pour faire déraper leurs roues arrière en accélérant, rétorqua le patron de la buvette.

La tension monta d'un cran. Déjà un biker s'était pesamment levé et avait empoigné sa chaise. Paule vit le moment où elle allait devoir s'interposer entre les deux camps.

L'arrivée de Guillaume en uniforme calma tout ce petit monde.

— Tu en as mis du temps ! s'exclama Paule.

— Il y avait un camion semi-remorque à l'entrée de Fréjus.

Les motards tournèrent les talons et remontèrent sur leurs motos, rappelant du même coup que si la Harley est un mythe, son bruit est une réalité. Paule attendit que la fumée soit retombée et proposa à Guillaume de s'asseoir après avoir commandé deux cafés.

— J'ai dû te paraître bizarre, avec cette histoire de chiffre quatre…

— Au début oui, concéda Guillaume, je ne voyais pas où tu voulais en venir, et puis j'ai compris, en relisant les dépositions des jeunes filles, qu'il y avait, en effet, un élément essentiel qui nous avait été caché. Pourquoi n'ont-elles jamais mentionné de cinquième ? J'ai demandé à Basile et Germain de les faire revenir demain matin à la gendarmerie. Je voudrais que tu sois là.

— Elles ont peut-être mieux à faire…

— La conductrice, Anne-Charlotte Palmaro, est bien revenue pour s'inquiéter des suites que nous comptions donner à leurs dépositions, elle verra ainsi que nous n'avons pas lâché l'affaire.

Paule reconnaissait bien là le militaire qui se présentait toujours au rapport et dont le principal souci était de montrer aux victimes ou aux plaignants qu'ils avaient bien une forme de droit de suite.

— Tu m'accompagnes à la gendarmerie. Il est temps que tu puisses te plonger dans le livre et ses annotations. Je t'ai réservé une salle au rez-de-chaussée. Elle est petite mais juste située au nord, c'est celle où tu risques le moins d'étouffer, et dans celle d'à côté il y a un distributeur de boissons…

— Le grand luxe, dit Paule, faisant sourire Guillaume.

Ils étaient amis depuis trop longtemps pour se formaliser de ce genre d'ironie.

La gendarmerie était un long bâtiment couleur beige du genre sinistre, construit sur trois étages dans les années 1970.

Quand ils y pénétrèrent, Guillaume fut surpris par le nombre de personnes qui attendaient à l'accueil.

— C'est quoi, cette agitation ? demanda-t-il au lieutenant Villeneuve, qui traversait le couloir, sa chemise bleue imbibée de sueur et des photocopies à la main.

— D'Auligny est sur le pont… Ça n'arrête pas depuis le début de l'après-midi… Un septuagénaire s'est fait tabasser par un groupe de jeunes. Il les regardait de travers, paraît-il. Le malheureux est tellement fracassé qu'il a été admis aux urgences… en urgence. Les agresseurs ont été identifiés. L'un d'entre eux était sous le coup d'une reconduite à la frontière. Deux filles se sont battues sur le port parce que l'une avait traité l'autre de pute sur les réseaux sociaux avec photomontage à l'appui. La bonne copine a été poignardée à six reprises avec une paire de ciseaux. Là aussi, direction l'hosto. Un couple de commerçants a agressé des touristes qui sont entrés dans leur magasin de fringues en mangeant des glaces et ont commencé à déplier leurs vêtements de marque. Ça a fini en bagarre générale… Ah oui, j'ai aussi une jeune prof qui est portée disparue depuis trois jours, deux tentatives de viol dans les toilettes du cinéma Lex et un pitbull martyrisé par ses maîtres… Et à part ça, toi, ça va ? Toujours en vacances ? Tu nous reviens quand ?

Villeneuve semblait très content de lui, tout autant qu'un enfant qui fait un dessin et qui l'affiche sur la porte du réfrigérateur.

La canicule avait attisé sa volonté d'en découdre. Guillaume se sentit presque coupable de ne penser qu'à son ouvrage annoté et à son auto-stoppeuse fantôme.

— Est-ce qu'il ne serait pas judicieux de rouvrir les arènes de Fréjus et de relancer les combats de gladiateurs ? lui murmura Paule à l'oreille.

Guillaume ne répondit pas : d'Auligny avançait vers lui à grands pas.

— Capitaine ! J'ai eu un bienfaiteur de notre brigade en ligne…

Guillaume ignorait ce que ce terme de « bienfaiteur » pouvait recouvrir, en l'espèce.

D'Auligny le poussa dans le dos et l'assit dans un fauteuil près de l'accueil.

— Lassire, vous êtes en train de nous poser des problèmes. Au vu de toute cette folie environnante, ce n'est vraiment pas le moment. Il me semblait pourtant que vous alliez vous tenir à carreau, après votre mésaventure à Étretat…

— Pardonnez-moi, mon commandant, commença Guillaume, mais je croyais avoir carte blanche pour élucider le mystère du livre retrouvé à la médiathèque. C'est pour ça que j'ai fait venir la meilleure spécialiste française, Paule Nirsen, qui m'accompagne…

Le commandant ne la gratifia même pas d'un regard.

— Qui vous parle de bouquin ? Je vous parle, moi, de cette affaire d'auto-stoppeuse. Et je suis trop bon quand je parle d'affaire, alors qu'il s'agit tout au plus d'une farce d'ados ! J'ai reçu un appel de cet ami qui aide BEAUCOUP notre brigade, il paraît que vous avez eu l'idée saugrenue de faire revenir ces jeunes filles à la gendarmerie… Pour peu que l'une d'entre elles fasse une vidéo sur TikTok ou que sais-je, nous allons être la risée du pays !

Le chef de brigade tendit un papier sur lequel était griffonné un numéro.

— Vous allez me faire le plaisir d'appeler notre ami, Albert Palmaro, il attend…

— Palmaro ? Il doit être de la famille d'une des auto-stoppeuses…

— C'est leur oncle, rétorqua le commandant sèchement. Et c'est aussi le président des patrons et exploitants et, surtout, le patron du Syndicat de l'eau du Var. Dois-je vous faire un dessin ? Donc, vous allez prendre rendez-vous avec lui. Maintenant. Pas dans une heure.

Sur ce, il tourna les talons et alla jeter quelques foudres sur d'autres membres de la brigade.

12

Jeudi 20 avril

La convocation des quatre jeunes filles avait été fixée à 8 heures. Dix minutes avant, elles attendaient déjà, en rang d'oignons sur le banc face à l'accueil. En dépit de l'heure matinale, il faisait chaud comme si la pièce était une serre tropicale. Guillaume, assisté de Basile et de Germain, découvrait les trois autres passagères. Il fut frappé par le fait qu'elles se ressemblaient. Même coupe de cheveux, même silhouette, même type de vêtements et, surtout, même posture. Cette volonté affichée de ne former qu'une seule et même entité mit Guillaume légèrement mal à l'aise.

Il avait demandé aux deux gendarmes d'être le plus agressifs possible et de finir en les mitraillant de questions sur la cinquième convive. Qui était-elle ? Pourquoi n'était-elle pas rentrée avec elles ? Comment était-elle repartie ? Il avait aussi décidé qu'Anne-Charlotte Palmaro serait entendue en dernier.

La jeune fille pour l'heure face à Guillaume s'était trouvée près d'Anne-Cha, à la place du mort. Alors qu'il taillait son crayon afin de prendre des notes, elle l'observait avec un air de défi calqué sur celui de la conductrice lors de son premier interrogatoire.

— Bonjour, vous vous appelez ? dit le capitaine.

— Fanny Palmaro. Et vous ? Vous êtes qui ?

Le capitaine lui lança un regard noir. Il prit son crayon et le cassa en deux, ce qui la fit sursauter.

— Je suis un représentant de la force publique, dit-il d'une voix sourde. Un militaire que vous dérangez avec vos putains de gamineries alors que j'ai bien d'autres urgences à traiter en ce moment.

Il la vit devenir toute pâle, baisser la tête et contempler ses pieds.

— Vous connaissez les peines que vous encourez si vous continuez ainsi à mentir ? Ce n'est pas un jeu. Vous êtes parente d'Anne-Charlotte Palmaro ?

— C'est ma cousine. Nous sommes toutes cousines. Anne-Cha, Rebecca, Jeanne et moi.

Guillaume se demanda pourquoi les deux crétins qui lui tenaient lieu de collègues n'avaient pas mentionné ce fait. Un mensonge familial, ce n'est plus un mensonge, c'est une vérité aménagée puis choyée.

— Vous vouliez fêter votre bac, c'est bien ça ? Pourquoi avez-vous choisi cette auberge ?

Fanny Palmaro avait retrouvé des couleurs et passa aussi sec à l'offensive :

— Ce serait interdit ? J'ignorais qu'on avait rétabli le confinement. J'ignorais aussi qu'il y avait de bons et de mauvais endroits. Pensez à éditer, à la gendarmerie, un bottin gourmand du Var…

Guillaume se leva lentement et ouvrit une armoire en fer pour en sortir un annuaire qu'il commença à feuilleter avant de se tourner vers la jeune fille.

— J'ai connu un flic qui arrivait à faire avouer des truands avec seulement un ou deux coups d'annuaire bien placés. C'est très douloureux, mais je peux te garantir que ça ne laisse aucune trace.

Il s'approcha d'elle et, d'instinct, elle se rejeta en arrière. Il laissa tomber le bottin, qui fit un bruit sourd en s'écrasant sur la table.

— Bon. Vous étiez quatre autour de la table.

— Oui.

— Tu mens. Il y avait une cinquième convive.

— Jamais de la vie ! protesta-t-elle.

Elle avait répondu avec un aplomb qui avait surpris Guillaume.

— Tu es en train de me dire que vous êtes venues à quatre au Cerf enflammé et que vous étiez quatre à votre table ?… Désolé, ma petite, mais cela ne correspond pas à la version de l'aubergiste…

— Vous savez quoi ? Confrontez-nous avec lui. Son établissement était plein à craquer, et il était bien trop occupé à trafiquer les additions pour faire attention aux personnes qui dînaient dans son… restaurant !

L'entretien continua sur le même registre pendant quelques minutes encore. Guillaume sortit dans le couloir pour retrouver ses deux collègues. À leurs mines déconfites, il comprit qu'ils n'avaient pas progressé plus que lui.

— Qu'est-ce qu'on fait, mon capitaine ? On continue et on passe au témoignage d'Anne-Charlotte Palmaro ? Ça fait un moment qu'elle attend. Ça l'aura peut-être rendue plus malléable que ses cousines…

Il n'y avait rien à en tirer. Elles étaient dans le déni total. Nul doute qu'Anne-Charlotte Palmaro allait leur tenir le même discours que les trois autres. Il ordonna donc à ses collègues de les libérer toutes les quatre. Auparavant, il avait un reproche à formuler.

— Dites-moi, vous deux, vous vous êtes bien gardés de me dire que les passagères et la conductrice étaient parentes !

— Parentes éloignées, s'empressa de corriger Germain. Le nom de Palmaro est très ancien et très répandu dans la région. Ce doit être d'origine italienne, je crois.

Ce fut avec ces derniers mots que Guillaume conclut le résumé de la matinée qu'il fit à Paule. Elle demeura un court instant songeuse puis secoua la tête.

— Qu'y a-t-il ? l'interrogea-t-il.

— Ce n'est pas parce qu'un nom se termine en *o* ou en *i* qu'il s'agit d'un patronyme italien…

Guillaume se dit que son amie réagissait vraiment en décalé. La nouveauté était que les quatre jeunes filles défendaient ce qui était devenu un secret de famille, et la seule chose qui intéressait la chartiste était l'étymologie de leur nom…

— Tu ne me demandes pas où j'en suis avec le livre de Brigitte Saglietto ?

Paule s'amusa de sa gêne. Rien à faire, il lui fallait toujours commencer par raconter son histoire, tout le reste passait après. La mimique qu'il fit en étant pris en flagrant délit d'égoïsme l'attendrit. Elle eut envie de lui caresser la joue comme autrefois, se retint.

Elle lui raconta dans le détail comment elle avait étudié d'abord le texte, puis le style, les références, la construction syntaxique et le vocabulaire employé. Elle vit qu'il s'efforçait d'étouffer un bâillement et lui proposa d'arrêter ses digressions sur la stylométrie. Guillaume nia tout désintérêt. Il avait tout simplement faim et il était temps de se mettre en route, car le restaurant était situé à une trentaine de kilomètres de Roquebrune.

13

Jeudi 20 avril

La veille, avant d'appeler le fameux Albert Palmaro, Guillaume avait pris quelques renseignements auprès de ses collègues. Lorsqu'il avait confié à Paule les renseignements qu'il avait glanés, celle-ci avait résumé l'ensemble en une formule lapidaire :

« Bref, c'est un parrain. »

Le gendarme était inquiet. Il avait déjà eu droit dans le passé à des interventions de notables, mais là il sentait qu'il entrait dans un autre univers, régi par d'autres règles… ou plutôt par leur absence. Il avait quand même accepté l'invitation à déjeuner de Palmaro, après en avoir référé au commandant d'Auligny. Une invitation pour deux personnes, puisqu'il lui avait été proposé de venir accompagné. Aussi Guillaume avait-il demandé à Paule de se joindre à lui. Cette dernière s'était d'autant moins fait prier que le restaurant en question figurait dans les meilleurs guides. Chez Bruno, la truffe se déclinait dans tous ses éclats.

— Je suis ravi de faire enfin votre connaissance, capitaine.

Pour l'homme qui venait de s'adresser à Guillaume, il était évident que Paule était un élément de décoration. Elle ne se priva pas pour le dévisager. Albert Palmaro était un croisement entre Jabba le Hutt et Andy Garcia. Il s'épongeait le front en permanence avec sa serviette, sans pour autant tomber sa veste, sous laquelle on devinait une rutilante paire de bretelles Gucci. À peine le capitaine et la chartiste furent-ils assis qu'ils furent rejoints par une jeune femme qui portait un jean serré révélant un derrière rebondi et un tee-shirt si possible encore plus moulant. Elle posa un bout de fesse sur une chaise et croisa négligemment les jambes.

— Je vous présente la précieuse Miranda. C'est ma cheffe de cabinet. Mais avant de parler de nos petites affaires je vous propose de commander…

Le ton ne souffrait aucune réplique. L'apéritif de bienvenue était composé de larges tartines de pain grillé couvertes de lamelles de truffe blanche.

Aussitôt après, une serveuse présenta à chacun des convives un artichaut farci au foie gras des Landes, nappé de jus goûteux à la truffe et de pelures de truffe. Après quoi, Paule et Guillaume eurent droit à ce que la maison présentait – non sans raison – comme un plat d'anthologie : une pomme de terre « simplement » cuite au four, accompagnée d'une crème de truffe et saupoudrée de truffe noire *Tuber melanosporum* finement râpée. Mais cela ne pouvait s'arrêter en si bon chemin, même si Paule n'avait déjà plus faim. Il fallut composer avec du homard bleu de Bretagne rôti nappé d'une bisque légère parfumée aux truffes et un fromage au miel et truffes, entre lesquels vint s'intercaler un granité de champagne à la truffe…

— Cela fait quarante ans que je viens dans cet établissement, confia Albert Palmaro. La première fois, j'étais jeune attaché parlementaire de François Léotard, paix à son âme. Et vous savez quoi ? Je commande toujours le même menu. Comment dit-on déjà, dans ce film avec Alain Delon ? « Il faut que rien ne change pour que rien ne change… » C'est bien ça ?

Ni Guillaume ni Paule n'eurent à cœur de rectifier…

— Voyez-vous, je suis aussi cinéphile, à mes heures perdues.

Il s'ensuivit un long tunnel durant lequel le « président » – ainsi que l'appelait sa cheffe de cabinet – raconta comment il tenait à bout de bras le département, l'empêchant de tomber entre les mains des adversaires de la démocratie. Adversaires qu'il parvint à ne jamais définir.

Guillaume était impressionné par ces potentats locaux qui, par la grâce d'un clientélisme à peine déguisé, exerçaient un droit de haute et basse justice sur nos petites misères quotidiennes. De son côté, Paule se remémorait quelques passages de Suétone où il dépeignait des gouverneurs romains perdus aux confins de l'Orient. De Suétone, elle passa très vite à Catulle, lorsqu'elle entendit leur hôte s'appesantir sur les formes d'une candidate au Conseil départemental.

Palmaro avait commencé son parcours comme horticulteur, et était rapidement devenu président du Syndicat intercommunal des arrosants. Cela ne s'inventait pas. Et lui avait valu d'être tout aussi rapidement chargé des opérations spéciales du département. Il ne s'était pas contenté d'arroser les grosses légumes, mais aussi les flics, les greffiers, les guichetiers, les militants associatifs, les notaires… C'est à cette occasion qu'il avait fait la connaissance du commandant d'Auligny, « un excellent ami ».

Il fut longuement question de l'aide financière que lui et ses amis accordaient aux gendarmes pour financer la restauration de leur caserne. C'est qu'il savait se montrer généreux, voire prodigue, avec l'argent public. Des sommes rondelettes s'écoulaient entre ses doigts lourdement bagués.

— Ce sont des petits arrangements entre nous, dit-il à Guillaume en lui tapant sur l'épaule. Le bon sens doit savoir être en avance d'une loi.

Il avait examiné le capitaine, qui n'était pas en uniforme, et avait remarqué sa veste en tweed bon marché, ses ongles coupés très court. Il pensait flairer la soumission du futur protégé et supposait tenir là une pâte tendre, facile à modeler avant de l'étaler.

— Alors comme ça, jeune homme, on rêve d'une carrière dans la gendarmerie ? Savez-vous que je connais intimement votre patron, le général de corps d'armée André Vauguelin ?

Palmaro se foutait des hypothétiques talents de Guillaume. Il était trop content de montrer l'étendue de son pouvoir, qui débordait largement des confins de la plaine du Var.

Comme toujours dans ce type d'agapes, la vraie raison de ce déjeuner survint à la fin, abruptement :

— Au fait, capitaine Lassire, j'ai entendu dire que vous enquêtiez sur une histoire d'auto-stoppeuse fantôme… Si j'étais vous, je laisserais tomber cette affaire et les gamines qui ont inventé cette salade. C'est jamais très bon pour le tourisme, ces histoires… Miranda, tu fais quoi, là ?

La cheffe de cabinet pianotait sur son portable et lui montra des messages.

— OK. Tu m'appelles fissa le rédacteur en chef de *Fréjus Magazine*. Il a intérêt à mettre la pédale douce, s'il veut qu'on continue de subventionner son salon du livre merdique…

Il se tourna vers Paule en se grattant l'entrejambe.

— Vous savez qu'ils nous bassinent, avec leur culture… Je m'occupe d'agriculture, moi, pas de culture !

Le déjeuner terminé, Albert Palmaro parvint à s'extraire de sa chaise et reconduisit Guillaume et Paule jusqu'en haut du grand escalier du restaurant, les épaules bien droites et la démarche raffermie par cent quarante kilos de certitudes varoises.

Lorsqu'ils eurent regagné leur voiture, Paule se tourna vers Guillaume.

— Sois gentil, doucement dans les tournants. Je ne voudrais pas vomir toute cette bouffe…

Guillaume venait à peine de franchir les grilles du restaurant que son portable vibra dans sa poche. Il s'arrêta immédiatement sur le bas-côté de la route. D'Auligny. Le procureur de Fréjus venait de l'appeler car la police municipale de Roquebrune avait découvert un corps sur les bords de l'Endre.

— Un suicide ? demanda Paule.

— Je ne connais pas les détails, répondit Guillaume. D'après ce qu'ont dit les policiers, ce n'est pas beau à voir. Je dois y aller. Tu resteras dans la voiture.

DEUXIÈME PARTIE

Sur les bords de l'Endre

Toutes les eaux sont couleur de noyade.

Syllogismes de l'amertume, Cioran

14

Jeudi 20 avril

Il lui fallut moins d'une demi-heure pour arriver à destination, avec une Paule cramponnée des deux mains à la poignée de sécurité. La gendarmerie avait déjà barré l'accès à la rivière et érigé un large périmètre de sécurité. Deux gyrophares tournaient. L'air était chaud et humide. Guillaume sentait sa chemise lui coller à la peau, mais il enfila sa veste pour rejoindre l'attroupement.

Il ignora les journalistes qui étaient déjà présents. Sans doute avaient-ils été alertés par un des policiers municipaux. Il longea la berge du fleuve et vit des hommes accroupis au-dessus d'une masse recouverte d'une bâche en plastique. Il s'approcha et fit un geste du menton pour qu'on la découvre.

Le visage était méconnaissable. Ce n'était qu'une masse informe, bleu et noir. Seuls les longs cheveux bruns qui flottaient tout autour de son cou révélaient qu'il s'agissait d'une femme, vêtue d'une robe qui avait été jaune. La peau de ses bras était flasque comme une manche de chemise qui n'est pas à la bonne taille. Guillaume se tourna vers un des gendarmes, qui se présenta aussitôt :

— Brigadier-chef Esquirol, mon capitaine.

Un petit homme timide et grassouillet, qui n'arrêtait pas de se ronger les ongles.

— Elle est là depuis combien de temps ? Vous avez une idée ?

Il secoua la tête.

— C'est vous qui avez sorti le corps de l'eau et l'avez mis sous la bâche ?

Guillaume n'avait jamais vu une possible scène de crime aussi saccagée. C'était presque un cas d'école.

— Oui, mon capitaine, dit Esquirol, qui avait retrouvé la parole. Nous avons craint une soudaine remontée des eaux et que le corps soit emporté plus loin…

Il s'attendait apparemment à être félicité. Guillaume regarda la rivière presque à sec. Décidément, c'était un sans-faute dans le n'importe quoi.

— Où est le médecin légiste, le docteur Kateb ?

— Il arrive, répondit Esquirol.

— Vous n'avez touché à rien d'autre ?

— Si. Elle avait autour de la tête une sorte de couronne qui ressemblait à des bois de cerf et à côté d'elle un attrape-rêves à moitié calciné. Nous avons enveloppé ces deux objets dans une autre bâche. Vous croyez que c'est un rituel ?

— N'y a-t-il pas toujours quelque chose de rituel dans un crime ? lui demanda Guillaume.

Il regretta sa remarque. Il était inutile de polémiquer avec un gars qui déplaçait un cadavre avant l'arrivée du médecin légiste. Le gendarme le dévisageait. Il était clair qu'il était en attente d'un avis ou d'un ordre sur la marche à suivre.

— Votre réputation vous précède, capitaine Lassire, murmura Esquirol.

Guillaume salua Villeneuve et Germain, qui venaient d'arriver. Ils étaient, eux, en uniforme.

— C'est un coureur à pied qui a découvert le corps, reprit Esquirol.

— Par cette chaleur ?

Le brigadier écarta les bras en signe d'impuissance. L'homme avait laissé sa voiture sur le parking à la gauche du pont pour remonter le cours de l'Endre jusqu'au moulin de Gournié et faire le tour du lac.

— J'ai noté son nom, ajouta-t-il sur un ton victorieux. Il s'agit de M. Aron Stevens. C'est lui, là-bas…

Il désigna du menton un colosse roux en baskets, short et sweat à capuche gris arborant l'inscription *New Orleans Lions*. Bien planté sur des cuissots de lutteur, il faisait face à un groupe lesté de calepins et de caméras.

Ce qu'il y a de formidable avec les Américains, c'est qu'ils sont des comédiens-nés, songeait Guillaume. On a l'impression qu'ils ont été élevés pour être au moins une fois dans leur vie sous les feux de la rampe. Le témoin d'un accident ou d'un crime, en France, il va se contredire, bafouiller… Le même mais dans sa version américaine, c'est tout juste s'il ne donne pas l'impression de sortir de l'Actors Studio : l'anecdote qui fait mouche, le regard planté dans la caméra…

De fait, celui-ci semblait prêt à composer les titres de la presse du lendemain. Il venait même de commencer pour son auditoire un cours sur les bienfaits de la course à pied pour la santé et le développement personnel.

— Je voudrais bien l'entendre… grogna Guillaume. Quand il aura fini sa conférence de presse, évidemment…

Villeneuve et Germain allèrent interrompre la péroraison du colosse et le récupérer. Il les suivit, visiblement à contrecœur, et entama le récit de sa macabre découverte.

Il ne pratiquait la course que sous des températures extrêmes. Cela réveillait tous les sens et donnait plus de ressenti dans la foulée. C'était comme conduire sans phares…

Guillaume leva les yeux au ciel mais le laissa dérouler son délire.

Stevens avait déjà couru le long de l'Endre en journée. Il aimait les broussailles et les cours d'eau qui la bordaient et qui lui faisaient penser à sa Louisiane natale. Il avait été frappé une fois de plus par le silence et la paix qui régnaient et avait parcouru un bon kilomètre quand soudain son regard avait accroché une tache jaune sur sa droite. Son premier mouvement avait été de colère contre les pollueurs et il s'était approché pour enlever le sac. Mais il s'était vite rendu compte qu'il s'agissait d'un corps humain revêtu d'une robe.

— Elle se tenait dans quelle position lorsque vous l'avez vue ? demanda Guillaume.

— Elle était presque enfouie sous les racines de cet arbre, comme si ces dernières l'emprisonnaient, répondit-il en désignant un grand chêne. Des arbustes et des débris végétaux arrachés étaient venus s'échouer dans ce coin de la rivière.

— Je vais vous demander de venir demain matin à la gendarmerie. Avez-vous besoin de quelque chose, d'une aide psychologique ?

Après tout, même un colosse peut en avoir besoin après un tel spectacle. Mais apparemment, Stevens était pressé de rentrer à son hôtel afin de faire un compte rendu circonstancié à ses proches d'outre-Atlantique.

Le médecin légiste n'était toujours pas arrivé. Le lieutenant Villeneuve se proposa de rester et Guillaume accepta. Il voulait reconduire Paule restée dans la voiture et ne pas avoir à revenir sur les lieux.

Sur le chemin de la bastide, il lui dépeignit à grands traits la scène du crime.

— Bref, vous avez trouvé une Ophélie, résuma Paule.

— Je ne me souviens plus de ce mythe, répondit Guillaume, un rien agacé qu'elle ne fasse référence à un drame qu'en évoquant un conte ou une légende.

— C'est l'histoire d'une jeune femme qui se noie dans un ruisseau, un être pur et sensible donné à la nature. À moins que la victime ne soit un être maléfique comme la fée Mélusine… s'amusa-t-elle.

Elle ferma les yeux et récita :

— « Les bras nus cerclés d'or et froissant le brocart de sa robe argentée aux taillis d'aubépines, Mélusine apparaît entre les herbes fines, les cheveux révoltés, saignante et l'œil hagard… » Un poème de Jean Lorrain, si je me souviens bien.

— Pour le moment, nous ne savons rien d'elle, dit Guillaume en s'arrêtant devant le portail de la maison.

Un léger baiser sur les joues et les deux amis prirent congé.

Paule ouvrit la porte de la bastide et la referma à double tour derrière elle. Elle se dirigea comme un automate vers la salle de bains, se mit pieds nus, enleva sa veste, dégrafa sa robe, qui glissa sur le carrelage, et fit couler l'eau chaude. C'est alors qu'elle entendit le plancher craquer au-dessus d'elle. Toutes les vieilles maisons bougent, se dit-elle, ce qui ne l'empêcha pas de fermer le robinet de la douche et de tendre l'oreille. Elle perçut distinctement un bruit de pas. Quelqu'un marchait au premier étage.

15

Jeudi 20 avril

Paule s'habilla en vitesse. Les bruits de pas avaient cessé, mais elle n'avait aucun doute, il s'agissait d'un homme. Était-ce un squatter ou un sans domicile fixe qui avait décidé de s'installer dans une des pièces ? Il n'y avait rien à voler dans la demeure. Encore que… Elle s'approcha de la table où elle s'était installée pour travailler. Puis par acquit de conscience parcourut la chambre du regard. Elle dut se rendre à l'évidence. La biographie de Dupont de Ligonnès avait disparu.

Elle voulut appeler Guillaume, s'aperçut aussitôt que, suivant sa sale habitude, elle avait oublié de recharger son portable. Deux solutions : dévaler quatre à quatre l'escalier principal pour fuir dans le jardin ou pousser l'armoire contre la porte de sa chambre.

Mais elle n'avait pas derrière elle dix ans de boxe française pour déguerpir face au danger.

Le voleur avait dû l'entendre arriver et était monté dans les étages en attendant qu'elle soit couchée. Après s'être repassé mentalement le plan de la maison, elle dressa à nouveau l'oreille, inspira profondément puis sortit pieds nus de sa chambre en regardant à droite, à gauche, puis au plafond.

Elle prit soin de s'appuyer au mur du couloir, au risque de se râper la peau des bras, et commença à gravir les marches, une à une, en retenant son souffle. Une odeur désagréable flottait autour d'elle.

Paule allait atteindre le second palier quand une ombre fila devant elle. Sans réfléchir, elle s'élança à sa poursuite. L'ombre semblait anormalement haute, au point de baisser la tête pour entrer dans une grande pièce encombrée de meubles qui devait servir de grenier.

Coincée par des armoires, elle se retourna, faisant sursauter Paule.

L'homme était mince. Il la dominait d'une bonne tête et était tout de noir vêtu avec un sac à dos. Mais surtout, il portait un masque de cerf.

— C'est déjà Halloween ?

Paule se campa solidement sur ses deux jambes, calculant déjà la distance pour l'assaut qui allait suivre.

— Tu possèdes quelque chose qui m'appartient, continua-t-elle. Rends-moi ce livre. Vite.

— Sinon quoi ?

La voix du voleur était caverneuse.

On aurait dit une de ces voix utilisées pour les doublages dans les films d'horreur de série B.

Il enleva son sac, le posa lentement derrière lui. Preuve qu'il se préparait à en découdre.

— Inconsciente. Tu crois me faire peur ?

Il éclata d'un rire méprisant.

En retour, Paule afficha sa combativité par quelques sautillements sur place.

Sans crier gare, il s'approcha et dans le même mouvement lança son poing, qui ne rencontra que le vide. Il recommença, mais Paule avait pris du recul et son talon le cueillit en plein plexus. Son agresseur se plia en deux en faisant entendre un sourd gémissement.

Il voulut se redresser, tendit les bras pour la saisir. Elle empoigna son col par les deux mains, s'agrippa à lui en dépit de l'odeur de décomposition qui se dégageait de son vêtement, enfonça les genoux dans sa poitrine et bascula en arrière. L'homme fit un magnifique vol plané par-dessus Paule. Il s'écrasa au sol dans un nuage de poussière.

Elle se releva en pivotant pour faire face, mais déjà son adversaire fonçait tête baissée sur elle. Les bois qui ornaient son front heurtèrent Paule de plein fouet. Ce fut à son tour de se trouver projetée au sol. Elle se releva en haletant.

Les deux combattants se faisaient face. L'homme feinta, lui lança un coup de pied droit dans les côtes. Elle tenta de parer avec son coude. Une erreur, car elle ouvrit sa garde, exposant son côté gauche. Il lui asséna un crochet à la tempe. Elle retomba sur le plancher. Paule n'en revenait pas d'être ainsi malmenée. Il se pencha, l'attrapa par sa queue-de-cheval, lui tira la tête en arrière avant de lui expédier un direct au menton.

Salaud, pensa-t-elle en perdant connaissance.

Non sans difficulté, elle se remit debout. La tête lui tournait encore. Elle regagna la salle de bains, vit que le bas de son visage avait déjà une teinte sombre. Elle ouvrit sa trousse de toilette et y prit l'arnica qu'elle gardait toujours en réserve. Elle fit fondre des granulés sous sa langue puis lentement se massa le menton.

Elle enleva son tee-shirt, grimaça en découvrant les marques rouges laissées par les andouillers lorsque l'homme-cerf l'avait chargée comme dans une arène. Heureusement qu'elle entretenait avec soin ses abdos car il ne l'avait pas ratée.

Cela n'expliquait pas pourquoi il s'était affublé d'un tel masque, qui ne comportait pas de mufle, tout juste des orifices pour le nez. Avait-il pensé effrayer ainsi toute personne qui croiserait son chemin ?

L'essentiel n'était pas là. Il était dans le fait que l'homme-animal avait mis la main sur ce foutu bouquin. Comment avait-il pu savoir qu'il se trouvait en sa possession ? Quel usage voulait-il en faire ? Quelle valeur avait ce livre, pour qu'on s'introduise ainsi accoutré chez un particulier ?

Paule s'en voulait de ne pas l'avoir laissé à la gendarmerie. Qu'est-ce qu'elle allait raconter à Guillaume comme excuse ? La vérité. En bonne chartiste, elle avait pensé que le document ne courait aucun risque à partir du moment où il était sous sa protection. Elle s'était plantée. On l'avait humiliée.

Elle ne jugea pas utile de joindre Guillaume. Il serait immédiatement accouru, mais il avait suffisamment à faire avec le cadavre repêché sur les bords de l'Endre. Paule s'avoua qu'elle était aussi désireuse de ne pas se montrer dans ce triste état. Tout irait mieux demain.

16

Jeudi 20 avril

Guillaume ne faisait pas les cent pas en attendant le médecin légiste qui tardait à venir sous prétexte d'une urgence familiale. Il n'était pas non plus occupé à refouler les journalistes et les curieux qui déployaient des trésors d'imagination pour piétiner la scène du crime. Il avait confié cette mission ingrate au lieutenant Villeneuve.

Le capitaine Lassire avait cette nuit-là une vue non sur les bords de l'Endre mais sur les courbes gracieuses de Barbara Carcosa, qu'il caressait avec une douceur et une lenteur si calculées que l'épiderme de la jeune femme était hérissé de chair de poule.

Il avait été impuissant à résister à son invitation. Depuis que la *contessa* ne logeait plus chez son oncle, elle n'en finissait pas de l'inviter. Barbara avait pris la décision de prolonger son séjour car un de ses richissimes clients palermitains lui avait demandé de lui trouver un domaine viticole. Elle avait jeté son dévolu sur un vignoble d'une cinquantaine d'hectares comprenant une bastide du XVIIIe siècle. Les tractations étaient rudes, avait-elle détaillé, moins à cause des propriétaires, un couple d'homosexuels néerlandais qui divorçaient pour se mettre en trouple, que de leur notaire. En attendant, elle avait loué une de ces maisons meublées roquebrunoises tout en hauteur situées derrière la place du village. Une véritable forteresse à la pierre noircie par le temps et dotée à l'arrière d'un joli jardin de curé.

Le maire ayant supprimé les éclairages publics par souci d'économie, Guillaume avait mis un certain temps avant de trouver la rue. Il n'y avait pas de sonnette mais un heurtoir représentant une scène de chasse à courre où le gibier était le chasseur. Un seul coup avait suffi. Barbara Carcosa avait ouvert comme si elle l'attendait derrière la porte. Elle était juste vêtue d'une tunique longue couleur bouton-d'or. Elle avait posé deux doigts sur les lèvres de Guillaume et, sans prononcer la moindre parole de bienvenue, l'avait entraîné à l'étage supérieur. En montant, le gendarme avait eu une pensée fugace pour Paule. Il l'imaginait penchée sur le manuscrit et s'usant les yeux tel le jeune Champollion sur ses premiers hiéroglyphes.

Guillaume crut qu'ils allaient se rendre directement dans la chambre, mais ils entrèrent dans une salle de bains au centre de laquelle trônait une gigantesque baignoire sabot. La *contessa* lui avait fait couler un bain brûlant. Elle le déshabilla lentement. Guillaume fit saillir ses triceps en y prenant place, ce qui fit sourire Barbara. Elle enfila un gant de toilette, lui demanda de se lever et prit bien soin de savonner chaque partie de son corps. Elle le rinça. Il fit mine de vouloir sortir de la baignoire, mais elle l'obligea doucement à se rasseoir. Elle se débarrassa de sa tunique et prit place à son tour dans le bain. Son pied alla caresser l'intérieur des cuisses de son amant puis entreprit de soupeser sa virilité. L'effet fut immédiat. Elle joignit ses deux pieds et saisit le sexe de Guillaume lentement, de haut en bas, serrant puis relâchant son étreinte. Au moment où elle sentit qu'il approchait de l'orgasme, elle arrêta son mouvement. Elle renouvela l'opération au point que Guillaume n'y tint plus. Il sortit de la baignoire triomphant et souleva Barbara. Ils franchirent ruisselants la porte de la chambre et se jetèrent sur le lit.

Guillaume lui saisit la cheville, remonta avec la langue. Elle le saisit par la nuque et l'amena à l'essentiel. Elle aimait prendre le commandement et imposer son rythme.

La chaleur aidant, l'étreinte des deux amants se termina dans un lac de sueur. Guillaume eut encore la force de dégager les cheveux de Barbara tendrement et de lui embrasser la nuque avant de s'endormir sur le ventre en occupant bien plus que la moitié du lit.

17

Vendredi 21 avril

Le poste radio de la bastide était un pur collector. C'était l'unique lien avec l'extérieur, puisque la maison n'avait ni wi-fi, ni télévision. Il trônait dans la cuisine et, avec le temps, la graisse s'était accumulée autour de l'objet, faisant passer sa teinte ivoire au jaune pisseux. Paule l'actionna du bout des doigts. Il crachota quelques nouvelles à propos de la canicule. Les intervenants se succédaient pour signaler, encore une fois, un record historique des températures.

Un record hystérique, corrigea machinalement Paule, autant exaspérée par le ton dramatique employé que par les conseils prodigués, d'une platitude absolue, dont boire beaucoup d'eau et se réfugier à l'ombre.

Drôle de matinée, pensa-t-elle.

Comment n'aurait-elle pas été troublée par la distorsion entre ce qu'elle venait de vivre et l'actualité du moment ?

Paule hésita à utiliser la bouilloire, aussi ancienne que le transistor, et choisit une casserole cabossée pour se faire du thé. Deux vieux sachets traînaient au fond d'un placard. Elle allait devoir faire des courses si elle voulait disposer du strict nécessaire. À moins qu'elle ne reparte aujourd'hui. Sans manuscrit, elle n'avait plus aucune raison de s'attarder à Roquebrune.

Au moins emporterait-elle un souvenir de son court séjour. Les marques sur son visage commençaient déjà à s'estomper. Plusieurs fois durant la nuit, elle s'était réveillée et avait appliqué de la glace sur sa blessure pour contenir l'inflammation. Grâce à l'alternance antalgique/arnica, son corps avait cessé d'être un bloc de chair endolori.

Paule osa l'épreuve de l'éclairage de la salle de bains et fut rassurée. Elle commença par bien s'hydrater puis appliqua généreusement un fond de teint plus clair que la couleur de sa peau. Elle retourna dans la cuisine, ouvrit le réfrigérateur, prit les deux cuillères qu'elle avait placées là et les posa sur ses cernes.

La nuit qu'elle venait de passer lui avait laissé du temps pour réfléchir. Cent fois elle avait revécu son combat improbable avec cet homme-animal. Elle ne comprenait toujours pas comment il avait su qu'elle gardait le manuscrit dans sa chambre et où elle logeait. Quelqu'un – était-ce un complice ? – l'avait certainement renseigné. Si l'on exceptait Guillaume, une seule personne connaissait son adresse. La bibliothécaire, Brigitte Saglietto.

Elle avait laissé deux messages à Guillaume mais ce dernier ne répondait pas. Il avait dû retourner à la gendarmerie à l'aube. Pour tout avouer, Paule ne se sentait pas pressée de lui raconter sa mésaventure. Il y avait pire chez lui que les reproches : le ton paternaliste qu'il employait avec elle depuis leur adolescence, comme s'il avait été chargé par une entité supérieure de la protéger. Comme elle ne tenait plus en place, elle appela Brigitte Saglietto, qui, elle, lui répondit sur-le-champ. Elle prenait ses fonctions (c'est l'expression qu'elle avait employée) en fin de matinée. Elle lui proposa donc de venir boire le café chez elle.

L'après-midi promettait d'être une fournaise. La route pour parvenir jusque chez la bibliothécaire n'était que partiellement ombragée. Dès qu'elle se trouvait au soleil, les chaussures de Paule chuintaient sur le bitume. Elle entendit un véhicule ralentissant derrière elle. C'était une voiture de la gendarmerie. Son conducteur l'interpella :

— Vous vous baladez seule par ces foutues températures ?

Il lui sembla reconnaître un des collègues de Guillaume qui s'affairaient près du corps la veille au soir sur les bords de l'Endre. Son ton était franchement désagréable.

— Il faut bien faire quelques courses, dit-elle, évasive et un peu essoufflée à force de marcher sous la chaleur.

— Je vais vous déposer au centre commercial, continua le gendarme, plus pressant.

— C'est gentil à vous, mais je dois d'abord rendre visite à une amie qui habite non loin d'ici, je suis bientôt arrivée…

— Elle s'appelle comment, votre amie ?

— C'est un interrogatoire ?

Paule se souvint qu'en Californie elle avait été appréhendée par un policier alors qu'elle arpentait un quartier huppé. Là-bas, tout piéton surpris à flâner est un suspect en puissance. Mais le gendarme se contenta de maugréer quelque chose, haussa les épaules et repartit sans lui jeter un regard, en faisant crisser ses pneus.

18

Vendredi 21 avril

La maison de Brigitte Saglietto était située près de l'entrée du village. Elle était le trait d'union entre les habitations de la vieille ville, dont une partie des pierres provenaient des anciennes fortifications, et les stéréotypes de la banlieue chic américaine avec ses pelouses parfaites entourées de barrières aux piquets blancs. C'était une maison provençale des années 1960 avec son mur en crépi, un concentré de boulettes architecturales, mais les préjugés de Paule s'envolèrent dès la porte franchie.

Brigitte Saglietto l'accueillit comme s'il s'agissait d'une vieille amie. Les deux femmes passèrent le couloir étroit encombré par un gros buffet et prirent place dans des fauteuils en cuir confortables. Tous les murs de la salle de séjour étaient occupés par des étagères qui croulaient sous les livres. Paule goûta tout de suite l'atmosphère tranquille de la maison. On y sentait encore l'odeur délicieuse de la viande en sauce mêlée à celle de la cire des meubles.

— Je suis en train de cuisiner, dit Saglietto en prenant les devants. Plus exactement, je prépare une daube. Je sais que ce n'est pas trop la saison, mais mon mari en est particulièrement friand. Vous aimez ?

Paule opina en priant que son hôtesse ne lui en propose pas.

— J'en fais plusieurs bassines. Vous allez repartir avec un bocal. Mon secret est que je rajoute beaucoup de poivre et des tomates anciennes. Mon mari considère que je ne passe pas assez de temps à cuisiner et beaucoup trop de temps au temple avec mes sœurs. Alors que lui peut s'absenter des week-ends entiers avec ses amis chasseurs. Et quand je me plains, il me répond invariablement : « Tu ne me comprends pas ! » Je ne vois pas ce qu'il y a à comprendre. Heureusement, il me reste mes livres.

Elle désigna les lieux d'un geste large.

Pour Paule, l'époux de Brigitte usait d'une scie que des millions d'êtres humains entonnaient tous les jours : la ritournelle vieille comme le monde de l'incomprise ou de l'incompris.

Brigitte Saglietto, qui venait de lui servir un café accompagné d'un grand verre d'eau fraîche, passa à l'offensive :

— Dites-moi, Paule… Je peux vous poser une question directe et pour moi importante ? Est-ce que cela vous arrive de voir apparaître des fantômes ? Par exemple la nuit, dans une pièce où vous venez juste d'éteindre la lumière, avez-vous déjà remarqué une présence, ou un visage qui vous regarde, juste quelques secondes ?

La jeune femme se souvint soudain qu'à Étretat elle avait rêvé qu'une suicidée était venue lui rendre visite. Elle s'était plus ou moins rassurée en se disant que son cerveau cherchait à lui délivrer des informations qu'elle ne voulait pas voir.

Elle reposa son verre si vivement sur la table que de l'eau s'en échappa. Le napperon blanc vira au gris, faisant naître une forme étrange. Elle chercha un mouchoir pour atténuer les dégâts.

— Laissez donc, lui intima Saglietto, comme fascinée par la tache qui développait ses tentacules sur le tissu.

Paule commençait à se demander si elle avait eu raison de venir la voir. Elle regarda autour d'elle, comme s'il y avait une caméra cachée. Ce qui n'empêcha pas la bibliothécaire de continuer, toujours sans quitter la nappe des yeux :

— Si je vous parle de ça… c'est que cela m'arrive souvent. Trop souvent. La dernière fois où nous nous sommes vues, je vous ai dit que j'étais un peu médium. En fait, depuis l'âge de cinq ans, j'ai un don de clairvoyance. Je l'ai reçu sans peur et simplement accepté quand bien d'autres vous diront que c'est un devoir ou un fardeau.

Ainsi, Brigitte Saglietto avait rencontré tout au long de son existence d'autres personnes en médiumnité mais, contrairement à bon nombre d'entre elles, elle n'avait jamais cherché à développer ses capacités. Son don était là. Elle le sentait. Il se tenait à ses côtés.

— Nous cheminons ensemble, sans empiéter l'un sur l'autre. C'est, en quelque sorte, une douce cohabitation.

— Comment faites-vous ? s'exclama Paule, dont la curiosité l'emportait sur l'incrédulité. Par votre engagement maçonnique, n'êtes-vous pas tenue de privilégier le rationnel ?

La bibliothécaire sourit et l'espace d'un instant donna l'impression qu'elle répondait à une question posée après une de ses planches devant son atelier.

— Votre question illustre l'état d'esprit de nos contemporains qui ne demandent pas si un remède marche ou ne marche pas, mais comment il opère. Voyez-vous, il faut accepter de laisser une place au mystère, au cœur même de la raison.

Brigitte Saglietto avait lu beaucoup de livres traitant de bien des domaines de l'activité humaine mais avait mis un point d'honneur à ne jamais en ouvrir un sur la parapsychologie. Elle ajouta qu'elle avait même refusé de traiter ce sujet en loge, alors que ses sœurs semblaient friandes d'anecdotes.

— Pardonnez-moi, je suis trop bavarde, mais si je vous ai posé cette question, c'est qu'il m'a semblé, dès que vous êtes entrée, que vous aviez peut-être récemment vu un fantôme. Vous avez une sorte d'aura autour de vous qui pourrait signifier que vous avez fait une curieuse rencontre…

— Non. C'était plutôt une… *furieuse* rencontre. Ce n'était ni un fantôme, ni un rêve, mais un cauchemar bien réel, expliqua Paule. Il m'a laissé un souvenir cuisant…

Elle se tapota le menton et grimaça quand elle posa la main sous sa poitrine. Il était temps à son tour de ne pas s'encombrer de circonlocutions.

— Je n'ai plus votre livre, madame Saglietto.

La bibliothécaire fronça les sourcils.

— Que voulez-vous dire ? Vous l'avez rendu aux gendarmes ?

— Non, il m'a été dérobé, hier soir, par un homme affublé d'une tête de cerf et qui savait qu'il était en ma possession…

— Une tête de cerf ? répéta Saglietto. Expliquez-vous. Il portait un masque et des bois de cerf ?

Elle s'agrippa aux accoudoirs du fauteuil avec une telle énergie que les veines de ses mains ressemblaient à des orvets. Elle ferma les yeux, renversa la tête en arrière.

— La jeune femme que l'on a retrouvée, hier soir, sur les bords de l'Endre portait sur la tête une couronne en forme de bois de cerf… lâcha-t-elle.

— Comment savez-vous cela ? demanda Paule, surprise.

Guillaume avait omis de lui parler de cet élément. Il avait bien fait car, le sachant, elle aurait été paralysée face à son agresseur.

— Ce matin, j'ai lu l'article concernant le crime sur le site Internet de *Var-Matin*. Avouez que c'est une troublante coïncidence.

— Cela signifie quelque chose, pour vous ? Y a-t-il des cerfs dans la région ?

Brigitte Saglietto raconta que diverses données attestaient de la présence ancienne de l'animal dans le département jusqu'au XVIe siècle. Après quoi, l'espèce n'était plus mentionnée, confirmant sa totale disparition. Mais, ajouta-t-elle, il y avait eu des opérations de réintroduction, réalisées au début de ce siècle, qui étaient à l'origine de son renouveau. Dans les premières années, l'espèce s'était développée très lentement, puis avait fini par coloniser progressivement différents massifs dont celui de l'Esterel. Les dernières réintroductions avaient favorisé un accroissement plus rapide, du fait d'un nombre plus élevé d'animaux lâchés. Des randonnées, au crépuscule et à l'aube au départ de Fréjus ou de Saint-Raphaël, avaient même été organisées pour que les touristes entendent le brame du cerf durant la saison des amours.

— Ils sont ici chez eux. Figurez-vous que, l'année dernière, une classe de cinquième accompagnée par un retraité de l'ONF a trouvé des ossements de cerfs dans une des anfractuosités du massif des Maures, à deux pas d'ici. On a pu dater les ossements grâce au carbone 14. Près de cinq mille ans avant notre ère…

Brigitte Saglietto saisit Paule par le bras.

— Suivez-moi. Je vais vous montrer notre salle à manger, lui dit la bibliothécaire.

Les persiennes fermées plongeaient la pièce dans une semi-obscurité. Il y faisait presque frais. Tout juste pouvait-on distinguer une masse sombre accrochée au mur. Brigitte Saglietto alluma la lumière.

La tête d'un énorme cerf apparut. Ses bois touchaient presque le plafond.

— Il a été prélevé en septembre dernier lors d'une battue. Mon mari a conduit la traque. Il n'en avait jamais vu de si beau. C'était un vieux cerf de vingt-six cors. Les photos sont parues dans *Le Chasseur français*.

Elle laissait percer une certaine fierté.

— Ma grand-mère me racontait qu'il y avait, dans des temps reculés, une grotte où se trouvait une statue représentant un cerf en or. Enfants, nous nous amusions à parcourir les sentiers du rocher de Roquebrune dans l'espoir de mettre la main sur ce que les générations précédentes avaient été impuissantes à trouver…

Paule voyait là une des singularités de la cité, qu'elle avait tout de suite remarquée. Roquebrune était dotée d'une plage agréable mais elle tournait le dos à la mer pour regarder vers les terres, fascinée qu'elle était par ce massif brun qui la surplombait. Elle fit part de sa réflexion à la bibliothécaire.

— Vous avez raison. Sans doute faut-il aussi y voir une méfiance de ce qui venait de la côte. La piraterie, les Barbaresques, les rafles d'esclaves, la peste aussi. Les villages en Provence préféraient camper dans les hauteurs. Mais…

Brigitte Saglietto marqua un temps d'arrêt et regagna son salon sans se soucier d'être suivie.

— Mais ?

Paule lui emboîta le pas.

— Il y a dans ce massif un élément qui m'est toujours apparu comme menaçant même quand je m'y aventurais enfant. Et l'idée partagée ici que Dupont de Ligonnès y ait trouvé refuge n'a fait que nourrir ce sentiment. Je vous ai dit que j'avais vu autre chose qui paraissait se cacher derrière l'assassin. Quand je pense que ce livre a disparu aussi mystérieusement qu'il était apparu…

— Il n'a pas totalement disparu, dit Paule en buvant le reste de son café froid. J'ai pris toutes les annotations du livre sur mon portable. De toute manière, je les avais déjà examinées.

— Et vous en concluez quoi ?

— Permettez que je réserve les résultats de mon enquête au capitaine Lassire.

Brigitte Saglietto sourit et se leva pour se diriger vers la bibliothèque. Elle semblait chercher un titre. Au bout de longues minutes, elle sortit un ouvrage visiblement très ancien protégé par une couverture jaunie.

— Vous semblez vous intéresser de très près à l'histoire de notre cité. Permettez-moi de vous faire cadeau de cet ouvrage. Vous l'ouvrirez quand vous serez seule.

Paule la remercia chaleureusement.

— Ne me remerciez pas. Je n'ai pas d'enfants, mon mari n'en a pas voulu. À ma mort, ces livres iront à la bibliothèque ou seront dispersés. Il est bon qu'au moins un finisse entre de bonnes mains.

Un bocal de daube sous le bras, Paule partit avec la certitude que la bibliothécaire n'était pour rien dans son agression mais qu'elle prenait singulièrement à la légère la disparition du manuscrit.

Elle marcha, songeuse, sous un soleil de plomb. Quand elle parvint à la bastide, son premier réflexe fut de prendre une douche froide. Après quoi, elle alla à sa table de travail et reprit le livre offert en cadeau qu'elle avait posé là en entrant. Elle enleva la protection, qui sentait le moisi. Le livre faillit s'échapper de ses mains quand elle en découvrit le titre : *Excellent Opuscule à tous nécessaire qui désirent avoir connaissance des abominations commises dans la Province des provinces.*

19

Vendredi 21 avril

Paule tournait et retournait l'ouvrage entre ses mains. Qu'est-ce qui avait amené la bibliothécaire à lui offrir cet objet rare ? Elle considérait les livres comme un bien si précieux que s'en défaire devait être un arrachement.

Et puis, sa première réaction aurait dû consister à faire payer à Paule sa négligence. Et pourquoi avait-elle choisi ce livre, entre tous ceux qui tapissaient ses murs ? Savait-elle qu'elle avait travaillé auparavant sur le texte ? S'agissant des coïncidences, Paule s'en tenait à l'approche du mathématicien et philosophe Cournot, qui considérait que le hasard était la rencontre de deux déterminismes. Elle voyait bien ce qui avait conduit les éditions Granier à lui faire étudier cet opuscule, mais elle n'avait aucune idée des motivations de Brigitte Saglietto.

C'était bien, à première vue, le même livre, le même texte et le même imprimeur. L'incipit était identique, ainsi que le sonnet venant en conclusion livrer une morale à cette histoire.

À une variante près, qui était la date de parution. Il s'agissait d'une édition antérieure. Elle s'apprêtait à s'y plonger afin de déterminer s'il y avait d'autres différences, quand la sonnette retentit. Elle ouvrit la fenêtre et vit Guillaume sanglé dans son uniforme.

Il était rasé de près et n'avait pas lésiné sur l'eau de toilette. Elle la reconnut quand elle l'embrassa, *Yuzu Man*, de Caron. Il n'attendit pas qu'elle l'invite à entrer pour filer vers la cuisine où un café finissait de couler.

Il fouilla dans les placards jusqu'au moment où il en sortit un vase qu'il remplit d'eau fraîche. Puis il tourna les talons. Son pas décidé résonna sur les tomettes. Il revint quelques instants plus tard, un bouquet de glaïeuls jaunes à la main.

— J'ai pensé que cette bastide était un peu austère.

Paule sourit. Elle n'avait pu s'empêcher de se souvenir qu'à chaque fois que son grand-père trompait sa grand-mère il apportait à la maison un bouquet de fleurs. Des glaïeuls. Elle embrassa à nouveau Guillaume pour le remercier puis disposa les fleurs dans le vase.

— Je suis inquiet, lui dit-il, pardonne-moi mais tu as mauvaise mine, tu as l'air épuisée. Tu n'as pas bien dormi ?

Il prit une tasse et se servit.

— Non, pas très bien.

C'était un euphémisme, mais elle hésitait encore à lui cracher le morceau.

— Et toi ? lui demanda-t-elle.

— Comme un loir.

Il employait cette expression d'une manière récurrente qui ravissait Paule depuis qu'elle avait découvert qu'elle remontait au Moyen Âge. Mais cette fois elle demeura songeuse, car elle sentait que quelque chose lui échappait. Elle l'observa attentivement. Il lui renvoya un regard gêné.

À quel point était-il franc avec elle ? Ses vieux démons étaient difficiles à dissiper. Elle les sentit soudain remonter, chevauchant le mensonge, le manquement et même la trahison. Mais elle les arrêta net. Et elle ? Que faisait-elle, sinon s'enfoncer dans la dissimulation ?

C'est alors qu'elle eut l'idée d'avoir recours à une ruse qu'elle avait souvent employée dans le passé.

— Assieds-toi, lui dit-elle, j'ai quelque chose de grave à t'annoncer…

Le gendarme sentit ses genoux se dérober sous lui et s'assit en s'appuyant sur l'îlot central. C'est trop facile, se dit Paule.

— Qu'y a-t-il, Paule ? Qu'est-ce qui t'arrive ? Tu sais que tu peux tout me dire…

Et de fait, Paule lui dit tout, d'une traite, sans se laisser interrompre une seule fois. Elle conclut par ces mots :

— J'ai péché par orgueil, par négligence et par inconscience en emportant ce manuscrit. Tu es venu me chercher parce que je suis soi-disant une experte… et j'ai foutu en l'air ton enquête. Je suis un boulet, et décidément il est écrit que je te porte la poisse.

Elle eut honte de son stratagème car Guillaume paraissait presque soulagé. Surtout quand elle ajouta qu'elle avait pris en photo les annotations sur le livre.

— Tu as commencé à les étudier ?

Elle hocha la tête.

— Bien sûr. Les conclusions auxquelles je suis parvenue sont provisoires, mais je dois reconnaître qu'elles sont assez paradoxales…

Elle marqua un temps d'arrêt, moins pour ménager ses effets que pour choisir avec soin ce qu'elle pouvait en l'état des choses lui communiquer.

— Vois-tu, Guillaume, quand on se trouve face à un texte de ce type il y a deux éléments qui permettent de certifier l'identité de son auteur : l'étude graphique et, pour aller vite, ce que l'on nomme l'analyse stylistique.

— Je sais bien, dit-il avec une pointe d'agacement en reposant sa tasse de café fumant.

Elle n'avait pas envie de se lancer dans une querelle avec lui et préféra poursuivre :

— Le plus souvent, l'étude du style est là pour conforter ce que la graphie nous a fait découvrir. Or dans le cas qui nous occupe, il y a un vrai problème.

— Qui est ?

— Si la graphie paraît semblable aux autres textes écrits, le style employé ne correspond pas à celui de Ligonnès. Le ton mais surtout la construction des phrases, le vocabulaire employé. Rien n'est semblable à ce que l'on a pu lire dans les dizaines de mails qu'il a envoyés à ses amis avant la tragédie.

— Tu en déduis quoi ?

— Que même si la graphie peut entretenir le doute, les notes ne sortent assurément pas de son cerveau.

Malgré tout, Paule expliqua à Guillaume qu'il serait dangereux d'alerter ses collègues gendarmes ou la direction départementale de la police nationale, bien trop occupée à calmer les mouvements d'humeur au sein des fonctionnaires. En parler même brièvement, c'était courir le risque que la nouvelle se répande comme une traînée de poudre. Et nul doute que l'on ne retiendrait que la première partie du constat : il était bien vivant et avait corrigé une des biographies qui lui étaient consacrées. Ce serait remettre une pièce dans la machine. Une nouvelle fois Roquebrune serait sous les feux de l'actualité avec les mêmes images de Ligonnès retirant de l'argent ou marchant avec son sac à dos contenant un fusil après avoir abandonné sa voiture sur le parking du Formule 1…

— Cela ne nous dit pas pourquoi on t'a volé ce manuscrit. Et pourquoi on a eu recours à une telle mascarade pour le faire… Une mascarade d'autant plus troublante qu'elle nous renvoie aux bois de cerf retrouvés sur la tête de la victime des bords de l'Endre…

— En effet, mais tout cela m'amène à une autre conclusion, tout aussi factuelle et qui rejoint ce que je pressentais quand tu m'as proposé de venir te rejoindre. Ce dossier Ligonnès rend dingues ceux qui s'en approchent de trop près.

20

Vendredi 21 avril

À en juger par le nombre inhabituel de Mercedes et de Tesla, il y avait du beau monde sur le parking des Douanes. Les conducteurs et les passagers qui en sortaient portaient des lunettes de soleil et des vêtements sombres de demi-saison, ce qui attira l'attention des trois vieux qui buvaient le pastis au snack du Rocher. C'était pour eux l'heure des commérages. Et comme ils avaient passé en revue tous ceux sur lesquels ils pouvaient médire, ils sautèrent sur l'occasion :

— Il y a un enterrement, cet après-midi ? demanda l'un d'eux, en short et marcel, casquette vissée sur la tête.

— Pas que je sache, lui répondit un des deux autres en grattant son menton mal rasé, on en a enterré assez comme ça depuis une semaine, mon beau-frère est croque-mort et il est en télétravail, aujourd'hui.

Le premier le regarda avec suspicion. Il ne voyait pas trop en quoi consistait le télétravail quand on bossait dans les pompes funèbres, mais il ne releva pas. Le vieux qui n'avait pas encore parlé agita la main en direction du bar.

— Simone, tu nous remets ça !... T'as pas entendu les infos ? Faudrait pas que tu nous déshydrates, avec cette foutue calourasse !

— Veux-tu que je te dise ? fit l'homme à la casquette. Ces types-là me donnent pas seulement soif, ils me foutent la trouille.

Le beau-frère du croque-mort plissa les yeux pour jauger une dernière fois les intrus.

— T'as pas tort. Ils sont pas du coin.

Ils opinèrent de la tête. Les propriétaires des véhicules qui avaient attisé leur curiosité prenaient le chemin qui menait à la place cernée d'arcades. Ils faisaient bien attention de garder une certaine distance entre eux afin de ne pas donner l'impression qu'ils se suivaient.

Arrivés devant la fontaine surmontée du cadran solaire, certains bifurquèrent comme s'ils voulaient donner le change, d'autres continuèrent tout droit, d'autres encore s'arrêtèrent, façon lèche-vitrines. Ce curieux ballet aurait pu attirer l'attention, mais ils ne croisèrent personne. Les Roquebrunois étaient allés rejoindre leurs intérieurs climatisés.

Les rues empruntées étaient de plus en plus étroites. Et certains passages carrément obscurs.

L'adresse était une maison toute en hauteur aux murs couleur de bronze. Elle était coincée entre des façades lugubres.

Par endroits ses fenêtres n'apparaissaient pas plus grandes que des meurtrières.

Les premiers arrivants n'eurent pas besoin de se signaler. Il leur suffit de pousser une lourde porte. À peine le seuil franchi, ils sortirent de sous leurs vêtements des masques de cerf en cuir qu'ils enfilèrent avec des gestes précis maintes fois exécutés.

Passé le vestibule et l'escalier qui montait dans les étages, trois portes s'offraient à eux mais une seule était ouverte. Devant celle-ci, une petite table. Les visiteurs y déposèrent leur portable et prirent chacun une bougie qu'ils allumèrent. Accompagnés du grésillement de la flamme, dû à l'atmosphère viciée des lieux, ils descendirent des marches glissantes jusqu'à une grande pièce pentagonale éclairée par des torches. Le sol était recouvert de tomettes anciennes et les murs parés de trophées de chasse. À l'entrée se tenait un homme grand et mince dont la silhouette aurait rappelé à Paule son agresseur. Il tendait une petite sacoche en cuir. Chacun y déposa un objet ressemblant à une petite corne.

Lorsque le groupe se fut formé en silence en cercles concentriques, une femme entra par une porte latérale. Elle avait sur le visage non pas un masque en cuir mais un véritable crâne de cerf, surmonté d'une ramure imposante. Sa démarche était paisible et légère comme si elle caressait le sol. Elle était vêtue d'une robe jaune avec de longues manches qui cachaient une partie de ses doigts longs et pâles. Une étole étincelante brodée de scènes de chasse avait été jetée sur ses épaules.

L'un des participants se courba et lui indiqua le seul siège de la salle qui était couvert de coussins. Elle s'y assit avec la dignité d'une idole orientale.

— Quel est l'ordre du jour ?

Sa voix était grave et rauque. Elle donnait l'impression qu'une autre entité s'exprimait à travers sa bouche.

Le greffier ouvrit sa mallette et en sortit une feuille froissée.

— Il est en deux parties, Mère.

— Il ne nous a pas été communiqué à tous. Au moins trois d'entre nous n'ont rien reçu, se plaignit un membre de l'assemblée.

— Sommes-nous obligés de porter ces masques par cette chaleur ? intervint un autre.

— Silence ! gronda-t-elle.

L'assistance se tut et le greffier lui-même sembla se tasser. Elle se leva et déclama :

— Nous savons qu'il fut un temps où humains et animaux, vivants et divinités, vivaient ensemble en respectant la Nature. Parfois même, ils se mariaient entre eux, engendrant des êtres hybrides. C'est aussi cela que nous rappellent les masques que vous portez. Vous souffrez de la chaleur ? Tant mieux ! Tout être qui s'aventure dans l'engagement doit s'acquitter d'un droit de péage. N'oubliez jamais que nous sommes ici la manifestation de l'existence d'êtres élus qui n'ont pas été contaminés par cette offense permanente à l'égard de la Terre…

Le greffier ferma pieusement les yeux comme s'il pouvait ainsi s'imprégner plus durablement de sa parole.

— Venons-en à l'affaire qui nous a conduits à prendre le risque de tous nous réunir ce soir, reprit la femme en tapotant son accoudoir. Je veux parler de cette biographie de Ligonnès. Pour la récupérer, nous avons accepté de nous mettre en danger. Merci à notre frère, tout d'abord, qui s'est dévoué pour que l'ouvrage annoté soit en notre possession. J'ai pu le parcourir cette nuit et je suis formelle, il n'y a rien dedans qui puisse nous menacer.

Il y eut des soupirs de soulagement et même un petit rire de satisfaction.

— Nous n'aurions jamais dû lui donner asile à Sainte-Candie, dit alors un masque. Nous n'aurions jamais dû le laisser fouler le sol de notre grotte. Il nous a menti.

L'intervenant conclut en rappelant que le fugitif était venu vers eux après être passé par de multiples groupes qui se proclamaient templiers et qui poussaient dans le pays varois plus vite que le mimosa. Un autre participant prit la parole :

— La crise de foi qu'il prétendait traverser l'avait détourné, disait-il, de tout enseignement chrétien. Il voulait revenir aux vrais dieux. C'est pour cette raison que nous l'avons accueilli. Je me souviens d'être allé le chercher un vendredi sur la route des Châtaigniers. Il m'avait fait signe avec un grand sourire, comme un auto-stoppeur sur la Route 66. Nous savons aujourd'hui que les meurtres qu'il a commis n'avaient rien d'un rituel. C'étaient de pauvres crimes narcissiques. Cet individu est un minable qui ne supportait pas de devoir descendre de son piédestal. Il aura raté tout ce qu'il a entrepris, même sa sortie...

— En revanche, reprit la Mère, tout ça aurait pu nous causer de sérieuses difficultés. Imaginez si cette bibliothécaire à la langue trop bien pendue avait alerté la presse... Nous aurions vu débarquer ici, une nouvelle fois, le ban et l'arrière-ban de la maréchaussée de France et de Navarre. D'ailleurs, c'est bien pour nous empêcher de terminer ce que nous avons entrepris que ce bouquin a opportunément surgi sur son bureau. En agissant ainsi, *ils* ont signé leur forfait.

Les initiés hochèrent tous ensemble la tête en signe d'approbation. Ils étaient prêts à prendre connaissance de la seconde partie de l'ordre du jour.

— Venons-en à la poursuite de notre grande œuvre, dit la Mère, je me félicite de l'offrande que nous avons faite. C'était un gibier pour nous. Les températures extrêmes que nous connaissons nous permettent de frapper encore plus fort sans que quoi que ce soit apparaisse. Chacun d'entre vous recevra demain matin des instructions précises sur ce que la Harde attend de vous. Vous pouvez disposer.

Sur un signe de la Mère, les initiés sortirent à la file. Il n'en resta que trois, parmi lesquels celui qui avait dérobé le livre à Paule.

— Il manquait une initiée ce soir, commença-t-elle. Celle qui enseigne au lycée Albert-Camus de Fréjus. La Harde devra prononcer une sanction à son encontre si elle se montre incapable de justifier son absence.

Dans les trous des masques, les yeux luisaient.

— Faudra-t-il avoir recours à la manière forte s'il y a un problème ?

— Vous devez apprendre à régler vos affaires vous-mêmes. Il est impensable que je sois obligée de me mêler de cela. Après tout, c'est à cela que vous avez été entraînés. Je suis fatiguée de réparer les désordres que vous semez parce que vous n'êtes pas capables de suivre une feuille de route dont l'objectif est simple : leur extermination totale, puisque nous bénéficions d'une conjonction rare des éléments.

— Il faudrait que l'on puisse suivre les progrès des enquêtes sur les morts de la canicule.

— Je m'y emploie, dit-elle sur un ton amusé que les trois initiés ne lui connaissaient pas.

21

Samedi 22 avril

Guillaume pestait au volant. Paule était à ses côtés, muette. Quand il convoquait ses collègues, il s'arrangeait toujours pour être le premier dans la salle de réunion. Mais cette fois-ci il allait être en retard, à cause de ces foutus bouchons à l'entrée de Fréjus. Il se promit de ne plus jamais prendre sa voiture sans avoir un gyrophare dans sa boîte à gants.

Paule regardait les grandes surfaces, les magasins de sport et d'électroménager et les restaurants qui bordaient la route. Des cubes, encore des cubes, et des parkings à perte de vue. La mélancolie du discount. Elle se serait crue dans une banlieue américaine de la côte ouest, avec les mêmes promesses de consommation heureuse, c'est-à-dire infantilisante et régressive, en achetant des produits de merde.

Le détournement des noms ou des symboles était sans doute ce qui l'irritait le plus. Depuis dix bonnes minutes, ils stationnaient devant un restaurant asiatique immense, La Cité d'Or, qui proposait un buffet à volonté chinois et japonais.

L'enseigne proclamait fièrement : *N'attendez pas demain, l'Asie à portée de main !*

Et dire qu'il a fallu des siècles de labeur, de culture et parfois même d'épopée pour en arriver à cette laideur uniforme ! pestait-elle intérieurement.

Guillaume était venu la chercher afin qu'elle dépose une plainte à la gendarmerie après son agression de la veille. Il n'imaginait pas un instant ne pas donner une suite à cette affaire. Toujours ce côté jugulaire-jugulaire, se dit Paule, qui devait bien s'avouer qu'elle était ce matin-là de méchante humeur.

Elle regarda un grand panneau où était écrit en lettres capitales *APPEL À TÉMOINS*. Il s'agissait de la disparition d'une jeune fille qui souriait, vêtue d'une robe, un nœud dans les cheveux. *Alors qu'elle assistait à un mariage à Roquebrune*, était-il précisé en dessous. Paule avait cru jusqu'à présent que ce type de panneau n'existait qu'aux États-Unis.

— Qu'est-ce qui m'a pris d'emprunter ce chemin ? s'emporta soudain Guillaume.

Il en voulait à Paule de lui avoir fait faire un détour pour acheter *Var-Matin* chez le marchand de journaux près de la Bouverie. Mais il savait qu'elle ne se contenterait jamais de lire les articles sur le Net. La chartiste serait peut-être la dernière lectrice à acheter la presse imprimée et elle ne s'en faisait même pas une gloire, c'était partie prenante de sa vision du monde, comme elle lui avait une fois expliqué.

Elle ouvrait justement en grand le quotidien, indifférente aux soupirs de Guillaume. Après avoir lu rapidement les principaux titres qui tournaient tous autour du fait que le Var et les départements limitrophes étaient placés en vigilance rouge sécheresse, elle tomba sur ce qu'elle cherchait dans les pages intérieures.

Découverte du corps d'une jeune femme
sur les bords de l'Endre

Hier, aux alentours de 15 heures, le corps d'une jeune femme habillée d'une robe jaune a été découvert sur les bords de l'Endre par Aron Stevens, jeune touriste américain, entre le moulin et le pont qui mène à la Bouverie. D'après nos informations, le brigadier-chef Esquirol, chargé de l'enquête, a immédiatement procédé à une enquête de voisinage…

Paule rit.

— Qu'est-ce qui te sort enfin de ta morosité ? lui demanda Guillaume.

— Après avoir saccagé la scène du crime, le policier municipal dont tu m'as parlé a fait, je cite, « une enquête de voisinage » là où a été retrouvé le corps de la jeune femme… Il a interrogé les lapins et les loutres ?

Guillaume haussa les épaules et ne saisit pas la perche qu'elle lui tendait pour détendre l'atmosphère :

— Je vais être en retard non seulement pour entendre le Monsieur Hulk qui a découvert le corps mais aussi pour prendre connaissance du rapport du médecin légiste…

Ce dernier avait refait surface après une soirée particulièrement arrosée avec ses collègues. Guillaume se demanda s'il y avait des histoires ou des blagues propres aux médecins légistes.

— La victime a été identifiée ? demanda Paule.

— Hier soir, nous n'avions encore aucune information. Elle ne figure pas dans nos fichiers. Il nous reste à regarder du côté des personnes dont on nous a signalé la disparition ces dernières semaines…

— Et si vous ne parvenez pas à l'identifier, qu'adviendra-t-il de son corps ?

Le visage de Guillaume se ferma.

— Elle sera enterrée sous X, et il y a de fortes probabilités pour que l'enquête le soit aussi, et dans un temps très court…

— C'est fréquent ?

— Chaque année en France, c'est le cas pour quelques centaines de morts. Des associations qui travaillent sur ce sujet estiment que le chiffre est bien supérieur. Mais dans le cas qui nous intéresse j'ai confiance, je suis persuadé qu'on va trouver une réponse.

Quand ils entrèrent dans la gendarmerie, ils entendirent la voix puissante du lieutenant Villeneuve qui saluait les personnes présentes, puis le bruit des chaises qu'on regroupait pour écouter le médecin légiste, Omar Kateb.

Ce dernier avait eu le temps de punaiser sur le tableau de nombreuses photos qui montraient le corps sous différents angles. Il se mit à triturer les poils de sa barbe et à les entortiller autour de ses doigts, ce qui retint l'attention des gendarmes, tous rasés de près.

L'autopsie montrait, à l'en croire, que la jeune femme était une personne tout à fait saine. Ses organes fonctionnaient normalement. Elle ne souffrait d'aucune pathologie physique, et ne présentait aucune cicatrice.

Le légiste avait distingué une brûlure au niveau du cou et des ecchymoses au niveau des clavicules, qui tendaient à prouver que son ou plutôt ses agresseurs l'avaient immobilisée en la tenant par les épaules, ce qui ne l'avait pas empêchée de se débattre. Pour lui, aucun doute n'était possible sur le fait qu'elle était morte étouffée à l'aide d'un sac puis qu'elle avait été déposée quelques heures plus tard sur les bords de l'Endre, sous les racines des arbres. La mort devait remonter au mercredi précédent.

La tête de la jeune femme était intacte, mais la bouche grande ouverte signalait une recherche désespérée d'oxygène. Le légiste avait trouvé des traces de craie dans la gorge de la victime.

— Elle en mastiquait peut-être régulièrement… hasarda Villeneuve.

Le lieutenant, assidu du Net, expliqua que sur Instagram des jeunes femmes se filmaient en train de croquer des bâtonnets de craie ou d'avaler de pleins saladiers de calcaire. Il suffisait de taper #chalkeating sur YouTube pour tomber sur des milliers de vidéos vues par des millions de voyeurs.

— Une minorité de ces femmes mangent vraiment de la craie, corrigea Omar Kateb. Il s'agit de la maladie de Pica, un trouble psychiatrique qui se caractérise par l'ingestion de substances non nutritives comme de la craie ou de la terre…

— Le mot vient du latin *pica*, du nom du volatile, la pie, à qui l'on prête ce type de comportement, intervint Paule.

Tous les yeux des gendarmes se tournèrent vers elle.

— Mais dans le cas de la victime il ne s'agit pas de cela. Elle ne l'a pas avalée de son plein gré car j'ai trouvé aussi de la poussière de craie dans ses poumons, reprit Kateb. Ils lui ont peut-être enserré la tête dans un sac en plastique qui avait contenu de la craie…

— Quelque chose sur la robe jaune dont elle était vêtue ? demanda Guillaume.

— Elle est en lin, rien de notable. Pas de sang. Aucune trace d'ADN.

— Y a-t-il eu viol ?

— Non. Il n'y a pas eu de rapport sexuel, ni avant ni après sa mort. Si j'excepte les signes qui montrent que cette jeune femme s'est débattue, il y a là quelque chose de presque doux même si sa mort a dû être douloureuse. Le ou les meurtriers avaient un parti pris esthétique, presque romantique, qui se trouve renforcé par la présence de cette couronne en forme de bois de cerf. Bref, si vous voulez mon avis, je ne pense pas que ce crime soit l'œuvre d'un homme…

Les propos du médecin furent accompagnés d'un brouhaha dans l'assistance, qui ne comptait qu'une gendarme. Tous ensemble, ils se mirent à citer des exemples de crimes où la meurtrière avait fait preuve d'un sadisme répugnant.

Guillaume et Paule se regardèrent, consternés. Les deux amis considéraient que l'on avait tendance, trop souvent, à ne prendre en compte que la mentalité du tueur, les ruses secrètes de son cerveau, et à délaisser la victime.

Guillaume remercia chaleureusement le légiste en n'omettant pas de lui renouveler ses excuses pour son retard. Lorsque ce dernier fut parti, non sans avoir laissé les clichés de l'autopsie, il se retourna vers les militaires présents.

— Qu'est-ce qu'ont donné les recherches sur les récentes disparitions ?

— Elles se poursuivent, répondit Germain. Nous avons rentré l'âge approximatif, la taille, le poids, la couleur des cheveux et des…

— C'est bien. Surtout, recentrez les recherches autour de Roquebrune…

Il se tut un instant, réfléchit quelques secondes puis reprit :

— La craie… Ça me rappelle qu'une prof est portée disparue depuis quelques jours… Vérifiez sur votre liste…

22

Lundi 24 avril

Guillaume avait vu juste. Le proviseur du lycée Albert-Camus de Fréjus avait signalé la disparition d'une professeure de lettres classiques, Agnès Balandran, dont il était sans nouvelles depuis plusieurs jours. Dès son arrivée, avait-il précisé, elle avait fait preuve d'une conscience professionnelle sans faille. La jeune femme s'était montrée particulièrement dynamique dans l'organisation des contrôles continus en vue du baccalauréat.

Germain avait contacté le lycée afin qu'il communique à la brigade une photo de la disparue. Mais aussi extraordinaire que cela puisse paraître, il n'y avait aucun portrait d'Agnès Balandran, seulement une photo floue qui la montrait entourée d'un groupe d'élèves qu'elle entraînait pour le Concours général en français et en latin.

Tout cela avait pris du temps. Le quotidien de la brigade avait été bousculé par de multiples incidents dus à la canicule. La température avait bondi, atteignant les trente-huit degrés et explosant la moyenne maximale du mois d'août depuis un siècle.

À la gendarmerie, certains militaires qui avaient été en poste en Afrique subsaharienne s'étaient autorisés à placer du linge humide face aux ventilateurs ou aux fenêtres. Le capitaine d'Auligny avait piqué une colère mémorable et avait fait enlever ce dispositif sur-le-champ.

Il en avait profité pour rappeler à ses hommes qu'ils se devaient d'être réactifs au moindre incident, qu'il s'agisse d'une bagarre dans un bar, d'une rixe dans une station-service, à la sortie d'un bowling ou sur une aire de stationnement.

L'affrontement le plus spectaculaire avait eu lieu sur les rives de la base nautique de Roquebrune. Situé au pied du Rocher, le lac nourri par l'Argens était très fréquenté dès le mois d'avril. Les gendarmes avaient dû intervenir pour mettre fin à une bataille rangée entre baigneurs. Bousculant des familles, un groupe avait voulu emprunter des pédalos sans attendre son tour. Il y avait eu deux blessés légers et une femme enceinte avait été transportée à la clinique la plus proche. D'Auligny avait exigé que ses hommes installent des barrages autour du lac et agitent leurs bâtons lumineux pour effectuer des contrôles.

Ces incidents avaient été émaillés de visites chez des particuliers, pour constater chaque fois le décès d'une nouvelle victime de la canicule… Il y en avait eu trois à Roquebrune. Les gendarmes avaient été frappés par la posture des corps, découverts allongés dans un lit ou sur un canapé. On aurait pu les croire plongés dans leur sommeil.

Le médecin légiste avait fait part de son étonnement. Souvent envoyé pour établir des certificats de décès, il ne pouvait que constater que le mort, « bouffé par les asticots », baignait dans son jus de putréfaction. Mais là, tout semblait presque… paisible.

« Plus il fait humide, moins l'air peut recevoir de vapeur d'eau supplémentaire. Ainsi, par forte chaleur et forte humidité, votre corps cesse de se refroidir car la transpiration ne peut plus s'évaporer, et même une personne jeune et en parfaite santé peut tomber dans le coma », avait-il précisé.

Vrai ou faux, l'humidité était bien présente. Cette humidité poisseuse qui obligeait Guillaume à changer de tee-shirt plusieurs fois par jour.

Il en avait glissé trois dans son sac à dos avant de se rendre au domicile d'Agnès Balandran dans l'intention d'y prélever des échantillons d'ADN.

La jeune femme habitait dans un des rares immeubles à l'entrée de Roquebrune. Le bâtiment avait été construit pour loger des fonctionnaires municipaux, mais ces derniers avaient rapidement déserté les lieux, préférant s'installer dans les constructions pyramidales qui bordaient le front de mer.

Il aperçut à l'entrée de l'immeuble un homme à la crinière léonine, vêtu d'un short kaki et d'un marcel, un mégot au coin de la lèvre, qui arrosait un bosquet de buis en train de virer au jaune.

En voyant un gendarme en uniforme s'approcher de lui, le jardinier amateur sursauta et fit tomber au sol le tuyau d'arrosage, qui lui aspergea aussitôt les tongs. Il jura en italien.

Sans s'émouvoir, Guillaume se dirigea vers le robinet d'eau extérieur et le ferma.

— Je ne peux quand même pas laisser mourir cette pauvre plante… s'empressa d'objecter l'homme. Si on continue comme ça, il n'y aura bientôt plus dans le coin que du mimosa…

— Mon intention n'est pas de vous coller une amende ou de vous demander de me suivre au poste parce que vous êtes incapable de suivre une simple consigne de bon sens. Je souhaiterais juste que vous me parliez d'une locataire qui habite ici : Agnès Balandran. Vous la connaissez ?

L'homme regarda Guillaume avec suspicion.

— Pourquoi me demandez-vous cela ? Il lui est arrivé quelque chose ?

— Une enquête de routine, mentit Guillaume.

Qui n'eut droit qu'à un borborygme en guise de réponse. Le gendarme revint à la charge :

— Vous lui parlez quelquefois ? Vous habitez dans l'immeuble ?

Il fit non de la tête, buté. Guillaume changea de stratégie :

— J'ai l'impression que vous voulez me cacher un élément qui pourrait m'aider dans mon enquête, je vais donc devoir vous demander de me suivre…

Il s'approcha et mit pesamment la main sur son épaule.

— C'est ma voisine de palier, dit précipitamment le jardinier amateur. J'habite au dernier étage de l'immeuble. Elle est professeure, je crois. Mais nous n'avons aucun échange. Juste « bonjour » et « bonsoir ». Au début, quand elle a emménagé, j'ai cru que nous allions sympathiser parce qu'elle recevait pas mal d'hommes. Ils n'allumaient jamais la minuterie et je les entendais taper à sa porte toujours de la même manière.

Il frappa à la porte d'entrée de l'immeuble. Le bruit résonna comme un code.

— Un jour où un type lui rendait visite, je suis sorti de l'immeuble et j'ai attendu qu'il parte, planqué derrière le buisson.

Il mima le geste à nouveau en se plaçant derrière les plantes. À un autre moment, l'image de cet homme jouant les espions aurait fait rire Guillaume.

— Il était habillé tout en noir avec des lunettes noires, poursuivit-il, un vrai croque-mort. Si vous voulez que je vous dise le fond de ma pensée, cette femme me faisait peur.

— Peur ?

— Peur, oui, peur. J'ignore ce qu'elle trafiquait. Mais je ne serais pas étonné d'apprendre qu'elle appartenait à une secte.

Pourtant, dans le deux-pièces qu'avait occupé Agnès Balandran, aucun indice ne pouvait laisser penser que la jeune femme eût une vie secrète. Dans la chambre, l'ordre régnait, strict, presque spartiate. Guillaume enfila ses gants.

Au pied du lit fait, une pile de revues historiques et de recherches archéologiques à côté d'un Gaffiot. Rien sur la table de chevet en bois blond. Les meubles semblaient sortir d'un catalogue Habitat, à l'exception d'une chaise Renaissance sur laquelle étaient pliées plusieurs chemises blanches.

Il vida les tiroirs, les armoires, en sortit des boîtes à chaussures remplies de sous-vêtements, de bas ou de foulards. Dans la dernière, il trouva de faux bijoux de théâtre.

Il réalisa que c'était la première fois qu'il fouillait dans les affaires d'une jeune femme, et il ne put s'empêcher de penser à Paule. Qu'est-ce qu'il aurait trouvé s'il s'était livré au même exercice dans son appartement parisien ?

Songeur, Guillaume s'approcha du minuscule balcon. À perte de vue, des bâtisses beiges avec leurs tuiles provençales.

Il fit demi-tour et gagna la pièce principale, qui devait servir aussi de salle à manger. Au mur était affichée la reproduction grandeur nature d'un tableau montrant un cerf assis comme un homme et entouré de femmes dépenaillées confites en dévotion. Guillaume déchiffra le nom de l'auteur, sortit son portable et prit la peinture en photo.

Il se tourna vers les rayonnages de la bibliothèque, qui contenaient surtout des livres anciens aux couvertures abîmées, soigneusement alignés. Leurs titres ne lui évoquaient rien. Il les prit également en photo. Il les montrerait à Paule. Peut-être en tirerait-elle un enseignement sur la personnalité de la victime.

Sur le mur du couloir menant à la salle de bains, quelques photos étaient punaisées sur une plaque de liège. L'enseignante y était toujours seule, au milieu d'un paysage ou devant un bâtiment. Pas une amie, pas le moindre compagnon. Rien. Sa mine partout pensive, son regard noir. Ses cheveux couleur jais descendaient en cascade sur ses épaules. L'ensemble voulait donner l'impression d'une jeune femme volontaire, sûre d'elle-même, mais sur les photos apparemment les plus récentes on voyait se dessiner autour de sa bouche des rides de dégoût. S'il était vrai qu'elle était seule et sans famille, qui avait pris ces clichés ?

— Qui es-tu, Agnès Balandran ? dit-il tout haut.

Il se rendit dans la salle de bains et y trouva, comme il l'avait espéré, une brosse à cheveux qu'il glissa dans un sac plastique. Puis, après avoir fait le tour du deux-pièces, il ouvrit la poubelle de la cuisine, qui ne contenait qu'un sac en papier à l'intérieur duquel il aperçut un court objet blanchâtre. Il le prit pour mieux l'examiner. Un frisson lui parcourut la nuque. Il tenait entre ses doigts un andouiller.

23

Lundi 24 avril

Grâce aux experts généticiens de l'Institut de recherche criminelle de la gendarmerie nationale, il était possible d'avoir des résultats en moins de deux heures. Guillaume dut juste s'armer d'un peu de patience avant d'avoir la confirmation de ce qu'il pressentait : Agnès Balandran était la victime retrouvée sur les bords de l'Endre.

Une fois cette certitude établie, restait à connaître le mobile du crime. Lorsqu'il s'agissait de rebâtir une histoire, Guillaume pouvait faire montre de la ferveur du paléontologue reconstituant un dinosaure à partir d'un métatarse.

À en croire le médecin légiste, il était peu probable qu'il s'agisse d'un crime passionnel qui aurait dégénéré. Il avait bien insisté sur le fait qu'il y avait une certaine douceur dans cet assassinat et penchait pour l'œuvre d'une ou de plusieurs femmes. Cette hypothèse se trouvait confortée, pensait Guillaume, par le soin tout particulier mis à vêtir le corps de la victime d'une robe jaune. Car il n'avait aucun doute que cela avait été fait par la ou les personnes qui l'avaient agressée. Il n'y avait aucun vêtement de couleur dans la penderie de l'enseignante, juste du blanc et du noir.

Pourquoi une robe jaune ? se demanda le gendarme. Il voyait bien la symbolique rurale qui pouvait entourer la couronne de cerf ou l'attrape-rêves à moitié brûlé. La mise en scène montrait la volonté de suivre un rituel. Mais quel sens donner à une robe de cette couleur ?

Il se gara devant chez Paule. Son amie avait évoqué la veille son retour vers Paris, il est vrai sans grand enthousiasme. En théorie, son rôle ici était terminé puisqu'elle avait la conviction que les annotations de la biographie étaient l'œuvre d'un plaisantin, un plaisantin certes doué mais un plaisantin quand même. Sans doute ce dernier avait-il espéré déclencher ainsi une nouvelle tempête médiatique et policière à Roquebrune. Cependant, Paule lui avait confié que son intuition lui commandait de rester encore quelques jours. « Pour voir », avait-elle ajouté, comme si elle demandait au destin de montrer son jeu. Guillaume lui avait proposé de prendre une chambre d'hôtel jusqu'à la fin de son séjour mais elle avait refusé.

Paule mit un certain temps à descendre. Depuis la bagarre dans le grenier, elle avait pris la décision de barricader la porte de sa chambre en poussant un meuble devant. Quand elle lui ouvrit, un livre à la main, il eut l'impression de se retrouver face à la jeune fille qu'il venait chercher autrefois pour partir en expédition sur une périssoire. En dépit de la chaleur, elle portait un pantalon et un tee-shirt à manches longues sur lequel figurait le logo entrelacé de l'École des chartes. Guillaume se dit que, décidément, le marketing s'invitait même dans les institutions les plus honorables.

— Tu as passé suffisamment de temps à lire. Allez viens, je t'embarque.

— Où ça ?

— Tu verras bien.

Il eut un petit sourire en coin dont elle ne parvint pas à deviner le sens puis examina ses chaussures.

— Ce serait bien que tu mettes autre chose que des baskets, lui dit-il. Il y a un peu d'ascension là où je t'emmène.

Paule obéit avec une étonnante docilité. À vrai dire, elle n'en pouvait plus de se fatiguer les yeux à déchiffrer le livre sur les abominations commises en Provence durant les guerres de Religion que lui avait offert Brigitte Saglietto et à enchaîner les allers-retours entre l'ouvrage et son ordinateur pour comparer le texte avec celui que lui avait confié son éditeur. Les deux œuvres étaient semblables puisqu'elles relataient les exactions commises par les catholiques et par les protestants. Pour autant, la première paraissait privilégier les récits des catholiques et la seconde semblait davantage préoccupée de donner la parole aux protestants. S'il est vrai que l'Histoire est écrite par les vainqueurs, il était difficile à la lecture des deux textes de savoir lequel des deux camps était monté le plus haut sur l'échelle de l'horreur.

— Où va-t-on ? demanda Paule une fois dans la voiture.

Guillaume sourit mais ne répondit pas. Il s'arrêta à l'un des rares commerces qui résistaient encore à la grande distribution pour acheter deux bouteilles d'eau fraîche et deux casquettes.

La voiture emprunta une départementale puis prit la route à droite de la petite chapelle Saint-Roch. Ils passèrent une barrière forestière, roulèrent sur un chemin en terre battue. Paule, qui avait en main la carte que lui avait laissée sa logeuse, comprit qu'ils contournaient le rocher de Roquebrune, rouge et escarpé. Ils finirent par être suffisamment près pour qu'elle discerne trois croix à son sommet. Guillaume vit les efforts qu'elle faisait pour essayer de les prendre avec son iPhone.

— Ne t'inquiète pas, tu vas les voir de plus près. Ces croix sont récentes, mais leurs origines remontent à la nuit des temps. Des édifices anciens ont été retrouvés sur les flancs du rocher, qui témoignent d'une activité humaine.

Guillaume raconta à Paule que selon la légende, à la mort du Christ sur le mont Golgotha, le rocher de Roquebrune s'était brisé en trois morceaux, symbolisant les trois croix dressées au jour de la crucifixion. Ceux qui vivaient là avaient voulu suivre l'exemple en érigeant, à leur tour, trois croix sur le sommet. Les pèlerins y affluèrent jusqu'à la fin du Moyen Âge. Les intempéries avaient fini par mettre à bas les monuments abandonnés par les hommes. Il avait fallu attendre le début des années 1990 pour que l'artiste Bernar Venet érige trois nouvelles croix rendant hommage à trois peintres de la « Crucifixion » : Giotto, Grünewald et le Greco.

Guillaume se gara entre deux chênes-lièges dans une clairière qui devait servir de point de ralliement avant d'entreprendre l'ascension du Rocher. Il tendit avec insistance une casquette à Paule, qui finit par la prendre.

— Grimper par une telle chaleur, tu es un grand malade.

La remarque était de pure forme car Paule brûlait d'envie de mettre ses pas dans ceux des catholiques et des protestants qui s'étaient trucidés sur cette montagne. Dès qu'ils se mirent à suivre le cours d'eau asséché qui servait de sentier, elle eut l'impression que les lieux lui étaient familiers. Ce sentiment se renforça quand ils commencèrent à se frayer un chemin entre les rochers. Paule pensa que dans ce labyrinthe ils se seraient perdus à coup sûr, sans les poteaux jaunes qui, régulièrement, leur indiquaient qu'ils suivaient le bon chemin.

Guillaume marchait en tête d'un bon pas, consentait parfois à s'arrêter sous les pins pour que Paule puisse s'hydrater. Lui-même ne buvait alors qu'une gorgée. À croire qu'il effectuait là un exercice militaire.

Au bout de deux heures, Paule parvint, épuisée, au sommet. Le vent soufflait si fort à cette altitude qu'elle se retint plusieurs fois de tomber en s'agrippant au rocher. Les trois croix étaient majestueusement dressées à gauche sur le ressaut rocheux. Mais le véritable spectacle était le panorama époustouflant embrassant Roquebrune et ses terres, la baie de Fréjus et de Saint-Raphaël, le massif de l'Esterel et celui des Maures, l'Argens et ses affluents, qui brillaient tels des rubans d'acier. Le ciel et la mer ne faisaient qu'une seule couleur : un bleu emprunté à la palette de Bonnard.

Ils seraient restés longtemps ainsi à contempler cette plaine baignant dans une lumière de commencement du monde s'ils n'avaient pas été rejoints par un groupe de jeunes gens qui multipliaient les selfies. Paule leur proposa de les prendre tous ensemble, mais ils refusèrent.

Une fois parvenus à la troisième croix, il leur fallut attaquer la descente, plus rude. Par moments, Paule dut s'aider du câble posé en main courante qui permettait de contourner l'éperon rocheux. Guillaume semblait, lui, aussi à l'aise qu'un chamois, passant d'un bloc de pierre à l'autre sans jamais donner l'impression qu'il cherchait son équilibre. Il finit par disparaître, complètement masqué par la broussaille, et Paule fut obligée de lui crier d'aller moins vite.

Il l'attendait sur un plateau invisible de la route, constitué d'immenses dalles. C'était une vaste zone où les randonneurs devaient se donner rendez-vous. Paule nota, exaspérée, des graffitis gravés un peu partout. Heureusement il y avait tout autour un décor de roches déchiquetées et de falaises abruptes. Pas étonnant que ce lieu ait été baptisé « le Far West varois »…

On pourrait y tourner des attaques d'Indiens Pueblos, s'amusa-t-elle.

Elle s'assit à l'ombre de rochers qui ressemblaient aux ruines d'une ancienne forteresse. Guillaume vint la rejoindre.

— Tu te souviens de la couleur de la robe de la femme retrouvée au bord de l'Endre ?… Dis-moi ce que tu sais de la couleur jaune, lui demanda-t-il à brûle-pourpoint.

Paule hocha la tête. Elle but le reste de la bouteille d'eau comme si elle s'apprêtait à débuter une conférence.

— Tu dois d'abord savoir que la symbolique d'une couleur, puisque c'est cela qui te préoccupe, dépend des époques, des civilisations ou des lieux. S'agissant du jaune, l'affaire est encore plus complexe. Depuis la nuit des temps, l'homme est parvenu à maîtriser cette couleur grâce au safran. Au début, elle était synonyme de bonheur et de fête. C'est la couleur du soleil. Elle représente donc tout ce qui rayonne, comme l'harmonie, la sagesse et la puissance. En Chine, c'est la couleur des empereurs. Chez les Grecs et les Romains, elle est signe de fertilité, de richesse. C'est pourquoi elle est invitée dans les mariages…

— Et aujourd'hui ? C'est maintenant que sa signification m'intéresse, l'interrompit Guillaume.

— Elle est la moins populaire des trois couleurs primaires. On lui préfère le rouge et le bleu, qui sont des couleurs plus franches, des couleurs honnêtes, comme l'auraient dit les protestants au XVIe siècle…

— « Des couleurs honnêtes » ? Je ne comprends pas…

— Le jaune n'est-il pas associé à la trahison, à la dissimulation ? C'est la couleur des tricheurs, des félons, de la robe de Judas dans les peintures médiévales. C'est la couleur de l'infidélité, et de la maladie qui donne le teint jaune. Le christianisme est passé par là mais aussi l'or. Le doré a enlevé au jaune toutes ses qualités et d'abord la première de toutes, la lumière. Le jaune devient acide comme le citron ou mat et triste. Il devient alors la couleur de l'exclusion. L'étoile qui désigne les Juifs est jaune. Le soufre est jaune. C'est le diable qui pointe le bout de son sabot…

— Et il n'y a pas eu un retournement, comme souvent avec les modes ?

— Il ne s'agit pas ici de mode, Guillaume, mais de symbolique. Le jaune demeure ostracisé. J'ai lu un sondage dernièrement sur les couleurs les plus appréciées au niveau mondial. Une personne sur cent cite le jaune. En automne, les feuilles jaunissent avant de tomber. C'est, au fond, une couleur blême, profondément morbide. Du coup, la tentation est grande pour ceux qui veulent s'inscrire en marge de brandir cette couleur comme un étendard.

— Nous sommes passés de la lumière aux ténèbres.

— Oui, derrière le jaune se dissimule un monde grouillant qui cherche à nous tromper en nous tentant. C'est une couleur fausse. C'est un monarque déchu par l'or et l'orange qui dans ses caves rumine sa revanche…

Paule s'arrêta d'un coup.

— Et si on rentrait ?

Guillaume acquiesça et se leva. Ils redescendirent lentement car les pierres roulaient sous leurs pas.

Lorsqu'ils parvinrent à mi-chemin, Guillaume désigna de l'autre côté d'un ravin des trous réguliers qui donnaient l'impression que la falaise les regardait avec des orbites creuses. Paule crut discerner sur la droite une caverne qui semblait occupée, elle interrogea Guillaume du regard.

— C'est le nouvel ermite. Il a pris le relais du frère Antoine, un religieux cistercien qui a vécu ici sans eau ni électricité durant un demi-siècle après un voyage en Inde. Il s'est éteint à presque cent ans.

Paule ne releva pas mais se dit que, décidément, il y avait à Roquebrune des forces telluriques qui appelaient depuis toujours ceux qui étaient à l'écoute.

Une fois dans la voiture, Guillaume proposa à Paule de dîner avec lui, mais elle refusa… et le regretta presque aussitôt.

Vers le milieu de la nuit, Guillaume s'éveilla, tendit le bras pour caresser la nuque de Barbara, ne rencontra qu'un espace vide. La chambre, comme l'ensemble de la maison, était plongée dans le silence. Il en déduisit qu'elle était descendue à la cuisine pour boire un verre d'eau puis qu'elle s'était, peut-être, assoupie sur le canapé de la salle de séjour. Il saisit l'oreiller moelleux qui gardait l'empreinte et l'odeur de la *contessa*, y enfouit son visage et choisit de se rendormir.

24

Mardi 25 avril

Il y avait un petit attroupement d'une vingtaine de personnes devant l'entrée de la gendarmerie. À voir les poings tendus et à entendre leurs vociférations, il était clair qu'elles n'étaient pas venues pour cotiser à l'Amicale des veuves de la brigade. En temps ordinaire, ces manifestations avaient lieu devant la mairie, mais les gendarmes venaient d'arrêter trois militants qui avaient repeint en vert l'entrée des arènes de Fréjus pour alerter contre les conséquences de la canicule.

En s'approchant, Guillaume put déchiffrer plusieurs pancartes dénonçant l'inaction des autorités : *On meurt de chaud ? Ils ne font rien !*, ou encore : *Pendant qu'on crève, eux, ils rêvent…* Deux manifestantes en sarouel se détachèrent du groupe et aspergèrent de peinture verte les murs de la gendarmerie.

Guillaume souleva sa mallette pour se frayer un chemin et entra dans le bâtiment sans leur accorder plus d'attention. Mais il était en uniforme. Au moment où il allait refermer la porte battante, il sentit une poussée dans son dos. Un géant mi-hipster mi-rasta s'était collé à lui. Il fut aussitôt suivi par les autres manifestants qui investirent le couloir menant au hall d'entrée en criant des slogans hostiles à la maréchaussée.

Guillaume posa sa mallette et pivota sur ses talons. Il saisit l'homme qui l'avait bousculé par son foulard palestinien et le plaqua violemment contre le mur. L'arrière de son crâne vint heurter l'affiche encadrée *Devenir gendarme, une vie au service des autres*, le choc à peine amorti par les dreadlocks. Le géant glissa doucement au sol en gémissant.

— Fasciste ! La police tue ! beugla un petit grassouillet vêtu d'une veste kaki où était écrit *Génération Extinction.*

L'homme derrière lequel il se dissimulait brandit une batte et se précipita sur Guillaume, qui leva l'avant-bras et bloqua le coup qui lui était destiné.

— Nous sommes des gendarmes, pas des policiers, rappela poliment le militaire.

Il saisit le poignet de son agresseur et le désarma. Avec l'autre main, il lui empoigna le petit doigt et l'annulaire et les retourna d'un coup sec. L'action avait duré à peine cinq secondes, moins longtemps que le hurlement strident qui réveilla les collègues de Guillaume. Une fois sur les lieux, ils constatèrent que l'apprenti agresseur s'était évanoui.

— On vous a agressé, capitaine ? demanda l'un d'eux.

Guillaume lui sourit.

— Pas le moins du monde. Vous pourrez raccompagner ces messieurs à la sortie quand ils auront ramassé leurs amis, ajouta-t-il en désignant la petite troupe du menton.

Dorénavant, veillez juste à ne pas laisser s'installer un attroupement de ce type devant nos bâtiments. Nous ne sommes pas des assistantes sociales.

Le lieutenant Villeneuve l'attendait au premier étage en sirotant un café. Guillaume lui raconta la scène.

— Qu'est-ce qu'ils ont tous, à péter les plombs ? conclut-il.

— Ils ont des raisons, répliqua Villeneuve. Encore cinq décès, cette nuit. Dont trois à Roquebrune. J'imagine que les consignes de prudence ne sont pas parvenues jusqu'aux habitants. Cette canicule va finir par faire plus de ravages que la pandémie. Mais après tout, les records sont faits pour être battus…

— Rien de suspect dans ces décès ?

— Non. Elles sont toutes mortes durant leur sommeil. Je dis « elles », car trois sont des femmes. On les a retrouvées dans leur lit ou allongées sur un canapé. Pas de coups, aucune trace d'affrontement, pas d'empoisonnement. Rien de rien.

— Que peut-on faire, alors ?

— D'Auligny songe sérieusement à nous envoyer patrouiller afin de sensibiliser la population, dit Villeneuve en manipulant sa montre-bracelet en acier.

Encore une idée saugrenue qui venait de se nicher dans la tête du commandant !

Guillaume gagna la salle des enquêtes en cours. Il se mit à une table et ouvrit le dossier d'Agnès Balandran. Il resta un bon moment face à la photo où elle était entourée d'un groupe d'élèves. Soudain, un détail lui sauta aux yeux. Une jeune fille blonde qui était de dos portait un tee-shirt noir avec logo. La photo était floue, mais il put suffisamment zoomer pour discerner sur le vêtement quelque chose qui ressemblait à un territoire qu'il connaissait. Il se rua vers un autre ordinateur pour vérifier. Il s'agissait bien d'un des États américains, la Louisiane plus précisément. Il chercha la marque Louisiana et aussitôt apparut à l'écran le tee-shirt en lettres gothiques que portait Anne-Charlotte Palmaro. Bingo !

Il appela le lycée Albert-Camus et demanda qu'on lui envoie la liste des lycéens qui avaient cours avec Agnès Balandran. La personne au bout du fil se montra réticente, comme si on lui demandait de communiquer son code bancaire. Guillaume s'arma de patience. Il souligna qu'il ne demandait rien d'autre que les noms. On finit par les lui faxer. Deux lui sautèrent aux yeux : Anne-Charlotte Palmaro et Fanny Palmaro. Il rappela son interlocuteur pour le remercier et lui demander dans la foulée si les deux jeunes filles étaient dans les parages. Elles étaient toutes deux en cours d'empathie, destiné à sensibiliser au harcèlement scolaire.

— Germain ! Tu lâches ce que tu es en train de faire et tu vas me chercher Anne-Charlotte et Fanny Palmaro au lycée !

Guillaume resta immobile, fixant la photo. Il était concentré, plongé dans un tourbillon de données qu'il cherchait à mettre en ordre. Il se méfiait de ses intuitions. Il avait besoin de les confronter à la réaction d'un interlocuteur en qui il avait toute confiance. Le portable de Paule sonna longtemps avant qu'elle consente à répondre. Lorsqu'elle décrocha, sa voix semblait hésitante.

— Je te dérange ? Tu dormais ? lui demanda Guillaume.

— Bien sûr que non, répondit-elle, j'étais toujours sur mes vieux manuscrits. Qu'est-ce qui me vaut le plaisir de ton appel ? As-tu bien dormi, après notre escapade en haut du Rocher ?

La question était anodine mais elle mit Guillaume mal à l'aise. Il enchaîna sans lui répondre :

— J'ai la quasi-certitude qu'Anne-Charlotte et Fanny Palmaro ne sont pas étrangères à ce qui est arrivé à Agnès Balandran…

— Va droit au but, comme tu sais si bien le faire ! le coupa Paule. Tu te demandes si Agnès Balandran n'était pas la mystérieuse passagère qui s'est évaporée dans un tournant…

— Exact.

— Il te suffirait d'appeler l'auberge du Cerf enflammé et de leur montrer la photo de la victime pour savoir si elle était bien la cinquième convive… mais ce qui te fait encore hésiter est la crainte de te planter…

— Tu as raison. Merci.

Il raccrocha et composa le numéro de l'auberge.

— Capitaine Lassire, gendarmerie de Fréjus. Vous vous souvenez de la table de cinq jeunes femmes dont mes hommes sont venus vous parler ?

— Un peu, oui ! C'est moi qui les ai servies ! Et avec ce qu'elles ont bu, comment les oublier ? Il y avait quatre jeunes filles plutôt mignonnes et une femme un peu plus âgée, brune, sûre d'elle. Une beauté glacée qui puait l'arrogance. C'est elle qui a payé… sans laisser le moindre pourboire.

Tout en écoutant le serveur, il sélectionna plusieurs clichés d'Agnès et les lui envoya. Un court silence. Et la réponse fusa :

— Ouais. C'est bien elle. Aucun doute. J'espère bien ne jamais la revoir ici…

25

Mardi 25 avril

Guillaume n'eut pas le temps de rappeler Paule que déjà Germain ouvrait la porte du bureau.

— Anne-Charlotte et Fanny Palmaro sont là, capitaine. Je n'ai pas eu à insister, elles sont venues de leur plein gré. J'ai installé la première dans la salle Arnaud-Beltrame.

Anne-Charlotte Palmaro se tenait différemment de la fois précédente. Elle était recroquevillée et ce fut à peine si elle se redressa quand il pénétra dans la pièce. Il prit place en face d'elle, constata qu'elle avait adopté une autre mode vestimentaire. Elle portait un chemisier blanc, une jupe plissée bleu marine et de hautes socquettes blanches. Un vrai fantasme pour homme d'affaires japonais.

— Je vous ai fait venir, Anne-Charlotte Palmaro, pour…

Elle ouvrit grand les yeux, comme un enfant.

— Ah non, vous faites erreur. Ce n'est pas moi…

— Pardon ? Vous vous appelez comment, alors ?

— Fanny Palmaro.

Sous le choc, Guillaume passa du vouvoiement au tutoiement :

— Tu te moques de moi ? Je t'ai interrogée la dernière fois…

— Je sais mais vous confondez avec l'autre, rétorqua-t-elle.

Fini, les poses suggestives de la fois précédente. Elle était passée directement à un registre beaucoup plus agressif.

Guillaume recula sur sa chaise en la regardant avec étonnement. À quoi jouait-elle ? Il connaissait ces troubles de l'identité qui survenaient après un traumatisme violent, le plus souvent, et savait qu'une seule et même personne pouvait abriter des personnalités distinctes qui prenaient tour à tour le contrôle pour la protéger. Mais il n'avait jamais été confronté à ce type de phénomène.

— Si tu veux, Fanny. Tu as comme professeure Agnès Balandran…

— Ce n'est pas moi. C'est Anne-Charlotte.

— Vous êtes toutes les deux dans sa classe…

— Que tu dis !

Guillaume l'observait, stupéfait. Elle se balançait sur sa chaise et le regardait avec un méchant sourire. Il avait maintenant clairement l'impression d'avoir une autre personne en face de lui.

— Je ne l'ai pas tuée, si c'est ce que tu veux savoir, dit une voix plus grave qui sortit de la bouche de l'interrogée.

— Qui t'a dit qu'elle avait été tuée ?

À nouveau, elle reprit les mimiques et les poses d'une adolescente. Les transformations s'opéraient en quelques secondes.

Guillaume ne parvenait pas à démêler s'il était en présence ou non d'une simulatrice. Mais si Anne-Charlotte Palmaro jouait la comédie, elle aurait dû savoir que c'était en pure perte. Encore une fois, trop de séries. La France n'était pas les États-Unis. Le trouble dissociatif de l'identité n'y était pas reconnu comme un trouble mental mettant en cause la responsabilité du criminel.

— Allons, capitaine, revenez sur terre. Cela se voit que je ne suis pas Anne-Charlotte Palmaro, non ?

Elle n'arrêtait pas de tripoter un petit objet entre ses mains. Était-ce une dent ou un bout de corne ? Guillaume tendit lentement la main dans sa direction en souriant. Elle hésita un court instant puis posa l'objet dans sa paume. Il la referma doucement. Il avait reconnu un andouiller. Il rouvrit sa main.

— Tu as trouvé cet objet où ?

— Je ne l'ai pas trouvé. C'est l'autre qui me l'a donné.

— Veux-tu un verre d'eau ?

Elle fit oui de la tête. Mais une fois devant elle, elle le dédaigna.

Germain et le lieutenant Villeneuve firent signe à Guillaume à travers la vitre de sortir. Il les rejoignit sans quitter des yeux la jeune fille, qui avait repris l'andouiller et s'accrochait à lui comme une naufragée à sa bouée.

— Qu'y a-t-il ?

— Nous avons parlé avec Fanny Palmaro pendant que vous interrogiez sa cousine…

Guillaume prit une chaise et s'assit un peu lourdement.

— Tout va bien, capitaine ? fit Villeneuve.

Il hocha la tête.

— Capitaine, je comprends que votre altercation avec les manifestants ait pu vous mettre sur les nerfs, mais loin de nous la volonté d'empiéter sur votre enquête. Fanny Palmaro s'est spontanément ouverte à nous sans que nous ayons eu besoin de lui poser la moindre question…

— Qu'elle vienne rejoindre sa cousine, ordonna Guillaume en rentrant dans la salle.

Fanny Palmaro arriva, entourée de Germain et de Villeneuve. Elle se plaça à l'autre bout de la table, le plus loin possible d'Anne-Charlotte Palmaro.

Guillaume se tourna vers cette dernière.

— Anne-Charlotte, je te présente Fanny.

— Ce n'est pas Fanny, siffla-t-elle, c'est la meurtrière. C'est moi, Fanny. Pourquoi je suis ici ? Quel âge vous me donnez ?

— C'est moi qui pose les questions, lui répondit Guillaume.

Germain et Villeneuve s'interrogeaient du regard. Il était clair qu'ils étaient totalement perdus. Villeneuve s'approcha de Guillaume et lui murmura à l'oreille :

— Ce n'est pas possible.

Guillaume regardait la vraie Fanny, qui se tassait sur sa chaise. Une expression d'angoisse était apparue sur son visage.

— Tu veux répondre à ta cousine ? lui demanda-t-il.

— Non, je ne veux pas.

— Pourquoi ?

— Parce qu'elle me fait peur. Vous ne savez pas de quoi elle est capable.

Anne-Charlotte regarda autour d'elle, examina le sol puis le plafond puis la vraie Fanny et siffla entre ses dents.

— Ma pauvre fille, tu es folle…

L'atmosphère de la pièce était devenue irrespirable. Guillaume choisit de faire porter la pression sur Fanny.

— Fanny, il n'y a jamais eu d'apparition sur votre trajet en voiture. Il n'y a jamais eu de dame jaune. C'était une invention de vos cerveaux malades pour ne plus penser au crime que vous avez commis toutes les quatre. Vous êtes montées à cinq dans la voiture, vous avez dîné ensemble et vous êtes reparties à cinq. Seulement, Agnès n'est jamais parvenue à bon port. Son existence s'est arrêtée sur les bords de l'Endre. Au passage, l'adresse d'arrivée vous a aussi trahies. Nous avons vérifié, il n'y a pas d'impasse Böcklin à Roquebrune. En revanche, il y a un tableau de ce peintre chez la victime…

— Ni Jeanne, ni Rebecca, ni moi ne l'avons tuée, geignit-elle en se tordant les mains. Je vous le jure, nous nous sommes contentées de la tenir…

Les gendarmes se regardèrent. Il était clair que ces jeunes filles étaient enfermées dans une autre dimension. Tout à coup, Fanny pointa un doigt vengeur vers sa cousine.

— Mais dis-leur que c'était ton idée, de lui couvrir la tête d'un sac plastique rempli de craie !

Anne-Charlotte la jaugea avec mépris puis tourna un regard vide vers Guillaume.

— Vous ne pouvez pas comprendre. Il fallait le faire.

— Pourquoi ?

— Parce qu'il fallait bien leur envoyer un signe pour arrêter le massacre. Parce que jamais nous n'aurions accepté d'entrer dans leur secte. Jamais. Mais ça non plus, vous ne pouvez pas le comprendre !

Germain et Villeneuve s'approchèrent des deux jeunes filles.

— Mesdemoiselles Palmaro, leur dit Guillaume, à compter de ce jour, mardi 25 avril, 12 h 47, vous êtes placées en garde à vue.

TROISIÈME PARTIE

Une nuit à Sainte-Candie

De tels êtres ou de si grands pouvoirs il est concevable qu'il y ait une survivance… survivance d'un temps extrêmement reculé où… la conscience se manifesta, peut-être, sous des formes et figures en retrait depuis longtemps avant la marée de l'humanité en marche… formes dont seules la poésie et la légende ont saisi un souvenir fugace et qu'elles ont appelées dieux, monstres, êtres mythiques de toutes sortes et espèces…

L'Appel de Cthulhu, Howard Phillips Lovecraft

26

Mardi 25 avril

La bibliothécaire servit à Paule un grand verre de citronnade.

— J'y mets du sirop d'agave pour sucrer et du gingembre, beaucoup de gingembre.

Paule la regarda, amusée.

— Pour le goût, chère amie, seulement pour le goût. Il y a bien longtemps que le drapeau de M. Saglietto est en berne…

— Il n'est pas là, en ce moment ?

— Non. Toujours par monts et par vaux. Là, il est à un colloque à Providence sur Lovecraft. Il a commis il y a plus de vingt ans un petit livre édité à compte d'auteur sur *La Bête dans la caverne*…

Puis, de but en blanc, Saglietto demanda à Paule :

— Est-ce que je peux vous tirer les cartes ?

Paule écarta les bras, « Pourquoi pas ? ».

Les deux femmes passèrent dans la salle de séjour.

— Je me réjouis que finalement vous acceptiez. Dès la première fois où je vous ai vue, j'ai senti votre énergie et j'ai eu envie de prendre les cartes…

Paule esquissa un sourire embarrassé.

Elles s'assirent face à face et restèrent silencieuses. Brigitte Saglietto avait déposé sur la table un boîtier puis en avait sorti, en un lent cérémonial, un petit sac en velours de soie pourpre. Il contenait un jeu de tarot de Marseille dont les cartes étaient poudrées. Elle les battit avec lenteur, comme si elle craignait de les abîmer.

Elle demanda à Paule de couper le jeu. Puis elle mélangea les deux tas avant de les poser à nouveau devant elle.

— Voulez-vous bien tirer cinq cartes ?

Paule approcha sa main, la retira. La carte était chaude. Elle avait eu la désagréable impression de toucher un corps vivant. Brigitte Saglietto l'encouragea du regard à poursuivre. Quand Paule en eut tiré cinq, elle les disposa en forme de croix. Et retourna la première choisie. Elle était inversée mais Paule fut frappée par les couleurs vives, le dessin magnifique et élégant où une femme couronnée et vêtue de rouge tenait d'une main un sceptre surmonté d'un globe et de l'autre un bouclier sur lequel un aigle déployait ses ailes.

— C'est l'Impératrice, dit Saglietto, la Terre-Mère, l'énergie, la fertilité. Assurément, la plus belle carte du jeu. Elle symbolise l'épanouissement personnel. Le problème est que vous l'avez tirée à l'envers…

— En quoi est-ce un problème ? s'étonna Paule.

— Chère amie, il ne faut jamais oublier les changements de sens dans les symboles. Quelque chose qui signifie ceci à un moment donné peut très bien avoir une autre signification le moment d'après. Parfois même, le contraire. C'est le cas ici. Ce que nous dit cette carte est que vous possédez de la force mais que vous pensez sans cesse. Il y a une tempête émotionnelle en vous. Votre mental vous bloque.

— Cet aigle en majesté, n'est-ce pas un élément positif ?

— Ne m'interrompez pas tout le temps. Ce n'est pas un aigle mais un phénix, et il est dans ce cas le symbole du caractère volatil de la puissance que vous croyez détenir.

Paule leva les yeux au ciel. Brigitte Saglietto fit mine de ne pas s'en apercevoir, retourna une seconde carte, qui représentait un personnage portant une tiare.

— Voici le Pape. Il symbolise, lui, l'autorité morale. Vous aimez tirer les leçons des événements qui vous arrivent mais aussi transmettre cet enseignement, conseiller et même orienter autrui.

Elle tapota la carte précédente.

— Cela vient contredire votre bouillonnement intérieur et peut vous conduire à des décisions extrêmes. Je vois, ma petite, que vous avez déjà voulu danser avec la mort. Vous avez même voulu l'épouser et, loin de vous affaiblir, cela vous a apporté une puissance absolue.

Cette fois, Paule se tut. Se pouvait-il que Brigitte Saglietto soit au courant de sa tentative de suicide à Étretat ? Impossible.

La bibliothécaire retourna la troisième carte, où l'on voyait deux hommes entourés de boules multicolores tomber d'une tour. Elle était inversée.

— La Maison Dieu suggère le rétablissement après la chute, mais ici elle peut vouloir dire la destruction lente de l'âme et du corps. Tout dépend de la suivante…

Elle retourna la quatrième carte, qui cette fois n'était pas à l'envers. La Nuit. Tout le haut de la carte était baigné dans un noir profond. En bas, un homme enveloppé dans une cape rouge sang gisait au sol, dix longues épées plantées dans son dos. Saglietto fit la grimace et sans attendre retourna la dernière, qui fit apparaître un jeune cavalier tenant une coupe et menant sa monture au pas.

— Ici, dit-elle en montrant la carte, c'est le gardien, il vous protège et ne s'éloigne pas de vous car sa mission est de veiller sur vous. Les épreuves que vous allez traverser seront pondérées par son dévouement hors du commun. La première fois que je vous ai vue, j'ai su tout de suite que vous étiez différente.

Paule se pencha au-dessus de la table et lui saisit les deux bras.

— Brigitte, si j'ai accepté de me prêter à cet exercice, c'est pour que vous acceptiez de me répondre en me regardant droit dans les yeux.

La bibliothécaire sourit.

— Je vous écoute. Posez-moi toutes les questions que vous dicte l'Impératrice, railla-t-elle.

— Les annotations dans la biographie de Ligonnès. C'est vous.

Brigitte Saglietto eut le sourire de la petite fille que sa mère surprend sur un escabeau la main plongée dans la boîte de gâteaux.

— Comment avez-vous compris ?

— Toutes les bibliothèques municipales n'acceptent pas les dons. Il m'a été facile de vérifier que c'était le cas de la vôtre. *Toi l'ami de passage* n'a jamais été un legs. C'est vous qui l'avez déposé sur votre bureau et avez laissé les portes de la grille ouvertes le soir en partant. Chère Brigitte, il faut toujours préférer les hypothèses les plus simples aux constructions logiques les plus hasardeuses.

— Le rasoir d'Ockham… *Pluralitas non est ponenda sine necessitate*, que l'on pourrait traduire par « les multiples ne doivent pas être utilisés sans nécessité ».

La bibliothécaire avait prononcé ces mots avec orgueil. Paule l'approuva de la tête.

— J'aurais dû me douter que la chartiste que vous êtes connaissait l'adage de ce frère logicien, continua-t-elle. Pourquoi chercher à faire compliqué quand la simplicité suffit ? C'est la règle générale qui permet de réduire, de « raser » le nombre d'explications d'un événement qui semble en apparence inexplicable et…

Saglietto se recula d'un coup et fut secouée par une crise d'éternuements spectaculairement bruyants, éclaboussant les cartes du jeu au passage. Elle ne parvint à s'arrêter qu'au bout de longues minutes. Paule l'observait, amusée. Elle lui tendit un paquet de mouchoirs.

— Est-ce que je risque d'être poursuivie ? s'inquiéta-t-elle après s'être longuement mouchée.

— Pourquoi vous être livrée à ce petit jeu ? Si encore vous aviez cherché à attirer l'attention des médias, j'aurais pu comprendre, mais ce n'était pas là votre but. Avoir la satisfaction de berner la police ou la gendarmerie ? Il me semble que vous avez des aspirations plus hautes.

Saglietto se rengorgea.

— Alors, quelles étaient ces aspirations ? Parlez-moi franchement.

— Vous faire venir, tout simplement.

Paule eut du mal à cacher sa stupeur :

— Pourquoi moi ?

— Je ne vais pas vous apprendre qu'il existe un réseau des bibliothèques. Avec ce réseau, nous ne nous contentons pas d'échanger sur les lectures publiques ou les atouts de l'intercommunalité. Nous tissons souvent entre nous des liens très forts, c'est ainsi que je suis très amie avec la bibliothécaire d'Étretat. Je sais le travail d'enquête que vous avez mené là-bas avec le capitaine Guillaume Lassire. C'était le meilleur moyen de vous réunir tous les deux à nouveau. Je pensais que la suite des événements allait me donner raison. Et cela est devenu une certitude la première fois où vous m'avez confié avoir travaillé sur un manuscrit relatant les guerres de Religion dans cette région…

— Et la deuxième fois, vous m'avez offert un manuscrit qui est à la fois pareil et radicalement distinct du premier…

— Je vois que vous l'avez lu.

— Bien sûr !

Et Paule de souligner la différence majeure entre les deux versions. Dans le texte que lui avait offert la bibliothécaire, il n'y avait ainsi aucune trace du martyre infligé au prêtre. Son rédacteur relatait juste l'action punitive contre les villageois qui avaient trouvé refuge dans le hameau abandonné. Quant au massacre dans la grotte, il apparaissait davantage comme un règlement de comptes entre catholiques et protestants que comme un sacrifice humain perpétré pour s'attirer les bonnes grâces de l'idole qui trônait dans la grotte.

— Vous allez me dire que tout ceci est de l'histoire bien ancienne, l'interrompit Saglietto, mais cette histoire, ou devrais-je dire ces légendes, c'est le petit bois grâce auquel on allume, aujourd'hui, le grand feu identitaire. Quand l'identité d'un village comme Roquebrune s'efface petit à petit, faute d'être transmise ou parce que les nouvelles générations ne s'intéressent plus au patrimoine, quand cette identité est piétinée par le tourisme, bétonnée par les promoteurs, il est alors tentant de s'en forger une autre, plus tellurique, plus agressive, dans laquelle on trouve refuge à l'abri du monde avant de reprendre l'offensive contre lui.

Elle rassembla les cartes et les replaça avec soin dans le sac en velours puis dans le coffret.

— Les pratiques sectaires se sont beaucoup développées ces dernières années dans la région, reprit-elle. Le plus souvent, ce sont des rites magiques qui empruntent à différentes cultures où se mêlent hérésies, chamanisme, que sais-je encore… Imaginez qu'il y a un an, lors d'un contrôle routier anodin, on a arrêté une camionnette qui contenait trois caisses de tibias humains provenant des cimetières de Roquebrune, du Muy, de Puget ou de Fréjus…

— Pensez-vous que se développe ici une forme de satanisme ?

— Non. Le satanisme se pratique dans les cimetières ou dans les églises, car son objectif n'est pas seulement d'honorer le diable, c'est aussi d'offenser Dieu. C'est même là, la plupart du temps, la principale motivation de ses adeptes…

— Le danger dont vous parlez vient d'où, alors ?

Brigitte Saglietto se leva et prit Paule par la main. Les deux femmes sortirent de la maison sous un soleil de plomb qui obligea Paule à cligner des yeux quand la bibliothécaire lui désigna une masse sombre à l'horizon. Le rocher de Roquebrune.

— Il vient de là. Uniquement de là. Autrefois, des hommes se sont réfugiés dans ce massif. On dit même qu'ils y ont bâti une cité florissante. Ils adulaient des forces primitives qui les fortifiaient en apparence. Mais avec le temps les ressources naturelles se sont taries. Quand ils eurent tué le dernier bœuf, ils finirent par descendre. Ils avaient pratiqué des mariages consanguins, et des anomalies physiques de plus en plus effrayantes étaient apparues au sein de leur communauté.

C'est une des raisons pour lesquelles les premiers habitants de Roquebrune avaient peur d'eux. Ils les traitèrent pendant des siècles comme des inférieurs. Étaient-ils même chrétiens ?

— Mais cela appartient au passé, désormais, la coupa Paule.

— C'est un passé qui ne passe pas et qui resurgit à chaque époque troublée. C'est comme si une divinité négligée depuis des siècles souhaitait revenir à la surface. On ne veut pas la voir, alors on ignore ses appels. Les squelettes que l'on découvre parfois au fond d'un ravin ne sont pas rendus publics. On dit qu'il s'agit d'imprudents et on s'empresse de passer à autre chose. Les décès en raison de la canicule n'émeuvent plus personne. Des ignorants, des faibles ou des insouciants, qui auront oublié de s'hydrater. Mais quand vous multipliez les décès, il faut accepter l'idée que c'est le Malin qui frappe à nos portes. Il y a un vieux dicton, ici : « Quand le printemps est brûlant, le passage à l'été est sanglant »…

27

Mercredi 26 avril

Cet homme était reconnu pour l'étendue infinie de ses réseaux. Oublié le petit Albert qui, dès l'âge de sept ans, faisait les marchés et empilait les cageots de fruits et légumes avec une pièce d'un franc pour récompense. Depuis plus de cinquante ans qu'il œuvrait à se construire un écosystème à son service, ses racines avaient donné naissance à des milliers de radicelles qui absorbaient tout ce qu'il était possible d'accaparer dans la région. Les trois dernières années avaient été si fastes qu'il multipliait les dons, les aides, les soutiens à une myriade d'associations. Il est vrai qu'avec ces terribles canicules l'eau était devenue un bien aussi précieux que l'or. Et l'eau, c'était lui. Son auguste main manucurée ouvrait et fermait le robinet en fonction de ses intérêts et au gré de ses convenances.

Ce satrape provençal pouvait désormais jouir pleinement de son pouvoir. Mais pour ce faire, il lui manquait, à cette heure, l'essentiel. Il était enfermé dans une pièce sombre, étroite et aussi chaude qu'un sauna. Ses mains étaient liées derrière son dos et ses poignets attachés à ses chevilles.

Il fit un effort pour retrouver la mémoire. Il se souvenait de la visite du commandant d'Auligny à son domicile pour l'informer que ses nièces étaient placées en garde à vue. Il se souvenait aussi qu'il était monté dans sa chambre pour ouvrir le coffre qu'il cachait sous son jacuzzi et qu'il s'était effondré avant de l'ouvrir. Qu'importait, au fond, le comment, puisqu'il n'avait aucun doute sur l'identité de ceux qui l'avaient enfermé dans ce qui lui semblait être une cave.

D'autres que lui auraient été pris de panique à cette idée. Mais pas lui. Albert Palmaro avait négocié avec le dernier parrain de Marseille et subjugué la mafia corso-niçoise. Il n'avait pas peur d'un nouveau clan qui chercherait à se faire de la publicité. Que des gamins. Il était persuadé que s'il pressait le nez de ceux qui s'étaient permis de l'enfermer ici il en sortirait du lait. Ils pouvaient toujours essayer de l'impressionner, ce serait en vain : personne n'avait jamais eu prise sur Albert Palmaro.

Il entendit un léger déclic. Une clef tournait dans la serrure qui commandait la porte bardée de fer.

28

Mercredi 26 avril

Guillaume se réveilla, ne sentant plus la présence de Barbara à ses côtés. Il tendit le bras et saisit son oreiller. Il avait perdu toute trace de chaleur humaine. Guillaume détestait ses absences nocturnes et ne s'était pas privé de lui dire. Et sa sale manie de venir se glisser dans leur couche juste avant l'aube.

Deux nuits auparavant, il s'était levé et était descendu pour la rejoindre sur le canapé de la salle de séjour mais il n'avait trouvé aucune trace d'elle, ni dans la cuisine, ni dans la salle de bains.

Elle avait fini par lui avouer la vérité. Depuis qu'elle était enfant, elle souffrait de ce que des chercheurs appelaient « procrastination du sommeil ». Cette pathologie cherchait par tous les moyens à différer le sommeil alors qu'il s'agissait d'une activité que personne ne jugeait déplaisante.

Aussi Barbara prenait-elle du plaisir à faire défiler les nouveautés sur les réseaux sociaux du bout de son doigt sous les draps.

« Où vas-tu quand tu sors ? » lui avait demandé Guillaume de but en blanc.

Elle avait souri de sa brusquerie, qui ne l'avait pas surprise. Il l'avait prévenue, au début de leur relation : « En amour comme en bande dessinée, je suis un adepte de la ligne claire… »

« Le plus souvent, je marche en faisant plusieurs fois le tour du pâté de maisons. Il m'arrive même de pousser jusqu'à l'église. Avais-tu remarqué qu'elle n'a pas de transept mais cinq chapelles qui s'ouvrent sur la nef et que chacune a son architecture mais aussi son histoire ? »

Guillaume avait poussé un profond soupir et s'était servi un fond de whisky sans en proposer à sa compagne.

« Barbara, à l'heure où tu t'y rends, elle est fermée. Dis-moi plutôt ce qui te tracasse, cela ira plus vite. Je suis en mesure de l'entendre », avait-il ajouté avec un brin de fatuité.

Elle s'était assise en repliant ses longues jambes sous elle, ses genoux sous son menton. Guillaume adorait quand elle prenait cette position.

« Tu as raison. Mon problème n'est pas le refus de dormir, mais d'être incapable d'arrêter d'autres activités. Or, ce refus est démultiplié quand je rencontre un obstacle.

— Et quel est ici l'obstacle ? avait demandé Guillaume en sirotant son verre.

— Ce que je craignais a fini par arriver. L'achat de la bastide et du vignoble dont je t'avais parlé a capoté, avait-elle dit d'un ton grinçant qu'il ne lui connaissait pas. Le dessous-de-table demandé était trop important, le notaire des vendeurs était dans le coup…

— Tu n'as pas d'autres pistes ?

— Si, un domaine qui s'appelle le Château des Demoiselles. La bâtisse est du XIXe, mais elle possède en plus une auberge, et celle-là, les propriétaires paraissent pressés de la vendre. C'est pour ça qu'ils m'ont contactée. »

Guillaume avait doucement reposé son verre. Il avait dû fournir un effort pour cacher son trouble.

« Et quel est le nom de cette auberge ?

— Le Cerf enflammé. Pourquoi ? Tu la connais ? »

29

Jeudi 27 avril

Roquebrune était plongée au cœur d'une nuit sans lune. Pourtant l'édifice qui accueillait les conjurés se détachait avec insolence des maisons voisines. Le silence régnait, seulement troué par les échos de la circulation à la périphérie du village et le bruit des insectes nocturnes. Il n'y avait personne dans les rues à 3 heures du matin, à l'exception de vagues formes humaines qui convergeaient vers le bâtiment qui les attirait comme l'autel appelle les fidèles. Une fois la porte franchie, les silhouettes se débarrassaient de leurs objets profanes avant d'être englouties dans les entrailles de la terre.

Parvenus dans la vaste salle, les initiés gagnèrent les places qui leur étaient assignées. C'était le même cérémonial, et pourtant quelque chose avait changé. Il émanait de cette confrérie de masques une sourde colère.

Des chuchotements commencèrent à s'élever. Il y eut même un des participants qui laissa échapper un grognement de rage. L'apparition du Masque blême qu'ils nommaient la

Mère, entouré de chaque côté par deux colosses, ne parvint pas à apaiser l'assistance.

— Le sang appelle le sang ! lança tout à coup quelqu'un avant qu'elle se soit assise.

Un murmure d'approbations s'éleva.

— Nous n'avons pas fait tout ça pour préparer la nuit du Grand Passage, pour que nos efforts soient finalement ruinés par une bande de collégiennes incultes ! reprit une autre voix.

— Vengeance ! s'écria un masque au travers duquel des yeux brillaient de colère. Agnès était un des piliers de notre congrégation… C'est elle qui m'a conduite jusqu'à vous !

— Moi aussi, dit une autre voix. Elle donnait des cours à mes enfants la veille encore alors que…

— Silence !

Tous se turent en entendant la Mère. Son port de tête était droit et ses longues mains blanches épousaient les griffons qui ornaient les accoudoirs de son trône. La lenteur de ses gestes avait quelque chose d'hypnotique.

— Avez-vous perdu toute mesure, pour vous exprimer ainsi ? Croyez-vous que le moment soit opportun pour vous laisser ainsi aller à l'émotion ? Dois-je vous rappeler que nous avons une mission à mener à bien ? Aucun obstacle, personne ne nous détournera de notre but. Certains d'entre vous ont été imprudents. Nous réglerons cette question plus tard.

Comme s'ils s'étaient consultés, les initiés courbèrent la tête en même temps.

Le Masque blême tendit la main et désigna un des participants, qui s'avança d'un pas. Il commença par évoquer le parcours de la disparue au sein de la confrérie.

La Mère se contenta d'esquisser un geste de la main qui signifiait « Allez à l'essentiel ! Ne nous perdons pas dans les détails… ».

— Pour le moment, les trois criminelles qui nous ont ravi notre sœur ne sont pas atteignables, mais l'homme qui les protège l'est. Il nous appartient de décider de son sort.

La Mère approuva.

— Vous tous, vous toutes, avez-vous quelque chose à ajouter ?

— Cette époque se croit civilisée parce qu'elle recycle ses ordures, murmura un masque.

— Puis-je juste souligner que si le protecteur des assassins de notre sœur reçoit le châtiment qu'il mérite, ce sera la fin des aides qu'il apporte à nombre de nécessiteux ? dit un homme dont la raideur du maintien trahissait le militaire.

— Depuis quand tu es un nécessiteux ? répliqua une voix.

Le Masque blême se leva.

— Faites entrer l'accusé.

La porte s'ouvrit et un homme entra, fermement tenu de chaque côté par des initiés. L'un d'eux se posta devant lui et enleva d'un geste brusque le sac noir qui lui recouvrait la tête.

Palmaro commença par cligner des yeux puis porta les mains à son visage et s'exclama :

— Que me voulez-vous ? Comment avez-vous osé m'enfermer ? Pensez-vous m'impressionner avec vos masques ?

— Albert Palmaro, vos torts sont nombreux. La liste est longue, trop longue. Et j'avoue qu'une telle persévérance dans l'erreur a quelque chose d'effroyablement ennuyeux. Je passe sur les centaines de malversations, de crapuleries et de crimes que vous avez commis. Cela n'est pas de notre ressort. Cela relève de la justice humaine, qui ne vous a jamais inquiété. C'est à une tout autre justice que vous devez répondre ce soir… Albert Palmaro, niez-vous être l'inspirateur du meurtre d'Agnès Balandran ?

— Bande de désaxés ! hurla Palmaro. Avez-vous cru un seul instant que je ne verrais pas clair dans votre petit jeu en dépit de vos accoutrements ? Avez-vous vraiment cru que vous pourriez vous en prendre à mes nièces et les faire tourner dans vos dégueulasseries de snuff movies sans que je réagisse et écrase votre rabatteuse tel un cloporte ? Puisque apparemment vous aimez la mise en scène, j'espère que vous avez goûté la mienne…

— Est-il fou ? dit une voix.

Un des masques qui le tenait par le bras le secoua et rugit :

— Qu'est-ce que tu racontes, ordure ?

— La vérité ! hurla de nouveau Palmaro. Je sais tout de votre trafic de chair fraîche pour déséquilibrés !

Un bruit mat retentit. Le poing de l'initié l'avait frappé à la tempe. Il vacilla, mit les deux genoux à terre. Personne ne l'aida à se relever. Sonné par le coup, il peinait à retrouver ses esprits.

— Je suis sûr que l'on peut trouver un arrangement, éructa-t-il en parvenant tant bien que mal à se remettre debout. Il y a toujours un arrangement, répéta-t-il. Je dois gagner mille euros par heure même en dormant. Faites le compte sur une journée…

On força l'accusé à prendre place sur un tabouret posé au milieu d'un triangle délimité par trois bougies noires. Son ombre se projetait sur le mur principal et renforçait le côté dramatique de la scène.

Le roulement d'un tambourin emplit la salle. Un des conjurés lança, comme s'il s'adressait à un vaste auditoire :

— Messieurs, préparez-vous à accueillir la sentence…

Un frisson parcourut l'assistance. Un des masques obligea Palmaro à se lever.

— La… sentence ? De… de quelle sentence parlez-vous ? balbutia l'accusé. Ma patience a des limites…

Le Masque blême secoua la tête comme un professeur face à un mauvais élève qui, une fois de plus, s'égare.

— Vous parlez de limites ?… Des limites ? Vous allez sentir au plus profond de votre chair le châtiment pour avoir fait tuer une des nôtres ! Il n'est que temps, Albert Palmaro, que vous rencontriez des limites à votre soif démentielle de régir la vie des autres…

Palmaro se raidit.

— Encore une fois vos fautes sont légion, poursuivit la Mère, et chacune est assez grave pour mériter la punition suprême, car seule la mort convient pour qui a osé se mettre en travers de notre mission.

Le doigt du Masque blême se pointa sur le condamné. Aucun mot ne fut prononcé. Celui qui l'avait frappé à la tempe se plaqua derrière son dos. Son avant-bras vint comprimer la carotide du parrain varois tandis que de son autre bras il lui poussait la tête en avant. L'effet fut immédiat. L'initié maintint debout Palmaro évanoui tandis qu'un autre s'approchait avec un spray nasal. Il le pressa plusieurs fois dans chaque narine du condamné.

Ses membres inférieurs tressautèrent et se replièrent comme une grenouille décérébrée. Puis il cessa de bouger et un mince filet de sang s'écoula de son nez.

— Reconduisez-le dans sa cellule, dit la Mère. Dans quelques heures, justice aura été rendue.

Plusieurs masques firent entendre un grognement de satisfaction.

— Devons-nous le reconduire après chez lui comme les autres ? s'enquit un des initiés.

— Non. La mort d'un Palmaro dans un lit ne peut paraître que suspecte. La gendarmerie, la police, tous vont traquer le moindre indice. Et si la police découvre de quelle manière il est *vraiment* décédé, je crains qu'ils ne commencent à regarder de plus près les morts récents. En revanche, je crois qu'il peut nous être utile, pour peu que nous mettions en scène son décès. Le temps est venu de signaler à tous qu'une nouvelle ère approche. Il faut frapper un grand coup.

30

Jeudi 27 avril

Paule s'était couchée furieuse. Elle se réveilla en colère. Une nouvelle fois, elle avait connu une nuit détestable après avoir passé la majeure partie de la soirée sur son ordinateur à fouiller l'histoire de Roquebrune, pleine de bruits et de fureurs. Elle n'avait mangé que deux tranches de pain de campagne grillées sur lesquelles elle avait étalé une spécialité, le sansoun, que lui avait laissée sa logeuse, une pâte composée d'anchois, de fenouil, d'ail et d'amandes écrasés dans un mortier. C'était frugal et bon, mais elle s'était levée plusieurs fois pendant la nuit pour boire.

La peur avait plané au-dessus de son sommeil. Dans son rêve, la maison faisait jouer ses murs comme on fait craquer les articulations de ses doigts, avant de passer à l'attaque. Puis l'avalait et la recouvrait de sucs jaunâtres aux odeurs de soufre pour mieux la digérer. Elle s'était réveillée en sursaut et en sueur. Les yeux grands ouverts, elle se débattait encore avec ce rêve où elle avait eu la sensation de vivre quelque chose de plus vrai que la réalité.

Elle essayait de se rassurer en se disant que l'homme qui l'avait attaquée avait eu ce qu'il voulait et qu'il n'avait aucune raison de revenir sur les lieux de son forfait. Mais ce n'était pas cette agression qui pesait sur ses épaules. C'était plutôt cette somme d'étrangetés, de coïncidences ou d'hallucinations qu'elle constatait depuis... Depuis quand, au fait ? Pas depuis son arrivée, mais depuis que l'éditeur lui avait mis entre les mains ce manuscrit du XVIe siècle.

Elle sentait que, derrière ce massacre de villageois rebelles par les bandes armées du comte des Issambres, il y avait autre chose qui se dissimulait, une sorte de mythologie en arrière-plan qu'elle n'arrivait pas à appréhender.

Le même sentiment l'habitait, avec le meurtre de la jeune femme par les quatre adolescentes. La mise en scène de la mort de l'enseignante ne cessait de l'intriguer. Bien sûr, elle pensait qu'une personne avait instrumentalisé les jeunes meurtrières et leur avait soufflé d'habiller le corps d'une robe jaune, de la coiffer d'une couronne en bois de cerf et de poser à ses côtés un attrape-rêves à moitié calciné. Mais tout cela ne pouvait pas juste provenir du cerveau malade d'un tueur en série qui au hasard d'une lecture ou d'une série criminelle sur Netflix aurait voulu souligner ses actes d'un relent de mysticisme. Peut-être y avait-il derrière ces anomalies une secte apocalyptique déployant un satanisme de comptoir comme il y en avait des dizaines dans la région.

Paule avait toujours pensé que si la peur religieuse était la plus ancrée et la plus profonde de toutes, c'était parce qu'elle était l'expression d'une terreur plus ancienne nous parvenant à travers elle comme un écho dans une grotte.

Elle repoussa le drap trempé et posa les pieds sur le sol glacé. Cela aussi la mettait mal à l'aise. La chaleur du dehors s'installait quasiment dès les premières lueurs de l'aube, mais à l'intérieur du bâtiment, plus que la fraîcheur, c'était le froid qui régnait.

Parvenue dans la salle de bains, elle laissa tomber son peignoir sur le lino jaune. Elle décida que le miroir accroché au mur laissait apparaître une silhouette athlétique, prête à en découdre avec n'importe quel obstacle qui se placerait en travers de son chemin. Il fallait qu'elle revoie, dès aujourd'hui, Brigitte Saglietto et que celle-ci accepte de lui dire ce qu'elle avait dans la tête une bonne fois pour toutes.

Elle enfila une brassière et un legging noir, puis un tee-shirt de la même couleur, cadeau de ses collègues, sur lequel était écrit *Rien n'allait… puis Dieu me créa*. Il fallait bien se résoudre à faire quelques courses. Paule prit son sac bandoulière, enfila une veste et sortit. Elle regretta aussitôt de s'être autant couverte car la même chaleur étouffante que la veille lui tomba dessus. Elle jura et s'apprêtait à rentrer se changer quand elle entendit le bruit d'une voiture qui s'arrêtait lentement devant la grille du jardin.

Elle se sentit parcourue d'un frisson d'angoisse, eut juste le temps de s'accroupir derrière un énorme buisson de mimosa au moment où deux silhouettes franchissaient le portail. En écartant avec d'infinies précautions une des branches, elle vit deux hommes habillés en noir.

Ils chuchotaient et avançaient vers la maison à pas mesurés comme s'ils cherchaient à la surprendre. Que pouvaient-ils lui vouloir puisqu'ils avaient déjà le livre ? La conclusion s'imposa aussitôt : ils ne venaient pas pour lui dérober quelque chose mais pour s'en prendre à elle. Ils avaient fait le tour de la maison et sans doute s'apprêtaient-ils à entrer par la cuisine en cassant une vitre. Paule piqua un sprint. À peine eut-elle atteint le portail qu'elle entendit sur sa droite un bruit pétaradant de motos. Elle crut reconnaître de loin les bikers qu'elle avait croisés à la buvette et se mit à leur faire de grands signes. Ils accélérèrent dans sa direction. C'était bien eux, encore un peu plus cuivrés par le soleil.

Celui qui ressemblait à Johnny Hallyday et qui avait clamé avoir tout compris à l'esprit de l'Ouest s'arrêta devant Paule.

— Qu'est-ce qu'on peut faire pour vous, ma petite dame ? Il est où, le flic qui vous sert de chevalier servant ?

Elle ne se laissa pas démonter car elle avait compris que le ton bourrin masquait une volonté de défendre aussi bien des idéaux que la veuve et l'orphelin. Elle savait aussi qu'on pouvait terroriser les populations locales et avoir des pudeurs de violette.

— Deux hommes, dont vous voyez la voiture ici, sont entrés chez moi par effraction. C'est la seconde fois que cela se produit, et je suis persuadée qu'ils ne me veulent pas que du bien…

Le biker tourna la tête vers les quatre autres.

— Vous avez entendu ça, les gars ? Au boulot !

D'un même mouvement, ils coupèrent les gaz, descendirent de leurs machines puis se regroupèrent autour de leur leader.

Ils entrèrent dans le jardin. Johnny ouvrait la marche.

— On n'a jamais vu Guenièvre en première ligne devant Galahad, dit-il.

En d'autres circonstances Paule aurait ri, elle se contenta d'apprécier l'allusion.

— Ils sont passés par l'arrière de la maison, murmura-t-elle.

Les bikers et Paule firent de même, pour constater que la porte de la cuisine avait bien été ouverte de l'extérieur. Enjambant les débris de verre, ils se dirigèrent vers le vestibule et montèrent l'escalier qui menait aux chambres. Deux motards et Paule restèrent à l'étage pendant que les trois autres, dont Johnny, continuaient pour inspecter le grenier.

— Il n'y a personne, dit leur chef en redescendant. Ils nous ont sûrement entendus.

Paule ne répondit pas. Elle observait le plafond de sa chambre. Il y avait, suspendu au lustre au-dessus de son lit, une sorte d'attrape-rêves amérindien comme on en trouve dans tous les magasins New Age de la région. Sauf que là, ce n'était pas des plumes naturelles ou des pierres fines qui étaient accrochées au traditionnel cercle en bois, mais des andouillers de cerf.

Elle tendit le doigt vers l'objet et eut l'impression d'effleurer un courant d'air glacé.

— C'est quoi, cette saloperie ? fit un des bikers qui, d'un bond, sauta sur le lit et arracha l'amulette avec dégoût.

31

Jeudi 27 avril

Le portable de Paule se mit à sonner. Elle dut vider son sac sur le lit avant de le trouver, sous l'œil amusé des motards. Décidément, Guillaume arrivait comme la cavalerie, toujours avec un temps de retard !

— Oui, Guillaume, répondit-elle, agacée.

— Pardonne-moi, j'ai comme l'impression de te déranger…

— Je viens juste de recevoir une nouvelle visite, mais cette fois ils étaient deux, et ce n'était évidemment pas au livre qu'ils en voulaient, mais à moi…

— J'arrive.

Et il raccrocha. Paule se tourna en souriant vers ses nouveaux amis.

— Ça va aller, le capitaine Lassire arrive.

— C'est très bien, ma petite dame, mais on va rester avec vous jusqu'à temps qu'il arrive, on ne sait jamais.

Il se tourna vers un de ses potes.

— Floki, va chercher le matos dans la glacière. On se retrouve dans la cuisine.

Le biker avait le visage émacié et la moustache virevoltante d'un mousquetaire. Il partit en sifflotant et réapparut cinq minutes plus tard avec un pack de bières étiquetées *Motard de France*.

— Elles sont bien fraîches, annonça Floki.

— Vous en prendrez bien une, ma petite dame.

— La petite dame s'appelle Paule.

— Ah ouais, c'est pas courant, comme prénom, mais j'aime bien, dit le sosie de Johnny. Moi, c'est Alban.

Paule trinqua avec ses sauveurs.

— Elle est bonne, non ?

Elle acquiesça, même si elle ne lui trouvait pas un goût particulier.

Alban montra autour de son poignet un bracelet à clef plate.

— Et pour six packs, ils offrent ce bijou unique… Si c'est pas stylé, ça…

Paule n'eut pas à chercher une réponse aimable car Guillaume entra dans la cuisine en short bleu et tee-shirt blanc. Avant même qu'un des hommes présents ait ouvert la bouche, Paule sentit que se mettait en place un concours de testostérone. Elle jugea donc plus prudent de prendre les devants :

— Je crois que vous vous connaissez déjà…

Elle se tourna vers Guillaume.

— Si je n'avais pas arrêté ces messieurs sur le bord de la route, j'aurais pu passer un sale quart d'heure.

— Vous êtes sûrs qu'ils ont quitté les lieux ?

— Affirmatif, dit Alban. Nous avons fait plusieurs tours. D'ailleurs, la voiture avec laquelle ils sont venus n'est plus là.

— J'imagine que vous avez pris la photo de la plaque d'immatriculation…

— Et comment ! lança Floki en brandissant son portable. Si mademoiselle veut bien me donner son numéro, je vais me faire un plaisir de la lui envoyer…

Il fit un clin d'œil appuyé.

— Ce n'est pas la peine, intervint Guillaume, prenez le mien.

Et il lui tendit sa carte.

Il attendit que les anges gardiens de Paule soient partis pour lui demander de lui raconter l'intrusion des deux hommes. Il avait entre les mains l'attrape-rêves qu'il examinait sous toutes les coutures, plus particulièrement les andouillers.

— Je crois que c'est une mauvaise idée que tu restes ici, conclut-il. Cette fois-ci, tu vas m'écouter et quitter cette maison. Tu vas venir à la gendarmerie. Je dormirai ce soir sur le canapé-lit. Et demain, je t'accompagne à l'aéroport de Nice.

Paule ne le regardait pas. Ses yeux s'étaient perdus dans le lointain et son visage s'était refermé, adoptant une expression qu'il ne connaissait que trop bien.

— C'est toujours désagréable de partir sur un échec…

— Tu es venue pour examiner un manuscrit et ton expertise nous a permis de déterminer que c'était un leurre. Tu as même découvert que Brigitte Saglietto était l'auteure de cette sinistre farce. Ta mission est terminée et réussie.

— Juste une intuition qui s'est vérifiée. En revanche, je n'ai pas été d'une grande aide concernant les quatre ados…

— Quatre ados qu'une cinquième personne accompagnait, comme tu l'as justement et heureusement relevé. Paule, depuis le début cette affaire t'obsède. Mais elle est en passe d'être réglée. Anne-Charlotte Palmaro et ses comparses ont avoué. Elles vont être placées d'office dans un établissement psychiatrique. On est sûrs désormais que leur oncle les a non seulement protégées mais aussi aidées. Mais on n'a pas de preuve, alors je ne vais pas t'étonner si je te dis qu'encore une fois il devrait réussir à s'en tirer par un non-lieu…

Elle alla se servir un grand verre d'eau au robinet et revint s'asseoir en face de lui.

— Je vais partir sans connaître – fort heureusement – le sort que me réservaient mes deux visiteurs, ni savoir pourquoi ils ont accroché cette… amulette au-dessus de ma tête ?

Guillaume grimaça, sans répondre.

— J'arrête de te mettre sur le gril, dit-elle. Je te rassure, je vais repartir frustrée mais je pars. Si tu veux bien attendre, je monte faire ma valise. Je n'en ai pas pour longtemps.

Paule redescendit au bout de dix minutes avec ses bagages. Elle n'avait de toute manière aucune envie de demeurer une nuit de plus dans cette sinistre bâtisse.

Ils prirent le chemin de la gendarmerie. Guillaume voulut éviter l'axe central de la voie qui traversait Roquebrune et se trouva coincé comme la dernière fois dans des embouteillages. Paule vit le moment où son ami allait arracher le volant et le balancer par la fenêtre. À une centaine de mètres, il y avait un café-restaurant façon banlieue américaine. Elle lui suggéra de s'y arrêter. Sans lui répondre, il se dirigea vers l'établissement, qui débordait de couleurs crues et dont l'enseigne clamait *Wendy Go !*. La clientèle était essentiellement composée de cadres. Les plus jeunes avaient les yeux rivés sur TikTok et les plus vieux sur Facebook.

À peine entrée, Paule pila comme un chien d'arrêt.

— Que se passe-t-il ? murmura Guillaume.

Elle se tourna complètement vers lui.

— Les deux types attablés au fond de la salle, derrière la plante verte, en costume noir et cravate, coiffure impeccable, rasés de près, le sourire aux lèvres, en train de boire un café…

Guillaume jeta un coup d'œil discret. On aurait pu les prendre pour des missionnaires mormons, à un détail près : ils portaient des lunettes de soleil Ray-Ban à monture noire.

— Habillés comme ça, ils doivent avoir chaud, ironisa-t-il.

— Ils ont *eu* très chaud, corrigea Paule. Ce sont eux qui sont passés me faire une visite de courtoisie, ce matin.

— Je vais reculer doucement et tu vas me suivre…

Sur le parking, Guillaume ouvrit son portable. Floki lui avait envoyé la photo de la plaque d'immatriculation des visiteurs. Il ne lui fallut pas longtemps pour trouver la voiture, une Tesla noire. Il appela la gendarmerie, tout en gardant un œil sur la sortie du restaurant. Puis il entraîna Paule jusqu'à sa voiture. Il lui tendit les clefs après avoir récupéré son arme et lui dit, sur un ton qui n'admettait pas de réplique :

— Reste dans la voiture, et ne bouge pas tant que je ne serai pas revenu te chercher…

— Bien sûr, comme dans les films d'horreur, quand l'un des jeunes dit aux autres : « On se sépare, ce sera plus facile pour retrouver Sonia » !

Sans répondre, Guillaume se dirigea vers le restaurant. Y entra.

Les deux hommes en sortirent en courant, deux minutes plus tard, et se précipitèrent vers la Tesla.

Un Guillaume titubant apparut sur le seuil de l'établissement au moment où ils sortaient en trombe du parking. Paule avait eu la présence d'esprit de démarrer le moteur avant même qu'il monte dans la voiture.

— Mets ta ceinture, siffla Guillaume, et passe-moi le gyrophare…

C'était superflu car elle l'avait déjà sorti de la boîte à gants. Il s'en saisit et le colla sur le toit.

La course-poursuite pouvait commencer. Guillaume traversa pied au plancher le rond-point principal qui conduisait au Muy, provoquant un concert de klaxons et de vociférations dans toutes les langues. Il les suivit quand ils empruntèrent la bande d'arrêt d'urgence transformée en voie rapide, faisant valdinguer les panneaux publicitaires des marchands de primeurs bio installés sur le bord de la route.

Pour les musulmans, c'était un jour de fête. Les mosquées étaient bondées. Lorsque les voitures parvinrent dans la banlieue du Muy, les fidèles venaient juste de finir la deuxième prière. Des petits groupes d'hommes discutaient avant de rentrer chez eux, ignorant les cafés ou les bars à chicha. En quelques minutes, l'artère principale fut remplie de piétons.

— On les perd ! ragea Guillaume, contraint de ralentir. Le gyrophare n'arrange rien…

Il ne croyait pas si bien dire. Un bruit sourd retentit sur une des portières du véhicule. Un caillou tapa contre le coffre. Un autre vint briser la vitre arrière.

Guillaume appuya sur l'accélérateur. Il paria que les fuyards avaient pris la route de Bagnols-en-Forêt. C'était le cas.

Très vite apparurent les premiers virages. Guillaume était collé à la voiture des fuyards, lancée à plus de cent kilomètres-heure sur une route limitée à soixante. Dès que survenait un bout de ligne droite, il accélérait.

— On va leur rentrer dedans… murmura Paule entre ses dents, les mains cramponnées au siège. On va avoir un accident et je vais finir handicapée à vie…

Les virages étaient de plus en plus nombreux et de plus en plus courts. Guillaume leur mettait la pression, afin de provoquer la faute qui les ferait sortir de la route.

De grosses gouttes de sueur lui coulaient entre les omoplates.

Les fuyards braquèrent d'un coup pour se déporter sur une route que Guillaume ne connaissait pas. Surpris, il dut faire marche arrière dans un crissement de pneus, avant de pouvoir repartir de plus belle.

De retour sur la nationale qui menait à Roquebrune, Guillaume avait rattrapé son retard. Soudain, il leva le pied, et la distance grandit instantanément entre les deux véhicules. Il avait anticipé l'action d'un camion de livraison de fruits et légumes qui tentait une marche arrière sans se soucier de ce qui pouvait se trouver derrière. La Tesla heurta de plein fouet le côté du véhicule et partit au milieu de la route pour aller percuter une voiture dont la galerie était pleine de vélos. Les sangles lâchèrent, les deux-roues s'éparpillèrent sur la chaussée. Guillaume dut slalomer pour les éviter. Le cœur de Paule bondissait dans sa poitrine, comme un clown à ressort.

La voiture des truands poursuivit sa course folle. Ils évitèrent une Dacia qui arrivait en sens inverse, mais pas le pylône électrique. Sous le choc, leur véhicule fut projeté dans la pente en contrebas, fit plusieurs tonneaux avant d'atterrir sur le toit en tournant comme une toupie.

Guillaume se rangea sur le bord de la route, arrêta le gyrophare et posa sa main sur la cuisse de Paule.

— Tout va bien ?

Elle lui fit signe que oui. En le regardant, elle vit qu'il saignait légèrement à l'arrière du crâne.

— Qu'est-ce qui s'est passé ?

— En me voyant entrer en short et l'arme au poing, le patron du restaurant a cru que je venais lui prendre sa caisse et m'a mis un sérieux coup de poêle…

Paule ne parvint pas à étouffer un rire qui était surtout nerveux.

Trois gendarmes venaient d'arriver. Guillaume se dirigea avec eux vers la voiture accidentée, dont le pare-brise avait volé en éclats. Les deux occupants avaient cessé de vivre, probablement dès le choc frontal avec le pylône. Au rétroviseur intérieur continuait de se balancer doucement un attrape-rêves miniature qui se terminait par un andouiller.

32

Jeudi 27 avril

À la gendarmerie, d'Auligny faisait les cent pas dans le hall d'accueil. À peine Guillaume eut-il franchi le seuil qu'il se précipita sur lui.

— Vous êtes un type dangereux, Lassire ! Vous mettez le chaos partout où vous passez… Il y a deux jours, vous agressez un malheureux manifestant qu'il suffisait de sermonner, résultat : il se répand dans un blog « Tout le monde déteste la gendarmerie », avec photos à l'appui de ses doigts martyrisés… Mais cela ne vous suffit pas ! Vous mettez en garde à vue non pas *une* mais *quatre* adolescentes, les nièces de Palmaro en plus ! Palmaro, ça vous dit quelque chose, non ?

Dès son arrivée à Fréjus, Guillaume avait senti qu'il n'avait pas beaucoup d'atomes crochus avec d'Auligny. Il était ce type de militaire qui se soucie davantage d'accrocher une médaille à son uniforme que de garantir la survie de ses hommes.

— Palmaro ! s'époumonait-il. Mais c'est grâce à lui que nous avons encore un toit au-dessus de la tête, figurez-vous !

Et là, je viens d'apprendre que vous jouez au rodéo dans les rues de Roquebrune… Vous vous prenez pour un cow-boy ? C'est quoi, ce délire ? Demain, nous allons faire les gros titres de la presse… Je corrige : vous n'êtes pas seulement un type dangereux, Lassire, vous êtes un grand malade. Je comprends pourquoi ils ont craqué, en Normandie, et ont fini par vous envoyer ici ! Vous parlez d'un cadeau !…

Guillaume ne releva pas la grossièreté des propos, indignes d'un supérieur. Paule était derrière lui, muette et immobile. Stupéfaite que l'officier supérieur se donne ainsi en spectacle.

Guillaume préféra se soumettre plutôt que de réagir sous le coup de la rage et de commettre l'irréparable.

— Je peux tout vous expliquer, mon commandant…

— Quand je serai disposé à vous entendre ! Pour l'instant, je dois préparer ce que je vais dire à Albert Palmaro pour justifier l'injustifiable…

Pendant que Guillaume ruminait sa colère, un gendarme lui fit signe qu'on le demandait au téléphone.

— Ce n'est vraiment pas le moment…

— C'est une femme. Elle dit que d'habitude vous êtes plus prompt à réagir quand elle vous réclame…

Le corps de Guillaume se raidit. Son cœur commença à s'emballer.

— Quoi ?

— Je n'ai pas tout compris… Elle insiste sur le fait qu'elle est une de vos amies.

Guillaume se rua vers l'appareil.

— Bonjour, mon beau militaire. Il y a un cadeau qui t'attend sur les rives de l'Endre. Prends-le comme un cadeau d'adieu.

Nul besoin de présentation pour que Guillaume reconnaisse la voix de Barbara Carcosa… même si l'accent italien avait subitement disparu.

Guillaume se tourna vers le commandant d'Auligny.

— Dites-moi, commandant… Depuis quand connaissez-vous votre nièce ?

— Comment ça ! Je connais la *contessa* depuis… commença-t-il sur un ton irrité.

— Laissez tomber le mot « *contessa* ».

Le lieutenant Villeneuve et Germain s'approchaient, intrigués.

— Je… je vous demande pardon ? bafouilla d'Auligny.

— Si la jeune femme que vous avez accueillie chez vous est une *contessa*, moi je suis archiduc d'Autriche. Alors je renouvelle ma question : depuis quand la connaissez-vous ?

Le commandant semblait totalement décontenancé face à l'assurance de son capitaine. Il tenta de se reprendre, bombant le torse comme le coq du village :

— Je n'aime pas ce ton, Lassire, vous n'avez quand même pas le culot de me faire subir un interrogatoire ? Pourquoi cette question saugrenue ?

Guillaume, bien campé sur ses jambes, croisa les bras.

— Elle vient de m'appeler pour me prévenir qu'un *cadeau* m'attendait sur les rives de l'Endre. J'imagine que c'est près de l'endroit où nous avons découvert le corps de l'enseignante. Et si c'est bien le cas, je devine quel type de cadeau nous attend. Donc, commandant d'Auligny, je réitère ma question : depuis quand connaissez-vous votre nièce ?

D'Auligny tourna la tête vers les deux autres gendarmes comme pour leur demander de l'aide, mais eux aussi paraissaient attendre sa réponse. Paule prit un des sièges du couloir et le présenta au commandant de la brigade, qui s'en saisit.

— Pas depuis très longtemps… commença-t-il.

Il donnait l'impression de chercher ses mots.

— C'est-à-dire ?

— Eh bien… À l'automne dernier, j'ai reçu une longue lettre de ma sœur, dont j'étais sans nouvelles depuis son mariage avec un aristocrate italien, il y a trente ans. Elle m'informait que sa fille venait à Roquebrune car elle était mandatée par un fonds d'investissement spécialisé dans l'agroalimentaire pour acheter des domaines viticoles dans la région. Je lui ai répondu que ma maison lui était ouverte, qu'auriez-vous fait à ma place ?

— Pardonnez-moi d'intervenir, dit Paule, mais avez-vous par hasard gardé cette lettre ?

D'Auligny la regarda avec un air de chien battu.

— Bien sûr ! Elle m'est précieuse car, outre l'annonce de la venue de ma nièce, ma sœur me racontait ce qu'elle était devenue et y évoquait des souvenirs d'enfance que j'avais pour la plupart oubliés…

— Parfait. Là aussi, j'espère que je ne vais pas poser une question trop personnelle, mais avez-vous gardé d'autres lettres de votre sœur, ou des cahiers, des notes ?

— Je suis un collectionneur compulsif, dit-il avec un pâle sourire. Je ne pouvais pas jeter des lettres qui émanaient de ma famille, surtout quand celle-ci s'est éloignée avec le temps. Mais pourquoi me demandez-vous cela ?

Voyant où Paule voulait en venir, Guillaume reprit :

— Parce que Paule va être capable de déterminer avec certitude si cette lettre a bien été écrite par votre sœur.

D'Auligny se leva, résigné, le dos courbé. Il était littéralement écrasé par ce qu'il venait d'apprendre. Il invita Paule à le suivre chez lui. Il partit devant en parlant tout seul et en dodelinant de la tête.

— Et nous, mon capitaine ? intervint Villeneuve.

— Le médecin légiste et moi, nous allons sur les rives de l'Endre pour découvrir ce… « cadeau ». Quant à vous, vous prenez trois hommes et avec Germain vous filez à Roquebrune pour procéder à une interpellation. Attention, il se peut que les suspects soient armés.

Guillaume lui tendit l'adresse de celle qui avait été Barbara Carcosa.

33

Jeudi 27 avril

Le corps nu d'Albert Palmaro était comme cloué à mi-tronc du célèbre chêne millénaire de la région.

— Il va falloir le descendre, observa Omar Kateb, pragmatique.

— Je viens d'appeler les pompiers, ils arrivent, dit Guillaume. Commence à examiner la scène du crime, je retourne à la voiture pour les attendre.

Guillaume alluma machinalement la radio, où passait « The Angry River ». Il aimait cette chanson décrivant une rivière calme et paisible qui devenait sauvage et tumultueuse dès que l'on cherchait à l'endiguer.

Il fredonna un peu puis baissa le son pour appeler Paule. Elle répondit assez sèchement qu'elle était en plein travail avec d'Auligny et que tout se passait bien.

Guillaume composa ensuite le numéro de Villeneuve pour avoir des nouvelles de l'interpellation de Barbara Carcosa. Il lui apprit qu'à leur arrivée la maison était vide. Selon les voisins, ses locataires étaient partis dès l'aube. Un énorme camion avait bloqué la rue pendant plus de deux heures. Mais les déménageurs n'étaient pas passés inaperçus. « Tous habillés en noir et en costard malgré la chaleur ! De sinistres clowns… », à en croire un voisin, aussitôt interrompu par sa femme : « Moi, ils m'ont foutu la chair de poule. J'ai senti la peau de mes bras se hérisser par vagues. »

Ils avaient fait chou blanc. Guillaume raccrocha, furieux, et monta le son de la radio. Un flash info spécial annonçait qu'un corps avait été découvert pendu à un arbre sur les bords de l'Endre.

Il ne manquait plus que ça ! La presse allait se déchaîner. Surtout quand les journalistes apprendraient que la victime était Palmaro, considéré comme le parrain de la région. À moins que cela ne soit finalement à leur avantage… Ils en concluraient peut-être qu'il s'agissait d'un règlement de comptes avec une des mafias de la côte. Il serait sans doute préférable de laisser courir le bruit. Ce serait toujours mieux que la panique qui s'emparerait de la population si la vérité était connue. Pour lui, l'appel de celle qui se faisait passer pour Barbara Carcosa et surtout la mise en scène de ce nouveau crime ne laissaient aucun doute quant au véritable mobile du meurtre de Palmaro : c'était la réponse à celui de l'enseignante, il en était sûr.

Les pompiers étaient arrivés. L'un d'eux manœuvrait le véhicule de manière à l'approcher au plus près de l'arbre tandis qu'un autre avait déjà endossé un harnais d'escalade et commencé l'ascension. Il resta de longues minutes à examiner le corps avant de redescendre.

— Ça se présente comment ? demanda Guillaume.

Le capitaine, un homme à l'épaisse barbe rousse, grimaça.

— C'est compliqué. Ça va prendre du temps, si on ne veut pas l'endommager. Il n'y a pas de cordes à couper. Il est fixé par le dos au tronc et aux branches avec de la colle. Tout l'arrière de son corps en est enduit.

Guillaume baissa la tête. Ce gigantesque bébé difforme qu'il s'attendait à voir bouger lui donnait la nausée.

— Je vais demander des renforts et l'appui de la police municipale, afin d'élargir au maximum le périmètre de sécurité. Je veux absolument éviter que le corps soit pris en photo dans cette position.

— On va placer une bâche de protection sur la partie du corps qui se trouve exposée, proposa le capitaine des pompiers.

Deux heures plus tard, Guillaume rongeait son frein. Il avait déjà appelé trois fois Paule pour savoir comment son examen des textes se passait. La première fois, elle lui avait répondu laconiquement ; la deuxième, lui avait carrément raccroché au nez ; la troisième, il avait eu droit au répondeur.

Entre-temps, Villeneuve l'avait rejoint et le regardait tourner comme un lion en cage.

— Mon capitaine, je peux être seul à suivre les opérations, lui dit-il. Vous n'êtes pas obligé de rester là. Il ne va pas bouger, dans l'immédiat.

Guillaume secoua négativement la tête.

Villeneuve lui demanda alors s'il voulait interroger le père de famille qui avait trouvé le corps. Il avait renvoyé sa femme et sa fille. Il s'appelait Jean Cordelier et il travaillait pour une des multiples sociétés de gardiennage appartenant à Albert Palmaro. Guillaume regarda le petit homme au visage brun assis sur la banquette arrière d'un des véhicules de la gendarmerie.

Il se présenta. Cordelier fit mine de sortir mais se laissa retomber sur le siège. Il était visiblement tendu. On pouvait presque l'entendre penser : Et comment je vais expliquer aux collègues que j'ai choisi de pique-niquer à l'endroit précis où se trouvait le corps du patron ?...

— J'aurais mieux fait de passer mon chemin, geignit Cordelier.

Guillaume posa sa main sur son avant-bras.

— Vous avez fait exactement ce qu'il fallait.

— Croyez-vous que je vais être pris en charge ?

Il regarda l'homme avec étonnement.

— Pour ?

— Pour ce que j'ai subi. Je sais qu'il existe des spécialistes au sein de la gendarmerie qui assurent l'accompagnement psychologique en cas de traumatisme. Je veux être suivi.

Guillaume se demanda si l'homme avait conscience que ces médecins intervenaient surtout auprès de militaires de retour d'une scène de guerre. Villeneuve se dévoua et prit le relais. Il donna au témoin sa carte de visite en lui conseillant de l'appeler.

Tiens, Villeneuve a une carte de visite et je n'en ai pas…

Guillaume s'était surpris en flagrant délit de convoitise.

Le portable vibra dans sa poche. Paule.

— Je suis désolée, mais il m'était difficile de me concentrer en gérant en même temps les angoisses de ton chef et ton stress. Je vais être brève : la personne qui a écrit la lettre n'est pas la sœur du commandant d'Auligny.

— N'aurait-elle pas pu changer d'écriture au cours de son existence ?

— Nombreux sont les ados en quête d'identité qui s'y essaient. En général, l'écriture est influencée par les événements de la vie selon que tu traverses une épreuve ou que tu baignes dans la joie. Le froid, la faim, une main abîmée, tout cela peut faire évoluer l'écriture. Je dis bien « évoluer » et pas changer du tout au tout. Passé dix-huit ans, ta personnalité, tes habitudes et tout ce que tu as appris dans ce domaine se figent. Mais là il n'est pas question d'évolution. Cette lettre est un faux, et même un faux assez grossier.

— Tu l'as dit à d'Auligny ?

— Évidemment. En ce moment même, il est en train d'essayer de joindre les carabiniers de Modène, où habite sa sœur. Si je peux me permettre, ne le bouscule pas trop. Il est un peu chahuté par ce qu'il vient d'apprendre…

Les pompiers avaient enfin descendu le corps.

Le médecin légiste s'était aussitôt précipité en enfilant ses gants.

— D'après toi, à quand remonte la mort ? lui demanda Guillaume au bout d'un moment.

— La chaleur accélère la décomposition des chairs, répondit Omar Kateb. Je ne pourrai te répondre avec certitude qu'après l'avoir examiné dans la salle d'autopsie.

Le ventre de Palmaro était distendu, ses jambes gonflées, et les dessous de ses bras s'étalaient, blancs et flasques comme le ventre d'un poisson mort. Son visage était aisément reconnaissable. Ses paupières étaient closes. Certaines personnes décédées semblent revenir à l'état de nouveau-né. C'était le cas ici. Ni bleus, ni coups de couteau, ni griffures.

Les parties génitales avaient l'air intactes. À peine pouvait-on distinguer un point rouge sous son cou.

Guillaume se tourna vers Omar.

— À toi de jouer, maintenant. À le voir, allongé ainsi, je pourrais presque me dire qu'il ne s'agit pas d'un crime.

— Il pourrait être mort d'un arrêt cardiaque en raison de la chaleur et de sa surcharge pondérale, murmura le médecin légiste. Mais je doute fort qu'il ait grimpé là-haut tout seul après s'être enduit le dos de colle…

— Il devait peser dans les combien, à votre avis ? demanda Villeneuve.

Guillaume et Omar Kateb le regardèrent, un peu surpris par la question.

— Dans les cent quarante kilos, si ce n'est plus, répondit le légiste.

Guillaume partit inspecter le tour de l'arbre. Il y avait un tapis de feuilles mortes sous ses pieds. La première branche était à trois mètres du sol. Pas de vêtements, pas de sang, nulle trace apparente. Il n'y avait aucune empreinte sur le chemin qui longeait la rivière. Une chose était sûre, effectivement : il n'était pas monté tout seul là-haut. Si les meurtriers l'avaient hissé dans l'arbre, ce ne pouvait être qu'avec une poulie. Il crut discerner une entaille à l'arrière de l'arbre.

34

Jeudi 27 avril

Enguerrand Barbat d'Auligny, livide, lui ouvrit la porte de son appartement. Ce n'était plus le même homme. Il ne restait rien du saint-cyrien mondain, ni du commandant pointilleux et autoritaire. L'homme que Guillaume avait en face de lui n'était plus que l'ombre de lui-même. La révélation que sa nièce était une aventurière et peut-être même une criminelle lui avait porté un coup si rude qu'il ne semblait pas capable de prononcer le moindre mot avant longtemps.

Guillaume le suivit jusqu'au salon cathédrale. Paule était assise sur le bras d'un canapé blanc en cuir. Elle prenait le thé en feuilletant négligemment un livre d'art, *Les Secrets de la princesse de Cadignan*, de Balzac, illustré par Robaudi. D'Auligny prit place en face d'elle en poussant un profond soupir.

— Vous avez réussi à décrocher Palmaro ? demanda-t-elle sans lever la tête. Ici, nous sommes à la recherche de la véritable identité de la femme qu'Enguerrand a présentée à tout l'establishment local comme étant une descendante de la noblesse papale…

Paule reposa le livre et se lança avec un plaisir évident dans une énumération des héros qui s'étaient fait mener par le bout du nez par des aventurières. Elle termina par la comtesse de Cagliostro, qui avait subjugué Lupin, et la princesse Fausta, épouvantable créature dont le chevalier de Pardaillan était tombé amoureux.

Guillaume, agacé, levait les yeux au ciel. S'il est vrai que d'Auligny se sentait à la fois trahi, déshonoré et cocu, lui n'éprouvait que de la colère de s'être fait « gruger ». C'était le terme qu'il avait employé.

— Qu'attendons-nous, exactement ? lâcha-t-il d'un ton sec, pour balayer l'ironie mordante de Paule.

D'Auligny lui expliqua qu'une première équipe de carabiniers de Modène s'était rendue à la demeure de sa sœur, une ancienne propriété vinicole, pendant qu'une deuxième interrogeait ses proches et ses voisins. Les premiers avaient trouvé porte close. Les autres étaient arrivés à la conclusion que la *contessa* et sa fille s'étaient volatilisées et que nul n'était en mesure de donner de leurs nouvelles depuis des mois. Personne ne s'était inquiété outre mesure car, depuis le décès accidentel du comte Carcosa, la mère de famille avait pris l'habitude de partir durant plusieurs mois dans leur propriété de Montilla, près de Cordoue. Contactée à son tour, la police espagnole avait pu constater que les deux femmes n'avaient pas séjourné dans leur palais andalou depuis plus de deux ans.

Les carabiniers étaient entrés dans la maison et avaient décelé des traces de lutte dans la chambre à coucher. Un avis de recherche avait été lancé.

Paule, le sentant sur le point de craquer, lui proposa un verre d'eau. Il se leva d'un bond et tira sur le bas de sa veste d'uniforme.

— J'ai besoin de prendre quelque chose de fort. Pas vous ?

Il se dirigea vers un buffet enfilade en noyer et appuya sur un bouton. La porte coulissa, révélant des dizaines de bouteilles. Il sortit une boîte cylindrique au couvercle scellé qu'il déposa sur la table puis alla chercher trois verres. Il semblait avoir repris goût à la vie.

— Vous allez me goûter ce xérès de trente ans d'âge qui m'a été offert par Albert Palmaro. Il aurait aimé qu'on le boive en son honneur.

Il remplit généreusement les verres et porta un toast, auquel répondit Guillaume. Paule ne bougeait pas, fixant le sien.

— Qu'avez-vous ? Souhaitez-vous que je vous serve autre chose que du xérès ? s'étonna d'Auligny.

Elle leva les yeux vers lui.

— Je me demandais pour quelle raison le nom de Montilla m'est familier… Et je viens de comprendre, grâce à votre xérès. C'est dans cette ville que l'on produit l'amontillado.

— Qu'est-ce que l'amontillado ? demanda d'Auligny.

— C'est, tout d'abord, le nom du xérès qui provient de cette région agricole. Il est sec, avec une belle robe brune, et se prend en apéritif ou avec des viandes de qualité ou du fromage. Il en est question dans le film *Le Festin de Babette*…

— Si on passait tout de suite à la deuxième partie de la conférence ? l'interrompit Guillaume sur un ton moqueur.

Elle haussa les épaules.

— C'est aussi une nouvelle célèbre d'Edgar Poe, « La barrique d'amontillado », qui parle d'une vengeance entre deux familles nobles italiennes…

Paule alla chercher son carnet de notes.

— Enguerrand, vous m'avez bien dit que la demeure de votre sœur était située sur une ancienne propriété viticole ?

— Oui, pourquoi ?

— L'œuvre d'Edgar Poe raconte la rivalité entre deux familles, les Montresor et les Fortunato, expliqua-t-elle. L'unique descendant de la première voulait venger une insulte proférée par l'héritier de la seconde, lequel se targuait d'être un grand connaisseur en vin. Lors d'une fête, Montresor avait invité un Fortunato déjà ivre dans sa cave sous prétexte de tester son xérès mais il l'avait enchaîné et emmuré vivant. Jusqu'au bout, la victime avait cru qu'il s'agissait d'une bonne farce, car Montresor paraissait ivre. Mais il était ivre de vengeance…

— Où voulez-vous en venir, Paule ? demanda Enguerrand, perplexe.

— Rappelez votre contact, le commandant des brigadiers de Modène…

— Ce n'est pas le commandant mais le patron de l'Académie militaire, Manfredo Forti.

— Très bien. Demandez-lui qu'une nouvelle équipe se rende sur place et regarde dans la cave si des murs semblent plus récents que d'autres...

D'Auligny se dirigea vers son bureau. Paule se mua alors en maîtresse de maison, sous le regard stupéfait de Guillaume. Elle se rendit dans la cuisine, ouvrit les placards et le réfrigérateur, coupa du pain et revint avec une grande assiette remplie de fromages et de charcuterie disposés autour d'une boîte ronde de sprats fumés.

D'Auligny réapparut.

— Ça a pris un peu de temps, mais ils ont accepté d'y retourner... d'autant qu'ils avaient effectivement remarqué un mur plus récent que les autres, lors de leur première visite. Il n'y a plus qu'à attendre...

Ils s'attaquèrent à la collation disposée sur la table.

Le téléphone sonna alors qu'ils sirotaient le café obligeamment préparé, lui aussi, par Paule.

— Vous aviez raison, Paule, dit d'Auligny, livide, en revenant dans le salon. Ils ont commencé à démolir le mur avec une masse, et tout de suite une odeur nauséabonde s'est répandue dans la cave. Dès que la première plaque de plâtre est tombée, ils l'ont vue... La taille, l'âge approximatif, un bracelet et un collier de grande valeur... Le brigadier de Modène ne peut pas certifier avant l'autopsie qu'il s'agit de ma sœur, mais il m'a conseillé de me préparer au pire... J'imagine que le corps de ma nièce n'est pas loin...

Il se laissa tomber, le front ruisselant, dans le fauteuil le plus proche. Guillaume crut que son chef faisait un malaise vagal. Il allait se précipiter pour lui porter secours, mais ce dernier l'arrêta d'un geste de la main.

— Je vais à la gendarmerie, décida Guillaume. On va lancer un avis de recherche, puisque la fausse Barbara Carcosa est en fuite. Disposez-vous d'une photo d'elle ? Une qui aurait été prise lors de votre soirée, par exemple ?

D'Auligny se contenta de secouer la tête.

— Aucune ?

Il renouvela le geste.

— Voilà qui ne va guère nous aider, intervint Paule, mais toi, Guillaume, tu as bien une photo ? Un souvenir...

Il sursauta comme s'il venait d'être piqué par une guêpe, mais ne daigna pas répondre.

De retour à la gendarmerie, Guillaume laissa à Villeneuve le soin de rédiger le rapport, donna ses consignes pour l'avis de recherche. Il lui restait encore à relire le communiqué qui allait être diffusé à la presse pour annoncer le décès d'Albert Palmaro. Aussi proposa-t-il à Paule qu'elle l'attende chez lui.

En apparence, les deux amis se retrouvaient sous le même toit dans des conditions similaires à celles qu'ils avaient connues lorsqu'ils avaient enquêté pour la première fois ensemble. En apparence seulement car, cette fois, la complicité tendre et ambiguë qu'il avait pu y avoir entre eux s'était estompée, laissant la place à une plus classique amitié.

— Je te laisse le lit et je vais prendre le canapé, lui dit Guillaume.

Paule fit une grimace et son ami comprit :

— Je n'ai jamais reçu ici Barbara Carcosa. Je me suis toujours rendu chez elle.

— Très bien. Je prends donc le lit et je te laisse le canapé… et un oreiller.

Et sur un ultime et froid « Bonsoir », Paule se retira dans ses nouveaux appartements.

35

Vendredi 28 avril

Guillaume était parti quand Paule se réveilla. Il avait laissé sur la table de la cuisine une brioche tressée fourrée aux noisettes et au chocolat, pâtisserie dont elle était jadis friande. Cette attention la fit sourire. Pris en faute, Guillaume réagissait vraiment comme un ado, songea-t-elle.

Elle avait dormi d'une traite en dépit de la chaleur et se remettait doucement de l'agitation de la veille. Elle se fit un café en goûtant le calme de l'appartement. Elle avait du mal à se dire qu'elle était dans une caserne et que, tout autour de la bulle où elle se trouvait, des dizaines de militaires enquêtaient, s'entraînaient, archivaient, faisaient des recherches sur les réseaux sociaux.

Elle alluma la télévision pour écouter les informations qui, en fait, ne traitaient que d'un seul sujet, en boucle, la canicule en train de virer au cauchemar sanitaire. On avait encore franchi une étape : quarante-quatre degrés à 16 heures sous abri, la veille, à Saint-Raphaël. Depuis déjà deux semaines, la chaleur était suffocante. La liste des victimes ne cessait de s'allonger. Il s'agissait de « la plus forte chaleur enregistrée depuis 1947 », relevait la présentatrice météo trans qui arborait des boucles d'oreilles à l'effigie de Tina Turner.

Guillaume lui avait aussi laissé un court mot sur la table de la cuisine, pour l'informer qu'il serait pris toute la journée. Il lui rapportait, en même temps, le dernier développement en date de l'enquête : Enguerrand d'Auligny avait reçu de Modène l'information qu'il y avait bien un second corps dans la cave, et un examen diligenté en urgence de la dentition avait permis de déterminer qu'il s'agissait bien de sa nièce, la vraie Barbara Carcosa.

Paule n'en fut pas étonnée. Elle l'était davantage que Guillaume ait pu avoir une histoire avec cette aventurière, de surcroît sans lui en parler. Puis elle se ravisa en se disant que dans cette enquête tout le monde portait un masque. Elle se demanda si elle-même n'avait pas fini par en porter un. Car enfin, une fois établi le constat que les notes de l'ouvrage n'étaient pas écrites par le fugitif le plus recherché de France, pourquoi était-elle restée ici ? Par goût de passer quelques jours supplémentaires dans la région ? Sans doute. Avec la chaleur épouvantable qui régnait sur l'Hexagone, elle était mieux ici qu'à errer dans son appartement parisien, mais ce n'était pas une raison suffisante. Pensait-elle conclure le chapitre du flirt amical initié naguère avec Guillaume ? Peut-être. Mais, tout au fond d'elle-même, elle n'était pas dupe.

Ce n'était plus qu'un fantôme de désir, une flamme vacillante qui rechignait à s'éteindre pour de bon.

Non. Si elle était restée dans cette bâtisse vide et sinistre après l'agression dont elle avait été victime, c'est parce qu'elle sentait précisément qu'elle se mettait en danger. La voilà, la vraie justification de sa présence : ressentir cette prise de risque, comme lorsqu'on se penche au bord du précipice et qu'on recule vivement au moment où l'on s'apprête à basculer.

Tous un masque ! Paule songea qu'il restait trop de zones d'ombre après sa dernière conversation avec Brigitte Saglietto. Elle devait la revoir, sans se laisser embarquer dans ses histoires de fantômes et de nécromancie. Cette fois, c'est elle qui mènerait le jeu, et il n'y aurait pas d'échappatoire.

Elle appela à son domicile. Personne ne répondit. Même chose à la bibliothèque. Paule décida de se rendre chez elle.

En sortant de la gendarmerie, elle parvint à héler un taxi pour la conduire jusqu'à l'entrée de Roquebrune. Elle apprécia cette climatisation que le chauffeur avait mise à fond. Lorsqu'elle sortit du véhicule, la chaleur lui sauta au visage.

Paule respira un grand coup et commença à marcher sur le trottoir brûlant.

Les persiennes du pavillon de Brigitte Saglietto étaient fermées. Les plantes de chaque côté de la porte faisaient grise mine. Il régnait là comme un vague sentiment d'abandon.

Elle sonna une première fois. Rien. Appuya à nouveau sur le bouton, en laissant son doigt. Du bruit, puis une série d'éternuements dantesques.

La bibliothécaire entrouvrit enfin sa porte sans se donner la peine d'enlever l'entrebâilleur. Brigitte Saglietto était livide, vêtue d'un simple peignoir.

— Laissez-moi ! Allez-vous-en ! siffla-t-elle entre ses dents.

— Brigitte, je veux juste vous parler une seconde… demanda Paule avec ce qu'elle pensait être un sourire charmeur et bienveillant.

— Je n'ai pas le temps, je suis malade… Une rhinite, sans doute avec cette foutue clim que tout le monde met partout ! Revenez une autre fois. Je ne suis pas en état de vous parler.

Elle éternua plusieurs fois sans prendre la peine d'enfouir son visage dans le pli du coude.

Paule la fixa intensément, en tentant de discerner s'il s'agissait ou non d'un mensonge, pour le coup magnifiquement interprété. Brigitte ne détournait pas les yeux. Mais Paule crut y lire comme un appel : « Aidez-moi… » On aurait pu croire qu'elle agissait sous la menace, qu'une personne se tenait derrière elle dans le corridor.

— Est-ce que je peux faire quelque chose pour vous ? insista Paule.

— Non, rien. C'est très aimable de votre part. J'ai de l'aspirine, un sérum pour me nettoyer le nez et des mouchoirs… Si j'ai besoin d'autre chose, mon mari ira le chercher.

Elle allait refermer la porte mais Paule mit son pied dans l'entrebâillement.

— Une seule question… Vous m'avez parlé d'une cité bâtie sur le Rocher et je n'ai trouvé nulle part de trace de cette implantation sur la carte…

— Sainte Candie, répondit la bibliothécaire. Cherchez à ce nom-là. Et maintenant, par pitié, partez. Vous n'avez aucune légitimité pour me harceler de la sorte… Partez !

Son regard était hagard.

Paule retira son pied. La porte fut refermée avec fracas et aussitôt lourdement verrouillée.

Où pouvait-elle trouver des renseignements sur cette mystérieuse sainte Candie ? Paule entreprit de faire un crochet par la bibliothèque. Les collègues de Brigitte Saglietto sauraient l'éclairer.

Elle remonta la grande rue, prit le passage voûté où un SDF avait élu domicile, puis arriva sur la place où se dressait la bibliothèque Albert-Camus. En dépit de la chaleur, des enfants avaient engagé une partie de foot endiablée qu'ils pimentaient de hurlements et d'injures. Un ballon lui siffla aux oreilles et elle courut se réfugier dans le sanctuaire. Brigitte Saglietto n'était donc pas la seule à communier ici dans l'amour de la lecture. Ses collègues s'affairaient en silence et maniaient les livres comme s'il s'agissait de reliques.

Un garçon brun filiforme aux yeux noirs prenait des notes en consultant Internet, une carafe d'eau et un verre près de lui. Paule se planta devant lui.

— Puis-je vous aider ? demanda-t-il d'une belle voix grave qu'il avait dû travailler.

Il se servit à boire.

— Je cherche un livre qui contiendrait des renseignements sur sainte Candie, répondit Paule.

L'eau du verre s'agita, comme celle du gobelet dans *Jurassic Park*.

— Pouvez-vous me répéter ce que vous venez de dire, s'il vous plaît ?

Les paupières de Paule se fermèrent, et elle les rouvrit lentement avant de renouveler sa demande.

— À vrai dire, nous n'aimons pas trop parler de ce lieu. La seule personne qui pourrait vous renseigner est Brigitte Saglietto…

— Je viens de passer chez elle, mais elle est souffrante.

— Souffrante ? Brigitte ? C'est pour cela qu'elle ne répondait pas à nos messages… Je devrais aller voir si elle n'a besoin de rien.

— C'est inutile. Son mari s'occupe d'elle.

— Son… mari ?

Le jeune homme partit d'un grand éclat de rire. Il appela une de ses collègues :

— Monique, tu connais pas la meilleure ? Brigitte est mariée !

— Enfin !

Elle rit à son tour. Il regarda Paule avec commisération.

— Brigitte n'est pas mariée. Elle s'invente une vie de couple… mais elle vit seule.

Paule était vexée mais n'en laissa rien paraître.

— Où puis-je recueillir des informations sur sainte Candie ?

— Déjà, vous ne trouverez jamais de sainte Candie dans le calendrier des saints. Pourtant, allez savoir pourquoi, ce nom a été donné à un village abandonné depuis des siècles et qui se trouvait sur un des flancs du Rocher. Il y a six ou sept ans, on y a fait des fouilles archéologiques, et puis on a tout arrêté brusquement.

— Pourquoi ?

Un voile passa devant ses yeux, transformant tout à coup ses pupilles en deux billes d'onyx poussiéreuses.

— Parce qu'il n'est jamais bon de trop fouiller le sol. On ne sait jamais ce que l'on fait remonter à la surface. Mais si vous voulez en savoir plus, allez donc faire un tour à la Maison du Patrimoine, c'est à trois rues d'ici.

L'homme la raccompagna jusqu'à la sortie. Depuis quand un bibliothécaire prenait-il cette peine ? Il triturait entre ses doigts une sorte de dent ou de bout de bois. Elle eut soudain la certitude qu'il était celui qui l'avait agressée dans la bastide.

36

Vendredi 28 avril

Cherchant l'ombre, Paule préféra faire un détour pour se retrouver sous les arcades. Les restaurants avaient mis des tables dehors, mais la chaleur avait repoussé les clients à l'intérieur, derrière les murs épais.

Dans une des ruelles, elle s'arrêta devant un immense panneau qui affichait le visage de deux jeunes filles avec écrit dessous : *Marie Olivier, Sofia Bourghi, disparues depuis le 22 avril 2023*. Instinctivement, Paule prit le panneau en photo avec son portable.

Blottie au fond de l'impasse Barbacane, la Maison du Patrimoine était un joli petit musée installé dans une ancienne écurie. Bien que gratuit, il n'avait comme visiteurs qu'un couple de vieilles Anglaises. Les salles, peu nombreuses, couvraient un large éventail historique, allant de la préhistoire jusqu'à l'époque contemporaine. Elles étaient organisées autour d'une découverte récente : une glacière enfouie du XVIIe siècle, en parfait état de conservation. Pour les historiens, se dit Paule, il y avait là quelques trésors, tels des vestiges préhistoriques provenant des grottes de la Bouverie, de magnifiques ex-voto, des urnes, des costumes et des coiffes des siècles passés. Le parcours se terminait à l'extérieur dans un ravissant jardin médiéval, composé de plantes médicinales et d'herbes aromatiques. On y apprenait les vertus de la menthe et de la marjolaine…

Assis sur une chaise en plastique, le gardien, un petit être à la tête piriforme et aux joues piquetées de poils poivre et sel, faisait semblant de somnoler. Paule le vit prêt à bondir quand une des deux Anglaises colla ses gros yeux de myope contre une lithographie représentant un pèlerinage catholique dans les rues de Roquebrune.

Elle n'attendit pas qu'il se soit retourné sur sa chaise pour aller vers lui.

— Puis-je vous aider, mademoiselle ? dégaina-t-il en premier.

— J'ai fait sans doute le tour de vos salles un peu trop rapidement, mais je n'ai rien vu concernant Sainte-Candie…

— C'est dans la première salle, suivez-moi.

Il tendit sa main tavelée de son vers des photos qui ne montraient rien d'autre que des amoncellements de pierres. Ces derniers auraient pu ressembler à des murs si la nature n'avait pas fini de disperser, avec le temps, ce qui avait été construit par l'homme. Paule songea au vers de Nerval, « un pur esprit s'accroît sous l'écorce des pierres ».

Sur une des photos, trois hommes dont deux devaient être les archéologues, regardaient l'objectif en levant le pouce en signe de victoire. Il y avait une longue explication manuscrite sur un bout de papier jauni :

Le rocher de Roquebrune abrite le site archéologique de Sainte-Candie, qui a fait l'objet d'un chantier de fouilles majeur en 2015 et 2016, regroupant une vingtaine d'archéologues venus du monde entier. Ces recherches ont permis de révéler les traces d'une occupation importante durant le haut Moyen Âge (Ve au IXe siècle) sur un site préhistorique. Les archéologues ont ainsi mis au jour une partie des vestiges d'un village fortifié estimé à 7,7 hectares, composé de quartiers d'habitat délimités par des ruelles, de deux églises et de nombreuses sépultures, et alimenté par des produits provenant d'Égypte, d'Afrique et de Syrie.

Paule se retourna vers le gardien.

— Savez-vous pourquoi les fouilles se sont arrêtées ?

Il haussa les épaules.

— Plus de budget pour mener à bien les recherches, a-t-on dit à l'époque.

Paule se pencha pour regarder plus attentivement le troisième homme de la photo, qui devait avoir une cinquantaine d'années. Une tête en pain de sucre auréolée de cheveux gris à reflet violet. Il portait des vêtements sombres, soignés, et on pouvait distinguer au revers de sa veste une petite croix en argent.

— Qui est-ce ? demanda-t-elle au gardien.

— Un prêtre italien. Il est venu plusieurs fois à Roquebrune. Très courtois, très affable. Il existe à Rome un département d'archéologie qui a pour mission de recenser les sites comme Sainte-Candie à travers l'Europe. C'est après son passage que le département et la région ont décidé de ne plus subventionner les recherches.

— C'est curieux, poursuivit Paule, que ce site n'ait été découvert que récemment, alors que l'on parle d'un village semblable dans des écrits relatant les combats entre ultra-catholiques et protestants…

Le gardien écarta les bras en signe d'impuissance tout en continuant de surveiller du coin de l'œil les deux Anglaises, qui s'approchaient un peu trop près d'une amphore.

— Pensez-vous qu'il soit possible de visiter Sainte-Candie ? dit Paule.

— Le site est fermé. Une grande partie de l'endroit est désormais recouverte d'une végétation dense qui rend difficile l'accès. Il n'y a d'ailleurs pas de chemin de randonnée pour y monter.

— C'est dommage, fit Paule, cela permettrait d'attirer des touristes.

L'homme rit.

— Peut-être que l'on ne souhaite justement pas que des touristes s'aventurent vers cette partie du Rocher…

— L'ascension est dangereuse ?

Il fit la moue puis la jaugea pour la première fois avec sympathie.

— Vous pouvez y aller avec les chaussures que vous avez aux pieds, si vous faites attention. Le problème, c'est le lieu.

Il n'est pas dangereux, il est… mauvais. Quelques mois après les fouilles, une nuit, tous ceux qui y avaient participé se sont réveillés les cheveux dressés sur la tête en hurlant que l'enfer s'était vidé et que les démons s'étaient donné rendez-vous à Sainte-Candie…

— Nous sommes en plein jour, je ne cours donc aucun risque, rétorqua Paule.

— Vous êtes du genre têtu, vous. Maintenant, si vous voulez vous y rendre, je connais un guide qui pourrait vous y conduire. Il est à la retraite mais bougrement actif pour ses soixante-quatorze ans. C'est lui qui a contribué à établir les randonnées pédestres tout autour du Rocher. Il s'appelle Jean, Jean Pradel. C'est un cousin du côté de ma mère… Vous voulez que je le contacte ?

Paule opina du chef.

— Mesdames ! hurla le gardien en direction des deux Anglaises, qui s'étaient rapprochées et caressaient une urne funéraire. On ne touche pas aux objets !

Les deux femmes se reculèrent doucement, comme si elles glissaient sur le sol. Paule remarqua que l'une d'elles avait un porte-clefs en métal accroché à son sac, au bout duquel pendait un andouiller.

37

Vendredi 28 avril

Le tarot était pour Brigitte Saglietto un art qui possédait ses propres règles d'or. Tirer les cartes, c'était ouvrir une porte sur un monde qu'elle ne maîtrisait pas. C'était courir le risque que les énergies qui l'entouraient, bonnes ou mauvaises, soient tout à coup décuplées.

Il était inutile, par exemple, de le faire le lundi en raison de l'influence de la Lune, ou le dimanche parce qu'il fallait permettre aux cartes de se reposer.

Elle savait qu'elle ne pouvait pas transiger avec l'utilisation des cartes, surtout quand celles-ci devaient apporter une réponse à une question qu'elle se posait.

La bibliothécaire commença par faire le vide dans son esprit afin de ne pas influencer le message des cartes.

C'était pour cette raison qu'elle avait refusé de faire entrer Paule Nirsen. Cette jeune femme était sans cesse accompagnée d'un halo troublant, peut-être la manifestation d'un être cher disparu dans une situation dramatique.

Brigitte voulut passer outre à sa migraine atroce. Malgré ses crises d'éternuements, elle prit son temps pour préparer la table. Elle alluma une bougie puis fit brûler des feuilles de sauge, la plante qui sauve et qui délivre. Immédiatement une odeur camphrée emplit la pièce. Elle sortit les cartes de leur boîte, les mélangea sept fois puis coupa le jeu en deux. Les yeux fermés, elle tira la première carte de la main gauche, la main du cœur. La carte de l'Arcane sans nom, un squelette fauchant des têtes roulant à ses pieds, apparut à l'envers. Elle avait décidé d'en tirer cinq. Les quatre qui suivirent furent la Maison Dieu, une tour fracassée par la lumière du soleil ; la Lune, des loups hurlant au-dessus d'un marais croupi ; le Diable, avec à ses pieds Adam et Ève enchaînés, et le Pendu, où un homme les mains liées derrière le dos était accroché par un pied à un arbre. Toutes les cartes étaient inversées.

Brigitte renversa la table. Elle regagna la salle de séjour à la recherche de son portable parmi les coussins.

Allongée sur le canapé, elle eut juste le temps d'envoyer un message avant d'avoir l'agréable sensation de glisser sur un toboggan. Puis de pénétrer dans un long tunnel noir au bout duquel tremblotait une lumière. Brigitte avait froid, de plus en plus froid. Pourquoi avait-elle laissé son pull à la bibliothèque ? Là où elle allait, les nuits devaient être fraîches.

38

Vendredi 28 avril

La maison de Jean Pradel n'était pas située très loin de celle de Brigitte Saglietto. On y accédait par un mince chemin en terre conduisant à un vaste terre-plein composé de deux ensembles résolument distincts.

Côté gauche se tenait la bâtisse provençale traditionnelle assez basse, agrémentée d'une véranda et d'une petite piscine. Côté droit se dressait une habitation d'un modernisme aussi froid que rutilant. De l'extérieur, ce bâtiment tranchait avec l'environnement. Il aurait pu abriter un cabinet d'assurance ou l'accueil d'une clinique privée. Il ne correspondait en rien à l'image que l'on se faisait de la maison d'un retraité. En attendant Jean, Paule eut le temps d'apercevoir sur les murs blancs des centaines de photos de paysages. Elle avait presque l'impression de se trouver devant une galerie d'art.

Paule avait éprouvé tout de suite de la sympathie pour cet homme à la peau ridée et brune comme un pruneau d'Agen, rouflaquettes blanches, casquette vissée sur la tête. Avant qu'ils ne partent pour le Rocher, son fils, qui ressemblait à un surfeur de la côte ouest des États-Unis, leur avait apporté deux sacs à dos contenant deux bouteilles d'eau glacée.

« Faites attention à mon père », lui avait-il glissé sur un mode moqueur.

À peine avaient-ils démarré que Jean avait commencé à lui parler du rocher de Roquebrune. Ajoutant çà et là des éléments plus personnels que ceux qu'avait pu entendre Paule jusqu'à présent, il n'hésitait pas à s'arrêter en plein milieu d'un virage pour lui montrer le Rocher sous un angle nouveau.

« Si vous regardez bien, vous voyez une femme allongée au soleil avec les mamelons offerts. »

Paule acquiesçait, mais distraitement. Préoccupée par le fait qu'une fois encore elle manquait de batterie. Jean n'avait pas de chargeur à bord.

Au bout d'un moment, elle envoya un message à Guillaume pour lui dire où elle se trouvait et préféra ne pas lire celui de Brigitte Saglietto, de peur que son portable s'éteigne.

— Ne vous inquiétez pas, lui dit Jean. Là où nous allons, le portable ne sert à rien.

Paule reconnut la route qu'elle avait empruntée avec Guillaume, ils la suivirent jusqu'au moment où le véhicule emprunta un chemin en terre un peu cahoteux. Ils atteignirent bientôt une clairière où un poteau dressé proposait les sentiers pédestres à suivre pour parvenir jusqu'au sommet.

— C'est moi qui l'ai fait mettre ici, dit-il, pas peu fier.

Après quoi, il prit la seule voie qui n'était pas fléchée.

Chacun son sac à dos, ils marchèrent dans une herbe grisâtre qui leur montait jusqu'à mi-cuisse. La seule tache de couleur était les buissons de mimosa somnolant au soleil. Paule eut l'impression qu'ils traversaient une plantation, tant cette plante avait colonisé l'espace. Ils débouchèrent à nouveau sur une clairière, où un arbre noirci tendait ses branches mortes vers le ciel.

Paule eut un fort sentiment de déjà-vu ou plutôt de déjà-lu car si elle n'était jamais passée physiquement par ce chemin, elle se souvenait très bien des descriptions dans les deux manuscrits sur lesquels elle avait travaillé. Troublée, elle suivit le sentier qu'avaient emprunté catholiques et protestants.

Jean escalada un premier groupe de rochers, sans effort. À son âge, pensa-t-elle, c'est un vrai bouquetin. Elle grimpa derrière lui en faisant de courtes haltes pour reprendre son souffle. La chaleur était étouffante.

Elle chercha à s'aider des branches pour se hisser, mais la plupart étaient cassées et tenaient en équilibre sur des rochers prêts à rouler et à l'entraîner dans leur chute. Mais quelle idée saugrenue avait-elle encore eue là ? Faire l'ascension du Rocher en pleine canicule !

Plusieurs fois, ils durent contourner des taillis si touffus qu'ils en devenaient impénétrables. Paule ne voyait pas comment franchir ces ronces énormes dont les épines redoutables auraient sans aucun doute déchiré ses vêtements. Jean lui ouvrit le chemin avec un bâton. « De vraies ronces comme dans les contes de Grimm », plaisanta-t-il. Sauf que celles-ci ne donneraient ni fleurs ni fruits car la chaleur était passée par là. Elles étaient tordues et desséchées. Les bouts de leurs branches ne laissaient poindre que quelques feuilles marron et racornies.

Des murs de pierres lisses dont on ignorait si elles avaient été polies par le temps ou par la main de l'homme se dressèrent devant eux. Sur une des parois, il y avait un signe jaune, une sorte de spirale ou de labyrinthe sommairement dessiné. Paule s'approcha, la marque était récente.

Enfin, une sente apparut nettement. Elle était balisée de chaque côté par des pyramides de pierres de la taille d'un enfant, à l'image des cairns qui empêchent les morts de renaître.

Paule interrogea Jean, qui s'arrêta avec un air malicieux comme s'il soupçonnait la jeune femme essoufflée de chercher à faire une pause. Il prit un brin d'herbe avant de répondre et le glissa à la commissure de ses lèvres.

— On dit qu'il y a des jeunes gens qui se passent le mot et viennent ici en avril. Ils dégagent le sentier des ronces et du bois mort. Ils le tiennent propre jusqu'à la fin du mois. Beaucoup ignorent l'existence de ce passage. De toute façon, beaucoup ne savent même pas que le monde existe. Et puis il y a les autres, ceux qui sont au courant mais qui refusent de venir.

— Mais pourquoi ?

— Parce que la légende dit que plus vous venez ici et plus cet endroit prend possession de vous. Mais je vous en dirai plus une fois arrivés au sommet.

Paule pressentit que cette légende n'allait pas lui plaire. Elle rattrapa Jean qui, déjà, franchissait un premier tas de troncs couchés puis un deuxième et, enfin, un troisième. À croire qu'ils avaient été placés là pour interdire tout passage vers le site. Paule faillit perdre l'équilibre et partir en arrière, mais Jean la retint d'une main ferme.

Ils poursuivirent l'ascension et dépassèrent de nouveaux blocs de pierres couverts de mousse, penchés comme s'ils étaient prêts à tomber. Ils auraient pu être des stèles funéraires mais, dans ce cas, où se trouvaient les tombes ?

Ils arrivèrent sur une vaste dalle de pierre.

— Arrêtons-nous quelques instants pour boire un peu, dit Jean, et admirer le paysage.

Dans le ciel, des nuages blancs dérivaient lentement vers l'horizon d'un bleu triomphant. À l'ouest, le regard embrassait les vallées qui longeaient l'Argens. La paix semblait ici sans mélange. À l'est, une masse sombre, la forêt dense et inquiétante.

— Encore un petit effort et on y sera !

Paule avait entendu Jean prononcer cette phrase une bonne dizaine de fois. Elle but une longue rasade d'eau fraîche et le suivit en maugréant.

Cette fois, le guide n'avait pas menti. Dix minutes plus tard, après une futaie naturelle, ils étaient bel et bien devant un parement de rempart et franchirent ce qui avait été autrefois une des portes d'entrée de Sainte-Candie.

En dépit des mises en garde répétées de Jean, Paule parcourait le site à grandes enjambées en regrettant de n'avoir plus de batterie pour prendre en photo les derniers vestiges de cette ville enfouie. Une place ayant sans doute abrité un marché avec des échoppes, des restes de maisons, une église assez bien conservée pour discerner, à côté de la nef, une tombe en pierre, presque intacte, prête à accueillir un nouvel hôte : elle était fascinée, galvanisée, électrisée par cette découverte qui dépassait tout ce qu'elle avait imaginé.

— Sait-on pourquoi les habitants ont déserté le lieu ? demanda-t-elle à Jean qui, lui, n'avait pas bougé d'un pouce.

— Non. Une épidémie, un conflit entre le village d'en haut et celui d'en bas ? Sainte-Candie contre Roquebrune ? Personne n'en connaît la raison. Certains parlent aussi d'une… malédiction.

Ce dernier mot avait eu du mal à sortir.

— Qu'entendez-vous par là ?

— On a trouvé ici, loin des ruines des églises et oratoires, la preuve de l'existence d'anciens temples païens.

Le guide prit Paule par le bras et la conduisit au pied de l'édifice.

— Regardez attentivement la fondation du mur de l'église, vous y apercevrez des tuiles romaines. De toute évidence, ce site ne remonte pas aux Mérovingiens mais à des siècles plus obscurs où l'on pensait calmer les colères de la montagne et des dieux qui y résidaient par des sacrifices de jeunes filles… Leur sang a fini par aigrir le sol.

Paule buvait ses paroles et les classait dans sa tête. Elle se surprit à murmurer :

— On dirait le souvenir d'une civilisation qui s'efface…

— Qui s'efface ou qui lutte parce qu'elle refuse de mourir, corrigea Jean.

— On peut faire le tour ?

Ce n'était pas une demande. Le guide la suivit. Paule sentit que c'était à contrecœur. Elle essayait d'imaginer la vie dans cette cité qui avait contenu quelques centaines d'âmes. Elle avait toujours été intéressée par ces villages qui disparaissaient et finissaient par devenir un but de randonnée pour peu qu'il y ait encore quelques ruines d'un moulin, d'une église ou d'une forge à visiter.

— Ce site est incroyable. J'ai vraiment du mal à comprendre pourquoi les touristes ne viennent pas jusqu'ici…

— Y a des touristes qui se perdent, répondit Jean, cela se produit tous les trois ou quatre ans. Ils n'arrivent pas à imaginer qu'on puisse s'égarer en n'étant pas aussi loin que ça d'une route à grande circulation. Mais on finit toujours par les retrouver. Même si c'est au fond d'un ravin.

Comme attirée par une force qui l'entraînait vers l'extérieur, Paule s'apprêta à dépasser un rempart qui donnait l'impression d'avoir été dressé là pour monter la garde et empêcher la forêt d'entrer dans Sainte-Candie. Derrière les arbres, il y avait d'autres murs, mais les fouilles ne semblaient pas avoir été poursuivies plus loin.

Jean la prit par le bras.

— Il y a des barrières que l'on ne franchit pas, Paule. Il y a des limites que l'on ne dépasse pas. Mes parents m'ont toujours dit qu'au-delà demeurait quelque chose de sauvage…

Un craquement sinistre monta du fond de la forêt. Il fut suivi d'un autre bruit, de coups assénés violemment contre un tronc. Puis soudain s'éleva un cri rauque.

Paule sentit l'épouvante grandir en elle avec une telle force qu'elle crut qu'elle allait crier.

Jean lui posa la main sur l'épaule.

— Ce n'est que le brame d'un cerf.

Soulagée, elle se sermonna. À force de se farcir la tête de contes et légendes, elle craignit que sa raison ne finisse par vider les étriers. Il est vrai que le lieu s'y prêtait, mais de là à partir à ce point à la dérive… Les deux visiteurs firent demi-tour.

Paule et Jean regagnaient la porte de la cité quand retentit un rire gras, qui partit soudain dans les aigus pour se transformer en une plainte stridente.

Pour la première fois, Jean enleva sa casquette. De grosses gouttes de sueur lui coulaient sur le front et sur les tempes. Il se remit à avancer.

Paule demeura plantée au milieu du sentier.

— Ce rire… C'était quoi ?

Jean se retourna, le temps de lui lancer :

— On m'a toujours dit : « Si t'entends une voix à Sainte-Candie, ne lui réponds pas, fuis ! »

Jamais Paule n'était redescendue aussi vite après une ascension. Elle fut soulagée quand ils parvinrent à leur voiture et se tourna vers Jean Pradel. Elle lui trouva, tout à coup, l'air vieux et fatigué.

Avant de démarrer, il eut un temps d'absence, au bout duquel il murmura :

— J'ai parcouru le monde, mais c'est ici que j'ai acquis la certitude qu'il n'y a pas de limite à l'épouvante que peut éprouver notre esprit…

Puis il fit démarrer la voiture au moment où un camion de restauration sur le flanc duquel était écrit en lettres jaunes *Auberge du Cerf enflammé, noces et banquets* passait devant eux.

39

Vendredi 28 avril

Au rond-point en sortant de la gendarmerie, Guillaume prit l'avenue Marcel-Foucou.

— On ne va pas à l'unité médico-judiciaire du centre hospitalier de la Dracénie ? demanda le lieutenant Villeneuve.

— Le corps de Palmaro est ici, à la clinique des Mimosas. Ils ont un institut médico-légal qui sert ponctuellement…

— Tu as raison, dit Villeneuve, c'est plus près.

— Ce n'est pas la seule raison, le coupa Guillaume. L'endroit est plus discret et peu connu de la presse. Il nous est plus facile de le surveiller. Germain nous y attend.

Toute la matinée, le téléphone avait sonné sans discontinuer. Guillaume avait répondu aux médias de sa manière habituelle, ferme et précise. Il avait allumé une fois une télévision pour constater que seuls les journaux locaux relataient la fin spectaculaire du « parrain du Var ». Pas un mot dans la presse nationale, à l'exception d'un blog sur Mediapart retraçant l'histoire politique de la région depuis la catastrophe de Malpasset, qui avait enfoui Fréjus sous un torrent de boue.

Avec l'aide de deux brigadiers, Guillaume avait rentré toutes les données de l'enquête dans AnaCrim, un fichier surpuissant permettant aux enquêteurs de rassembler tous les éléments et indices recueillis sur le terrain et lors des auditions. Un lieu, une identité, une photo ou des déclarations étaient moulinés, malaxés, analysés, afin de pointer les incohérences d'une enquête. Le logiciel avait été mis à la disposition des gendarmes une dizaine d'années plus tôt, mais Guillaume ne l'avait jamais utilisé.

Il est vrai que, pendant longtemps, AnaCrim avait surtout servi à résoudre les affaires complexes ou les *cold cases*.

Un quart d'heure plus tard, les deux hommes poussaient les portes battantes de l'institut après avoir relevé Germain. Ils empruntèrent un couloir obscur, guidés par l'odeur d'éther de plus en plus présente. Au moins la chaleur étouffante avait-elle disparu. Ils franchirent une dernière double porte de service et entrèrent dans le repaire du docteur Omar Kateb. Le médecin légiste travaillait en musique, fredonnant « The Good Book », esquissant quelques pas de danse, tout en s'affairant autour du corps difforme qu'avait habité Albert Palmaro.

— Vous avez une voix de chanteur de country, docteur, mais, si je peux me permettre, moins belle que celle d'Emmylou Harris, dit Guillaume en saluant le médecin. Alors vous avez appelé pour dire que vous aviez fait une découverte en pratiquant l'autopsie…

Debout face au cadavre, Villeneuve avait du mal à détacher ses yeux du ventre gonflé de Palmaro. Ce torse blanc marbré de vergetures donnait l'impression d'être la partie visible d'un monstre marin.

Omar, qui se tenait à la hauteur de la tête de la victime, coupa la musique et fit le tour du corps en compulsant rapidement quelques feuillets agrafés ensemble. Il eut un sourire en coin qui découvrit ses canines.

— Votre ami m'a pris du temps. Cinq bonnes heures. Pour commencer, j'ai pratiqué des crevées…

Il leva le bras gauche de Palmaro avant de le laisser retomber. Villeneuve frémit.

— Des quoi ? grinça-t-il.

— Première autopsie, j'imagine ? rétorqua avec ironie le praticien. Des crevées sont des incisions que nous réalisons pour visualiser des lésions traumatiques profondes. Palmaro n'avait aucun bleu, aucune griffure sur le corps, mais en procédant à ces incisions j'ai mis en évidence des hématomes profonds. La victime a été solidement tenue par plusieurs personnes…

Villeneuve détestait le flegme et la fine moustache du médecin légiste, mais il se prit à détester plus encore son bagout.

Il est vrai qu'Omar Kateb aimait se perdre dans des circonvolutions pour parler autopsie. Cette fois encore, en soulignant combien l'ouverture de la cage thoracique avait été pénible, combien le foie de la victime avait accumulé de graisse et combien les poumons étaient noirs et quasi rigides… Pour finir par dire qu'il n'avait pas décelé d'hémorragie interne.

— J'ai longuement examiné l'os hyoïde, il est intact. Ce qui signifie qu'Albert Palmaro n'a été ni étranglé, ni pendu…

— Alors de quoi il est mort ? intervint Guillaume.

— Figurez-vous que je n'ai découvert la raison de son décès qu'en lui découpant la calotte crânienne… On lui a mangé le cerveau.

Omar Kateb vit Guillaume porter la main à son menton, comme pour empêcher sa mâchoire de se décrocher.

Le légiste ne put s'empêcher de sourire, ravi de son effet.

Puis il commença à évoquer une histoire récente que lui avait racontée son cousin, médecin légiste comme lui, qui avait fui la Syrie comme lui, mais qui avait fait le choix de s'installer à Miami. Il avait été confronté, un an auparavant, au décès d'une jeune fille en pleine santé. En ouvrant la calotte crânienne de la morte, le cousin avait constaté que la dure-mère était anormalement rouge, presque violacée…

— Pardonnez-moi… l'interrompit Villeneuve, encore un peu sonné. C'est quoi, la dure-mère ?

— Pour aller vite, c'est une membrane épaisse et fibreuse qui entoure et protège l'intérieur de votre crâne. Elle est plutôt grise ou rosâtre. Si elle est lésée à l'occasion d'un traumatisme, elle peut s'enflammer et s'épaissir. Elle comprime alors la boîte crânienne et entraîne des migraines insoutenables. Dans le cas traité par mon cousin, la déformation était si spectaculaire qu'il a fait des prélèvements sur le cerveau qui ont révélé la présence d'une amibe, *Naegleria fowleri*, communément appelée « amibe mangeuse de cerveau »...

— Beurk ! laissa échapper le lieutenant Villeneuve. Ça s'attrape comment, votre truc ?

— Là, l'infection était survenue à la suite de pratiques de rinçage des sinus avec l'eau du robinet. Nous avons beaucoup échangé sur ce sujet car la majorité des infections constatées proviennent plutôt des eaux douces et chaudes des rivières et des lacs mais aussi des piscines mal entretenues. Ce dernier point explique pourquoi autant de jeunes sont touchés. Ils sautent dans l'eau sans se pincer le nez, et l'eau passe par les narines. Après quoi, les amibes pénètrent le système nerveux, remontent jusqu'au cerveau, le colonisent et provoquent une destruction des tissus, qui évolue rapidement jusqu'au décès. On appelle cela une méningo-encéphalite « amibienne primitive ».

— Vous avez parlé des États-Unis... c'est déjà arrivé en France ?

— Oui. C'est rare, mais des cas ont été rapportés.

Guillaume et Villeneuve se regardèrent. Atterrés.

— La nature peut quand même produire des horreurs, laissa échapper le lieutenant. Dites-moi que c'est une plaisanterie...

Omar posa ses yeux de braise sur lui.

— J'ai l'air de plaisanter ?

— Que faut-il pour que cette amibe prospère ? demanda Guillaume.

— Quatre conditions : que la qualité des eaux de baignade soit médiocre, que la température de l'air soit très élevée, qu'il y ait un lac et que le niveau de l'eau soit bas.

— Vous venez de décrire le plan d'eau à Roquebrune…

— Venez voir le cerveau de la victime, dit le médecin légiste sans lui répondre.

Il les prit chacun par un bras pour les planter devant la boîte crânienne. Il montra la dure-mère rigidifiée et une partie du cerveau, qui semblait nécrosée et affichait une teinte plus brune.

— Je crois que j'ai besoin d'aller prendre l'air, gémit un Villeneuve blanc comme un linge.

Il quitta la salle sans attendre l'autorisation de Guillaume.

— Pour arriver à cet état, capitaine Lassire, murmura Omar, il aurait fallu qu'Albert Palmaro s'injectât en spray une colonie d'amibes. Autant vous dire que ses assassins ont voulu lui faire connaître la souffrance pure.

40

Vendredi 28 avril

— À quoi pensez-vous, Paule ? demanda Jean Pradel, assis confortablement dans une bergère fleurie aux accoudoirs râpés.

Il avait servi des bières glacées. Le regard rêveur, la jeune femme buvait à petites gorgées. Ils ne s'étaient pas parlé depuis leur retour.

Le rire entendu dans la forêt résonnait encore dans sa tête. Elle reposa son verre sur la nappe cirée, ignorant les fines tranches de saucisson découpées par son hôte.

— J'ai cru comprendre que vous aviez beaucoup voyagé, lui répondit-elle.

Jean acquiesça avec un petit sourire satisfait.

— Ma femme et moi parcourons ce monde depuis plus d'un demi-siècle, et nous comptons bien ne pas nous arrêter là. Nous collectionnons la poussière des chemins et les photos des premières lueurs de l'aube…

— Diriez-vous que les ténèbres existent ?

Jean Pradel réfléchit un instant.

— Il est difficile de vous répondre. Dans nos sociétés occidentales, nous considérons souvent que non. Nous savons que des atrocités sont commises tous les jours, mais nous pensons que l'idée de les commettre se niche dans la tête de monstres ou d'esprits malades ayant connu une enfance douloureuse. Une enfance qui ne leur a pas permis de rencontrer la lumière. Vous connaissez la phrase de saint Jean : « La lumière luit dans les ténèbres mais les ténèbres ne l'ont point reçue. »

Jean se leva pour aller dans la cuisine, comme s'il voulait donner à Paule le temps de réfléchir à la citation de saint Jean. Elle en profita pour chercher une prise où recharger son portable.

Quand il revint, il brandissait deux nouvelles bouteilles. Il commença à verser la bière d'un geste franc et régulier sur le côté de son verre, puis le redressa pour finir au centre. Satisfait de l'opération, il se rassit.

— Nous nions l'existence des ténèbres, poursuivit-il, en jouant à nous faire peur. Or elles subsistent comme la butte-témoin d'un monde ancien. Elles sont les restes d'un massif plus grand qui a été érodé avec le temps. Et vous, Paule ? Désolé de vous appeler par votre prénom, vous me rappelez ma fille…

— Je me suis longtemps demandé si les ténèbres constituaient une entité propre. Et je dois reconnaître, après ce qui nous est arrivé tout à l'heure, que je suis presque tentée de répondre « oui »...

— C'est ça que vous avez ressenti ? Une présence ?

— Pas vous ?

Il haussa ses épaules, étonnamment développées pour son physique et pour son âge, et termina sa bière d'un trait avant de répondre :

— Je vous l'ai dit quand nous étions sur le Rocher. Il y a là-bas quelque chose de maléfique qui est lié à ce que nous appelons par ici « la nuit noiraude », quelque chose qui n'a pas été refermé. Venez, j'ai quelque chose à vous montrer...

Jean entraîna Paule au fond de la cour. Il s'arrêta devant la porte de l'autre bâtiment, à l'allure de clinique. Il fit coulisser la porte, s'effaça devant son invitée. Au premier regard, Paule fut frappée par les photos en noir et blanc exposées. Jean Pradel avait l'œil qui donne de la profondeur aux objets et aux êtres par-delà les apparences. Il ne s'agissait pas du passe-temps d'un homme en mal d'activité, c'était l'œuvre d'un artiste. Elle se tourna vers lui, impressionnée.

— Vous avez déjà exposé ?

— Oui. Trois fois. Deux fois au Musée européen de la photographie à Paris et une fois aux Rencontres d'Arles.

Paule parcourut la première salle, qui regroupait des clichés de sites prestigieux que Jean avait su revisiter. Les villages momifiés des Andes, les barques coptes glissant sur le Nil, Izamal, la ville jaune du Yucatán, les fantômes de Byzance dans les ruines de Mistra, des transes collectives et multicolores à Jaisalmer…

La deuxième salle était entièrement centrée sur le rocher de Roquebrune qui, selon les angles, ressemblait à une forteresse semblable à Massada ou à une masse organique, monstrueuse créature extraterrestre.

La troisième était dédiée aux photos de statues ou de figures de déesses et de dieux. Le Christ était mis au même niveau que Thot à la tête de babouin ou Mithra chevauchant un taureau avant de le sacrifier.

Dans ce tourbillon divin, une photo attira l'attention de Paule. Celle d'un chaudron sur lequel figurait en majesté un personnage mi-homme, mi-cervidé. D'un côté des animaux sauvages se portaient respectueusement à sa rencontre et, de l'autre, des guerriers le fuyaient, épouvantés.

— C'est un détail du chaudron de Gundestrup, une des pièces les plus célèbres du Musée national du Danemark, expliqua Jean. Une reproduction est conservée au Musée gallo-romain de Fourvière, à Lyon.

Paule restait plantée devant, les bras croisés.

— Je vois que vous avez compris ce que je voulais vous montrer. Regardez la divinité au centre. Vous êtes, Paule, plus férue de culture gréco-latine que de mythologie celtique. Laissez-moi donc vous présenter Cernunnos, associé à la Déesse-Mère, c'est le symbole du cycle éternel de la nature. Le temps n'a pas de prise sur lui.

— Cette divinité pourrait être la figure du diable, murmura Paule.

— Et c'est bien ce que les chrétiens ont cherché à faire croire quand ils ont voulu éloigner de ces cultes les Gaulois et leurs descendants, qui vénéraient la Nature à travers le cerf. Mais avaient-ils entièrement tort ? Cernunnos est aussi le dieu des mondes souterrains.

— Brigitte Saglietto, qui est bibliothécaire ici…

— Je connais Brigitte, elle n'est pas que bibliothécaire. Savez-vous que c'est aussi une médium, une vraie, pas une voyante de fête foraine ?

Paule ne se laissa pas désarçonner par la remarque.

— Je sais, oui. Justement elle m'a dit que ses grands-parents parlaient d'une statue représentant un cerf en or qui aurait été cachée dans le Rocher…

— La légende dit tantôt qu'il s'agit d'un cerf, tantôt d'un cabre, d'une chèvre si vous préférez. Mais cabre ou cerf, qu'importe, l'histoire locale rapporte, en effet, qu'une entité cornue a élu domicile dans le Rocher. Ce qui n'a jamais fait peur aux ermites qui y élisaient domicile.

Paule voulut continuer car elle sentait qu'elle n'avait pas épuisé le sujet :

— J'ai lu un récit où les ultra-catholiques pourchassent les huguenots et tombent sur une idole couronnée de bois de cerf au fond d'une grotte. La grotte se trouvait dans un village abandonné…

— Et vous avez vu le village. C'est Sainte-Candie.

— Mais je n'ai vu ni la grotte, ni l'idole…

— Et c'est mieux ainsi, croyez-moi.

Paule avait remarqué que Jean se tenait devant l'entrée de la dernière salle comme s'il voulait lui en interdire l'accès.

— Il y a d'autres photos ?

Deux grosses larmes jaillirent des yeux bleus du retraité. Il baissa la tête en se mordant les lèvres. Paule s'approcha de lui. Elle mit une main sur son bras et le poussa doucement, il lui céda le passage. La pièce était plus petite que les autres et dévolue à un seul sujet. Une jolie jeune fille blonde au front bombé et à l'allure volontaire, photographiée des centaines de fois. Clichés en noir et blanc, polaroïds. Une véritable chapelle votive.

— J'imagine qu'il s'agit de votre fille…

Le « oui » fut douloureux.

— Que lui est-il arrivé ?

— Elle s'appelait Roxane. Elle est morte il y a sept ans. Vous vous souvenez peut-être qu'il y avait eu à l'époque une terrible canicule, semblable à celle que nous subissons aujourd'hui ?…

Jean parlait vite en avalant la moitié de ses mots. Sa fille était une jeune femme indépendante qui terminait un doctorat en histoire et faisait des photos à la pige pour un magazine de voyage. Un matin, elle avait appelé ses parents pour les prévenir qu'elle était enceinte de deux mois. Ils étaient convenus de déjeuner le jour même, mais elle n'était pas venue. Après plusieurs heures sans nouvelles, Jean et sa femme avaient décidé de se rendre à son domicile. Roxane était allongée dans son canapé et donnait l'impression de dormir, un sourire aux lèvres. Morte. Semblable à un marbre de Canova.

Il prit Paule par les deux bras et la secoua.

— « Déshydratation », ont dit les médecins ! Elle qui avait traversé des déserts ! Je n'ai jamais cru à cette mort à la con !

Il éclata en sanglots. Cela dura de longues minutes, Paule ne savait pas quoi faire. Sans doute parce qu'elle avait aussi connu cette douleur lors de la mort de sa grand-mère.

Elle ramena Jean au cœur tout couturé dans sa bâtisse provençale, le fit asseoir dans la bergère et s'agenouilla à ses côtés.

— Savez-vous combien de jeunes filles ont été trouvées mortes à Roquebrune depuis le début de cette canicule ? demanda-t-il.

— Non, mais les décès ne sont-ils pas nombreux un peu partout ?

Un *bip* lui rappela soudain que son portable était rechargé et qu'elle avait reçu plusieurs messages. Elle se leva et alla regarder. Il y en avait un de son vieil ami, Adelbert de Cernin, pour prendre de ses nouvelles, et dans le second, de Brigitte Saglietto, il était question sur un ton précipité de pharmacie et de sérum.

— Jean, pouvez-vous m'accompagner ? Je crois que Brigitte Saglietto a un problème…

Le vieil homme se leva d'un bond et tous les deux se précipitèrent. Paule marchait tellement vite qu'elle avait l'impression que son cœur allait bondir hors de sa poitrine. Il leur fallut moins de dix minutes pour parvenir jusqu'au pavillon de Brigitte Saglietto.

Paule sonna à la porte avec insistance mais personne n'ouvrit. Elle entendit un bruit de verre. Jean avait cassé un des carreaux de la porte-fenêtre de la cuisine. Ils pénétrèrent dans la maison. Personne dans la chambre. C'est dans la salle de séjour que le corps de la bibliothécaire reposait, sur le canapé. Elle paraissait dormir d'un sommeil profond.

41

Vendredi 28 avril

Guillaume avait décidé de mettre toute l'équipe au courant de ce qui s'était produit ces dernières vingt-quatre heures. Cela devenait urgent. Pour le moment, il n'y avait dans son bureau que le lieutenant Villeneuve, Germain et Basile.

— Où est d'Auligny ? s'enquit-il.

— Il arrive. Il est parti en fin de matinée pour voir le procureur de la République, lui répondit Villeneuve.

— Pour quelle raison ?

— Le proc veut nous retirer l'enquête pour la confier à la police. Faut croire qu'Albert Palmaro est un morceau trop gros pour nous, ricana-t-il.

Guillaume se tut mais fit la grimace. Il avait la désagréable impression d'avoir déjà été victime de ce petit jeu de pouvoir. Les gendarmes n'avaient pas bonne presse auprès des procureurs en général, et pas davantage auprès de celui-ci en particulier. Les dessaisir de l'affaire alors que les flics avaient opté pour le service minimum depuis quinze jours était une connerie sans nom. Dieu sait comment cette idée saugrenue avait fini par se loger dans la tête du magistrat ? Peut-être la lui avait-on soufflée ?

Allait-on lui proposer, une fois de plus, de parler à un psychologue de la façon dont il fallait conduire un interrogatoire ou interpeller un suspect ? Si seulement en haut lieu ils pouvaient les laisser bosser à leur rythme et leur foutre la paix ?...

— Et Paule ? demanda Villeneuve.

Il fut surpris que le lieutenant se préoccupe ainsi de son amie, encore plus qu'il l'appelle par son prénom. Il l'observa quelques secondes plus attentivement. Sa peau était si blanche, ses yeux si cernés qu'il donnait l'impression avec sa barbe de trois jours de sortir de convalescence. Une fragilité apparente, qui était sûrement en mesure de réveiller l'infirmière qui sommeillait chez certaines femmes. Était-ce le cas de Paule ?

— Elle prend une douche et se change. Elle se remet de la découverte du corps de la bibliothécaire, Brigitte Saglietto, mais aussi de l'ascension qui l'a conduite jusqu'à Sainte-Candie, répondit-il, irrité.

— Sainte Candie ? interrogea Basile. Ce n'est pas un nom de sainte, ça... c'est quoi ?

— C'est un village abandonné situé sur le flanc du rocher de Roquebrune. D'autres questions, en attendant l'arrivée du commandant d'Auligny et de Paule Nirsen ? lança Guillaume en insistant bien sur le nom de Paule.

Il se leva et alla faire un café pour toute l'équipe. La machine dont il avait hérité était une antiquité qui rejetait plus de vapeur que de café, et qui faisait le bruit d'un atelier d'imprimerie.

— A-t-on déjà une idée de la manière dont est morte Brigitte Saglietto ? S'agit-il d'un crime ou d'un accident ? demanda Germain, qui l'avait reçue à la gendarmerie lorsqu'elle était venue déposer le livre annoté.

— Aucune trace de coups, ni de lutte. Elle paraît plutôt avoir été terrassée par un malaise, peut-être vagal, comme beaucoup de victimes de la canicule. Il faut être prudent. Néanmoins, en raison de ses liens avec les événements récents, j'ai demandé au docteur Kateb de pratiquer d'urgence son autopsie.

Guillaume rappela au reste de l'équipe la découverte macabre faite par Omar sur le corps d'Albert Palmaro. Sans user de termes scientifiques, il parla de l'amibe en se contentant de mentionner qu'elle vivait dans l'eau et s'attaquait au cerveau humain en provoquant de terribles souffrances.

— On imagine difficilement un Palmaro plonger dans sa piscine et encore moins sauter à pieds joints dans le parc aquatique de Roquebrune, dit Germain.

— C'est bien là toute la question, répondit Guillaume. Comment cette saloperie a-t-elle pu pénétrer le système nerveux de Palmaro par le nez et détruire les tissus de son cerveau sans y avoir été introduite de force ? Et du coup, d'autres crimes ont-ils pu être commis d'une manière identique ?

Le téléphone vibra dans la poche de Guillaume. C'était le médecin légiste. Guillaume mit le haut-parleur.

Enfreignant allègrement les règles de l'autopsie médico-légale, Omar Kateb avait choisi de ne pas passer par les étapes usuelles et avait directement ouvert la boîte crânienne de la victime pour constater que le cerveau de Brigitte Saglietto avait abrité le même intrus que celui d'Albert Palmaro.

— J'ai effectué un prélèvement de tissus dont je n'ai pas encore les résultats, mais je n'ai aucun doute. Nous nous trouvons, une nouvelle fois, en présence d'une colonie d'amibes flagellées, *Naegleria fowleri*. Dès ce soir, je vais commencer à jeter les bases d'un article pour une revue médicale. C'est tellement incroyable, ce qui arrive…

Sa voix donnait l'impression qu'il était excité comme un gamin et devait être en train de sautiller de joie autour du corps de la bibliothécaire.

— Omar, dit sèchement Guillaume, je ne veux pas le moindre mot sur vos recherches. Si j'apprends que vous faites une allusion, une seule, je vous fais radier de l'Ordre et je vous réexpédie en Syrie dare-dare. Je me suis bien fait comprendre ?

Un gémissement, puis :

— J'ai compris… mais vous êtes rude, mon capitaine.

— C'est parce que je dois pouvoir compter sur vous. Ce que nous sommes en train de mettre au jour grâce à vous est tellement extravagant qu'il faut à tout prix ne rien laisser filtrer.

La fin de l'échange fut moins tendue.

Omar répéta qu'il était joignable à tout moment. Guillaume raccrochait quand Paule entra dans la pièce. Il lui saisit la main en regardant Villeneuve et lui offrit un café. Après quoi, il lui décrivit en détail ce que le médecin légiste venait de dire. Elle grimaça de dégoût.

— La nature est une serial killeuse, lâcha-t-elle avant de raconter son ascension vers le village de Sainte-Candie, sans omettre la terreur que lui avait inspirée l'endroit.

— Et c'est après que tu as reçu l'appel de Brigitte Saglietto et que tu t'es rendue chez elle pour la trouver morte, résuma Guillaume.

Elle le toisa, agacée d'avoir été interrompue.

— Si nous sommes ici ensemble, c'est pour partager toutes nos informations, nous sommes bien d'accord ? Or, entre mes pérégrinations sur le Rocher et la découverte du corps de Brigitte, j'ai eu un long échange avec le guide, Jean Pradel.

— Le même Jean Pradel dont la fille est décédée, il y a sept ans ? demanda le brigadier Basile, sortant de sa torpeur.

— Oui. Vous vous en souvenez ?

— Et comment ! Le malheureux a remué ciel et terre parce qu'il était persuadé qu'elle avait été assassinée alors qu'elle était morte, comme des centaines d'autres dans le département, des suites de la canicule. Vous savez, on vit la même chose, aujourd'hui, alors que le thermomètre atteint des records. Vous nous voyez franchement pratiquer des autopsies pour chaque victime de déshydratation ou d'arrêt cardiaque ?

Le portable de Guillaume sonna. C'était Kateb. Il le remit sur haut-parleur.

— Je ne suis pas sûr que cela vous intéresse car il n'y a pas de lien entre ce que je vais vous dire et les crimes sur lesquels vous enquêtez…

— Dites quand même…

— La jeune femme qui a été retrouvée sur les bords de l'Endre…

— Oui. Agnès Balandran ? s'étonna Guillaume.

— Celle-là même. Dans l'autopsie une chose m'a étonné, pour une femme si jeune. Elle a eu recours à une minilaparotomie…

— Ce qui veut dire, en français ?

— C'est une technique employée pour ligaturer les trompes. Cela assure la stérilisation à quatre-vingt-dix-neuf pour cent des femmes qui choisissent ce procédé. Il suffit de pratiquer une incision abdominale de quatre à cinq centimètres pour avoir un accès direct. Cette technique ne nécessite aucun équipement spécial, elle est idéale pour les centres de santé isolés. J'ajoute que cela ne tue en rien le désir et c'est heureux car en ce qui concerne la victime, cela aurait été dommage, elle…

— On a compris, Omar, merci de ton appel.

À peine Guillaume eut-il raccroché que Paule demanda l'attention d'un ton professoral.

— Je sais dans quel cadre j'ai vu une explication détaillée de l'opération qu'Omar vient de nous décrire.

— Et c'est où ?

Ils étaient suspendus à ses lèvres. Paule prit une chaise et s'assit à l'envers.

— Messieurs, je vais vous parler à la fois d'un culte féminin ancestral et du refus d'engendrer pour sauver la Terre… Vous connaissez la Reine jaune ?

42

Vendredi 28 avril

L'équipe s'était déplacée chez Enguerrand d'Auligny. Pour des raisons de confidentialité mais aussi de confort. L'appartement était climatisé.

Pour Basile et Germain, c'était la première fois qu'ils se retrouvaient au domicile de celui qui, en théorie, dirigeait la brigade même s'il était de plus en plus clair que Guillaume en avait pris les commandes.

Les deux brigadiers étaient restés debout, ils n'avaient pas osé prendre place dans les fauteuils en acajou style Empire. Villeneuve dut leur intimer l'ordre de s'asseoir pour qu'ils finissent par poser un bout de fesse sur une chaise. Il les invita également à se servir quand d'Auligny apporta sur un plateau des boissons fraîches.

Quand chacun se fut suffisamment désaltéré, d'Auligny fut mis au courant des derniers développements de l'enquête et, de son côté, il fit un rapport circonstancié de sa visite au procureur, lequel lui avait garanti un délai de quarante-huit heures, au-delà de quoi l'enquête serait confiée à la police nationale. Guillaume insista sur le peu de temps qu'il leur restait, d'autant que les corps de deux jeunes femmes venaient d'être retrouvés à Roquebrune. Deux noms à ajouter à la longue liste des victimes de la canicule.

Les regards se tournèrent vers Paule qui, durant toute la mise au point, avait pianoté sur une tablette.

Elle posa son verre.

— Par où vais-je commencer…

— Par le commencement, s'amusa un d'Auligny de plus en plus en forme depuis qu'il se sentait déchargé de ses responsabilités.

— Je serais vous, je ne prendrais pas ce risque, le corrigea Guillaume. Elle est capable de vous emmener tellement en amont que vous allez vous retrouver aux origines du monde…

— On peut aussi la laisser parler… intervint Villeneuve.

Le lieutenant couvait Paule du regard.

— Installez-vous donc confortablement, ô vous, dignes représentants du patriarcat, de la domination masculine, déclara-t-elle de façon très théâtrale. Il y a plus de cent ans naissait, dans un des quartiers de la ville de Vilnius, Marija Gimbutas. Le nom de cette femme ne vous dit rien et pourtant, elle fut en son temps une archéologue et préhistorienne de renommée mondiale. C'est elle qui, par ses travaux, a mis en évidence l'origine des langues indo-européennes. Et même si elle le fit à travers des hypothèses parfois audacieuses, ses conclusions scientifiques sont encore acceptées, aujourd'hui, par la majorité des chercheurs. Le problème, souligna Paule, est que, forte de cette légitimité et de son aura universitaire, Marija Gimbutas développa vingt ans plus tard une théorie plus étrange… En analysant les statuettes féminines, les gravures, les représentations de divinités, elle avait conclu à l'existence d'une religion primitive antérieure à toutes les autres : le culte de la Déesse-Mère, Magna Mater, Grande Madre, Mother Goddess… Un culte commun, selon elle, aux civilisations anciennes vivant en Europe et en osmose avec la nature. Un culte qui devait durer du paléolithique jusqu'à l'âge de bronze en Méditerranée. Elle ignorait que sa nouvelle thèse allait jeter les bases d'un néo-paganisme moderne…

D'Auligny leva la main et prit la parole :

— Il me semble que j'ai déjà lu un article sur ce sujet, mais c'était dans un dossier sur les sorcières…

Basile et Germain se firent un clin d'œil. Les deux brigadiers avaient souvent constaté que leur chef avait des centres d'intérêt pour le moins bizarres.

— Vous avez raison, commandant. Parallèlement à la démarche de Marija Gimbutas, on a vu apparaître un féminisme qui soutenait que les femmes accusées de sorcellerie au Moyen Âge étaient en fait les descendantes des adeptes de cette Déesse-Mère.

D'Auligny se rengorgea comme s'il venait de se voir attribuer un bon point pendant que Villeneuve en profitait pour subtiliser la dernière canette de bière.

— Au départ, reprit Paule, le mouvement a concerné un cercle restreint mais il s'est rapidement diffusé dans les milieux féministes américains. La contre-culture des années 1970 est venue renforcer ce néo-paganisme « New Age ». Son objectif était de rétablir le culte de la Déesse-Mère comme base de nos civilisations. C'est pourquoi, messieurs, notre sexe que vous croyez faible a pour mission de reprendre les rênes. Non pas pour assumer un quelconque pouvoir mais pour le bien de l'humanité et son perfectionnement. Y a-t-il un meilleur idéal que celui-là ?

Ces dernières paroles furent prononcées avec le sourire. Paule esquissa une révérence.

— Et ce salmigondis idéologique a marché ? intervint Guillaume, qui ne voulait pas donner l'impression de perdre le contrôle de la réunion.

— Ne commets pas l'erreur de sous-estimer ce type de discours. « Les pensées qui mènent le monde arrivent sur des pattes de colombe », dit Nietzsche. Elles se posent, sans bruit, en douceur, et, quelque temps plus tard, finissent par déchiqueter comme des rapaces ceux qui les ont accueillies. Aujourd'hui, ce « salmigondis », pour reprendre ton expression, dispose de puissants relais dans les universités, les instituts et même au sein des organisations internationales. On trouve des politiques pour les ânonner sans toujours bien les comprendre. Et qu'importe si des voix dissonantes sont de plus en plus nombreuses à souligner que ces thèses ne reposent sur aucun élément scientifique… Malheur à toi si tu montres de la réticence ! Cela signifie que tu es un adversaire des études féministes, que tu cherches à éteindre la voix des femmes...

— Viens-en au fait ! Comment arrives-tu à cette mystérieuse Reine jaune ?

— J'y viens. Quand une religion, une croyance ou une idéologie se trouve controversée puis récusée, elle n'a pas d'autre choix que de se trouver des alliés. Voilà pourquoi ce culte a muté, il s'est progressivement renforcé en s'ouvrant à l'écologisme. Après tout, cette Déesse-Mère n'était-elle pas l'expression de la Nature elle-même, de sa toute-puissance ? Et c'est là qu'intervient le dernier élément qui nous réunit ici...

Paule se leva et fila dans la cuisine d'Auligny, qu'elle semblait avoir définitivement adoptée. Elle en revint, une tasse de thé fumant à la main. Les quatre hommes montrèrent leur étonnement. Elle s'en amusa. Paule savait que boire une boisson chaude entraîne le déclenchement d'une sudation qui active le refroidissement du corps. Elle se rassit et s'éclaircit la gorge avant de poursuivre :

— La Nature constitue un système autorégulé qui maintient notre planète depuis plus de trois milliards d'années en harmonie avec la vie. La diviniser, la célébrer devrait être notre souci premier. Au lieu de quoi, nous la polluons, nous la défigurons, nous blasphémons, nous sommes ses prédateurs. Enfin quand je dis « nous », c'est de vous, messieurs, qu'il s'agit. Vous qui usez et abusez du rapport de forces et prétendez l'asservir quand il faudrait la servir...

— Tu es sérieuse, là ? s'inquiéta Guillaume.

— Du calme. Je me contente d'expliquer ce qu'ont en tête les personnes auxquelles nous sommes confrontées. Laisse-moi continuer. La Terre n'est pas une table à rallonge. Or, la population mondiale ne cesse de croître, entraînant des dégâts considérables et irrattrapables. Pour répondre à ce qui est vécu comme une urgence absolue, les écologistes les plus radicaux considèrent qu'il n'existe qu'un moyen… un seul : réduire drastiquement les naissances. Si vous prêtez attention aux débats du moment, vous verrez fleurir autour de vous cette question : faut-il ou non encore avoir des enfants ? Combien de gens et pas seulement de jeunes vous disent actuellement qu'ils en veulent à leurs parents de les avoir mis au monde sur une planète à l'agonie ?

Paule expliqua qu'en menant ses recherches elle avait écumé Internet. Elle était tombée sur un site qui proposait de visiter le rocher de Roquebrune. Ce site était nommé « La Reine jaune ». Il proposait de faire découvrir exclusivement à des femmes « l'énergie sacrée » qui émanait des lieux. Les organisatrices de ce pèlerinage promettaient une expérience globale de connexion avec les anciennes communautés de la Déesse-Mère, une expérience corporelle inoubliable, qui se vivait, était-il écrit, à travers des rituels, des méditations, des chants, des danses et même des coiffures en bois de cerf. Les places étaient comptées et les candidates devaient répondre à un questionnaire…

— Ce questionnaire, je viens de le regarder à nouveau et je vous lis ce que j'ai noté : « Jusqu'où êtes-vous prête à aller pour vivre en harmonie avec la Terre et ses espèces animales ? », « Le refus d'engendrer représente-t-il pour vous un sacrifice ou le seul moyen de sauver notre planète ? », « Savez-vous qu'il est possible de renoncer définitivement à la possibilité d'être enceinte ? »…

— Des dingues, laissa échapper d'Auligny.

— Non, corrigea Guillaume, des gens dangereux. Mais comment en est-on arrivé à ces extrémités ?

— Comment ne pas être tenté d'inscrire en lettres d'or son nom dans le Grand Livre du camp du Bien ? dit Paule. Car je ne doute pas un instant de leur sincérité. Il est si fréquent dans l'histoire des idées qu'une croyance finisse par devenir folle et être en contradiction totale avec ce qui présidait à sa création. C'est même monnaie courante. Quand Marija Gimbutas conçut ce culte de la Déesse-Mère, elle la voyait comme le culte primitif de la fertilité et de la fécondité universellement pratiqué à la fin de la préhistoire. Aujourd'hui, le culte de la Terre-Mère est celui qui conduit à l'effacement progressif de l'espèce humaine. En toute sérénité, bien sûr, et pour le bien de l'humanité, conclut Paule.

Quand Paule eut terminé, Basile et Germain furent tentés de se lever pour l'applaudir, mais l'œil noir de Guillaume les fit rester en place.

— Et maintenant, que faisons-nous ? interrogea d'Auligny qui, en attendant les consignes, avait entrepris de desservir.

Ce fut Guillaume qui naturellement reprit la main :

— Villeneuve, assure-toi que les corps des deux jeunes femmes retrouvées aujourd'hui soient bien autopsiés par le docteur Kateb. Tu lui diras que je veux les résultats demain matin à la première heure.

Villeneuve s'apprêtait à partir quand Guillaume le rappela.

— Une dernière chose : demande également à Kateb de vérifier si elles étaient enceintes.

43

Samedi 29 avril

Assis à une terrasse protégée par les arcades, Paule et Guillaume observaient la place du village. Ils étaient les seuls clients. Pas de passants et surtout pas un bruit d'oiseau. La sécheresse les avait poussés à migrer vers des vergers ou des lieux plus boisés. Avant de rendre visite au docteur Kateb, Guillaume avait proposé à son amie de faire une provision de vitamines. Ils en étaient à leur troisième jus d'orange pressée.

— Paule, je voudrais que tu me livres le fond de ta pensée, commença-t-il en suçotant un des glaçons de son verre.

— Mon exposé chez d'Auligny ne t'a pas suffi ? Que veux-tu savoir de plus ?

— Je ne te demande pas de m'abreuver de références historiques ou religieuses, je souhaite juste que tu me fasses part de ton intime conviction sur ce que nous sommes en train de vivre…

Paule se balança sur sa chaise en prenant appui contre le mur du café. Elle était perdue dans ses pensées.

— Bien, dit-elle enfin. Es-tu prêt à accepter l'idée qu'il y ait des personnes qui ne supportent plus l'agression permanente de l'homme contre la planète ? Des personnes révoltées par l'idée que la Nature est menacée de disparition et les espèces animales d'extinction ? Ces personnes sont entrées en militantisme comme d'autres entraient autrefois en religion. Depuis que le monde est monde, il y a toujours eu des fanatiques de l'apocalypse… J'ai visité, hier matin, la Maison du Patrimoine de Roquebrune…

Elle marqua un temps d'hésitation.

— Et tu y as vu quoi ?

— Des peintures, des photos, des témoignages qui montraient comment un village méditerranéen plein de charme et de vieilles murailles, appendu à un Rocher, a su traverser les siècles, les guerres civiles et les invasions jusqu'au moment où il a été rattrapé par le béton, la laideur et le consumérisme. Bien des retraités ici s'imaginent vivre dans une banlieue de la côte ouest des États-Unis lorsqu'ils vont faire leurs courses en short au Spar. Ils oublient que leur rêve, aussi plat que leur écran de télévision, a viré au cauchemar pour l'environnement. Les bois, les cours d'eau, les fermes ont été remplacés par des océans de pavillons avec leurs pelouses en gazon synthétique…

Paule sortit de sa poche un paquet de Craven A et alluma une cigarette sous le regard ébahi de Guillaume, qui ne l'avait jamais vue fumer.

Elle se mit à fredonner en anglais.

— Tu chantes quoi, là ? lui demanda Guillaume.

— « Far From Any Road », c'est un titre de The Handsome Family, tu ne connais pas ? On peut traduire comme suit : « Depuis le rocher poussiéreux son ombre grandit, cachée dans les branches du buisson vénéneux elle enroule lentement ses épines… » Cette menace rampante, est-ce une entité maléfique ou, plus simplement, l'emprise quotidienne d'une modernité merdique ?

Elle laissa échapper quelques volutes de fumée.

— Il y a ici une secte, une société secrète, appelle-la comme tu veux, qui a décrété que le Rocher était sacré parce qu'on y vénérait autrefois une Déesse-Mère. Ils sont prêts à tout pour sauvegarder ce site. Tu as entendu parler de ces activistes radicaux qui luttent contre la destruction de l'environnement ?

— Ils peuvent bien courir nus coiffés de masques de cerf en criant « Gaia ! » autour de grands feux, cela ne me dérange pas, répondit Guillaume. Le problème, c'est quand ces allumés accompagnent leurs croyances d'actes criminels. Et c'est pour en avoir le cœur net que nous allons rendre ce matin une visite à notre médecin légiste favori.

Une demi-heure plus tard, Paule et Guillaume avaient rejoint à l'institut médico-légal d'Auligny, Villeneuve, Basile et Germain. Ils entrèrent dans la salle éclairée d'un liseré de lumière blanche où régnait un froid glacial. Omar Kateb les attendait en affichant son sourire éclatant.

— Quel plaisir de vous revoir dans mon repaire ! Décidément, on ne se quitte plus. J'ai fait les vérifications que vous m'avez demandées, mais je les ai faites en suivant les règles, désolé si cette autopsie a pris plus de temps que vous ne l'auriez souhaité.

Il fit un signe derrière son épaule pour désigner les deux femmes allongées côte à côte, les thorax grands ouverts, telles deux fleurs tropicales carnivores. Dans quatre bassines était entassé tout ce que le corps humain compte d'organes. Les boîtes crâniennes avaient été découpées à l'aide d'une petite scie circulaire qu'Omar avait encore en main.

Les présents sentirent leurs visages prendre une teinte verdâtre à la vue du spectacle, hormis Guillaume et Paule. L'absence de trouble de cette dernière interdit à Villeneuve de se précipiter dans les toilettes pour y vomir.

Omar proposa un peu de baume à la menthe à se mettre sous le nez.

— Désolé, la javel combinée au formol vaporisé ne parvient pas à masquer l'odeur des cadavres en putréfaction…

— Cher docteur, je t'écoute, le pressa Guillaume.

— Ces deux autopsies sont semblables à celle de Brigitte Saglietto. Aucune des trois femmes n'est morte en raison de la canicule. Je suis formel. Leurs organes sont intacts, à l'exception du cerveau, dont les tissus ont été envahis, dans les trois cas, par cette amibe tueuse. Une amibe qu'on leur a forcément administrée, pour qu'on la retrouve en si grande quantité…

— Il y avait un autre point commun entre les victimes, indiqua Villeneuve, le cœur au bord des lèvres, elles vivaient toutes les trois seules...

Omar posa enfin sa scie circulaire dans l'évier, enleva ses gants en latex, puis se nettoya énergiquement les mains et les avant-bras.

— Mais chez les deux femmes que je viens d'autopsier il y avait un élément en plus... claironna-t-il, le dos tourné.

— Elles étaient enceintes ? tenta Guillaume.

— Oui. Il est impossible pour un médecin légiste de rater cette information. La première l'était de trois semaines, l'embryon avait la taille d'un gros grain de riz installé dans sa muqueuse utérine. Et la seconde l'était de deux mois, c'était déjà presque un fœtus.

Guillaume se tourna vers Villeneuve.

— Fais tourner les fichiers de l'AnaCrim ! Il nous faut la liste des jeunes femmes décédées des suites de la canicule à Roquebrune durant ces quinze derniers jours. Tâche de savoir si certaines d'entre elles étaient enceintes. Si cela n'apparaît pas sur leur profil, appelle les cabinets médicaux.

Villeneuve partit en réussissant à ne pas se mettre à courir, ravi de s'en tirer à si bon compte.

— Est-ce que nous n'outrepassons pas nos droits ? murmura d'Auligny.

Mais personne ne l'entendit.

— Omar, comment puis-je te remercier ?

— Tu me remercieras plus tard. Car j'imagine que si vous aboutissez dans vos recherches vous n'allez pas tarder à me demander de vérifier si *Naegleria fowleri* n'est pas à l'origine d'autres meurtres… Permets-moi de retourner à mes affaires. Mon boulot n'est pas terminé. Il va falloir maintenant que je remette les viscères en place et que je recouse les peaux…

Il tendit son poing poilu pour que Guillaume checke. Ce qu'il fit de mauvaise grâce, ce salut lui rappelait trop les heures les plus sombres de la pandémie.

Il se contenta d'esquisser un petit signe de tête pour les autres membres de l'équipe. Il allait enfiler une nouvelle paire de gants quand il s'arrêta.

— Avec la nuit blanche que je viens de passer, j'allais oublier deux faits non négligeables. Le premier est que les cadavres ont été lavés avec le plus grand soin…

— Pour faire disparaître des indices ?

— Non, la peau n'était pas frottée mais lavée plusieurs fois et enduite d'une huile parfumée. C'est plutôt ce que l'on faisait dans le village de mes parents quand on souhaitait préparer une future épousée…

— Et le second ?

— Les crevées que j'ai effectuées ont révélé des ecchymoses internes sur les bras des deux femmes. Elles ont été maintenues.

— C'est curieux, dit Guillaume. Pourquoi Brigitte Saglietto n'a-t-elle pas été maîtrisée comme les autres victimes, quand on lui a administré cette eau contaminée ? Était-elle volontaire ou inconsciente ?

Paule donna l'impression d'avoir reçu une décharge électrique. Elle se dressa et vint se planter devant Omar comme s'ils étaient seuls dans la pièce.

— Quand on vous a apporté le corps de Brigitte Saglietto, avait-elle un sérum, un spray nasal sur elle ?

— Je peux vérifier. Ses affaires ont été transportées avec elle quand on a conduit son corps jusqu'ici…

— Pourquoi demandes-tu ça ? l'interrogea Guillaume.

— Parce que, dans le dernier message vocal qu'elle m'a adressé, elle me parlait confusément de pharmacie et de sérum… Peut-être a-t-on trouvé un remède sur elle ?

Omar s'éloigna pour téléphoner et revint deux minutes plus tard.

— Il y avait bien une sorte de spray nasal dans une des poches de son pantalon. On me l'apporte. Vous pensez trouver quoi ?

— Si vous examinez le contenu du flacon, lui répondit Paule, peut-être allez-vous constater que le liquide qui s'y trouve est infesté de votre amibe mangeuse de cerveau… Brigitte Saglietto avait des allergies et souffrait de crises d'éternuements permanents. Après tout, il est possible qu'un pharmacien lui ait conseillé un remède mortel qui l'aura empoisonnée petit à petit. Elle l'aura compris trop tard…

— Un pharmacien aurait agi ainsi ? s'écria d'Auligny, si chiffonné par les événements qu'il donnait l'impression de se réveiller d'une longue sieste.

Paule lui répondit en regardant Guillaume :

— Oui. Pourquoi pas ? Vous n'avez jamais vu de praticien vous proposer une médecine douce ou parallèle ? D'ailleurs, un pharmacien n'est-il pas un des premiers informés quand une de ses clientes est enceinte ?

— Je vais faire au plus vite des analyses de ce que contient le spray, dit Omar. Mais cela risque de prendre un peu de temps.

Paule réfléchit.

— Attendons d'avoir le flacon entre les mains et regardons s'il y a dessus une étiquette. Au vu de l'utilisation récurrente de ce spray, il est possible que ce sérum ait été préparé dans le laboratoire de l'officine où il a été vendu.

Un aide en blouse blanche poussa la porte à double battant. Dans sa main gantée de latex, il tenait le flacon. Il le donna à Omar. Le groupe se resserra autour de lui. Omar plissa les yeux. Ce qui y était imprimé était à moitié effacé.

— Le produit s'appelle « PhysioMare », et la pharmacie est… la pharmacie Carcassonne, à Roquebrune.

— Je la connais, dit Guillaume, elle est située à l'entrée de la ville. Marrant, comme nom, pour une pharmacie…

— Surtout, intervint Paule, si l'on se souvient que la ville de Carcassonne s'appelait autrefois Carcaso, qui est l'anagramme de Carcosa… Je crois que tout cela est pesé, pensé, médité. Ces gens-là nagent dans le symbolique.

Omar la regardait, interloqué, comme s'il se trouvait en face d'une candidate à un jeu télévisé. Guillaume n'écoutait plus. Il appelait Villeneuve afin qu'il vérifie dans le fichier d'AnaCrim si les cartes Vitale des deux dernières victimes avaient été utilisées dans cette pharmacie. La réponse, positive, ne tarda pas.

— Que fait-on, maintenant ? risqua d'Auligny.

— Pas le temps de demander un mandat d'arrêt. On tente le coup en débarquant en force. Et on avise sur place, dit Guillaume.

En franchissant le seuil de l'institut, d'Auligny ne put s'empêcher de lancer :

— Je savais que vous étiez du genre casse-cou, capitaine, mais pas à ce point-là !

44

Samedi 29 avril

— Rien à signaler ? demanda Guillaume.

Il venait de poster des renforts à l'arrière de l'officine. Elle donnait sur une placette où se trouvaient des agences immobilières et un cabinet de prothésistes.

Villeneuve, planqué derrière une arcade devant la devanture principale, fit non de la tête.

— Apparemment, ils sont trois pharmaciens à y travailler. Très peu de clients sont entrés et sortis depuis que nous sommes arrivés. Le magasin va bientôt fermer pour la pause déjeuner.

L'équipe s'était procuré un plan de la pharmacie Carcassonne. Ils avaient repéré la grande salle pour accueillir les clients, les comptoirs, une pièce pour le stockage, une grande pièce à l'étage avec une terrasse et un escalier descendant vers ce qui devait être des caves, mais là, rien n'était précisé.

La pharmacie Carcassonne avait ouvert ses portes sept ans plus tôt. En l'apprenant, Paule avait fait remarquer que c'était l'année de la canicule pendant laquelle la fille de Jean Pradel avait été retrouvée morte, déshydratée. Avait-elle subi le même sort que les dernières victimes ? Et si c'était le cas, depuis toutes ces années combien d'autres décès comme le sien avaient été classés au rayon des morts naturelles ?

— On attend quoi, capitaine ? demanda Villeneuve.

— Que les derniers clients soient sortis. Des hommes à nous ont déjà discrètement découragé ceux qui voulaient entrer à la dernière minute…

— Vous comptez débarquer d'un coup, en force ?

Les deux hommes se tournèrent vers Paule.

— Je t'ai dit de rester en dehors de ça ! grogna Guillaume.

Elle le regarda avec un grand sourire, passa devant lui, franchit les quelques mètres qui la séparaient de l'officine et en poussa la porte. Il n'y avait là qu'une dame d'un certain âge, qui attendait devant un des comptoirs le retour du pharmacien qui s'occupait d'elle.

Paule prit une grande boîte de Kleenex et fit semblant de s'attarder auprès des rayons cosmétiques, où s'étalaient des crèmes miracles. Plus loin, entre les brosses à dents et l'eau de Cologne, un présentoir proposait des attrape-rêves au bout desquels pendaient des andouillers. Elle entendit toussoter et jeta un regard vers les deux pharmaciens qui se trouvaient derrière les deux autres comptoirs.

Deux hommes jeunes et bruns, qui lui faisaient des petits signes pour lui signifier que le magasin allait fermer. Elle adopta une démarche chaloupée et s'approcha en reniflant d'un des comptoirs avec sa boîte de Kleenex.

— Bonjour, j'ai attrapé un rhume, avec toutes ces climatisations poussées à fond. Qu'est-ce que vous pouvez me donner pour éviter que ça me descende sur les bronches ?

L'homme derrière le comptoir lui adressa un sourire commercial de compassion et allait saisir un spray lambda derrière lui quand Paule ajouta :

— Si vous aviez quelque chose de naturel, parce que je suis enceinte d'à peine un mois.

La main de l'homme s'arrêta net. Il poussa un peu plus loin dans les rayons.

— J'ai ce qu'il vous faut pour décongestionner votre nez…

Il montra une boîte où était écrit *PhysioMare.*

— Il est vendu avec un embout nasal parfaitement adapté. C'est cent pour cent naturel, riche en oligoéléments et en minéraux. Très efficace et totalement inoffensif pour votre bébé.

Paule vit que Guillaume était entré à son tour.

— C'est mon mari. Surtout ne dites rien pour le bébé, murmura-t-elle en se penchant tellement en avant qu'elle posa sa poitrine sur le bord du comptoir. Si vous saviez, j'en suis déjà à mon cinquième et…

Le pharmacien s'était rapproché au maximum pour mieux l'entendre. Paule se dressa sur la pointe des pieds, lui attrapa la nuque à deux mains et la tira à elle de toutes ses forces en se jetant en arrière, lui plaquant le visage sur le comptoir. Un craquement, sinistre, puis l'homme glissa au sol, le nez pissant le sang. Son collègue n'eut pas le temps de réagir, Guillaume avait dégainé et le menaçait de son arme.

— Tu bouges, je te bute. Tu tentes de fuir, je te bute. Fais le tour du comptoir en vitesse, les mains sur la tête… Voilà, c'est ça, et maintenant, à genoux… Oui, à genoux !

L'homme s'exécuta.

— Si c'est de l'argent que vous voulez, ou des psychotropes, on peut s'arranger…

Villeneuve, Germain et Basile entrèrent à leur tour.

Paule surveillait le pharmacien qu'elle avait mis à terre et qui tentait de reprendre ses esprits. Bonne fille, elle lui balança la boîte de Kleenex pour qu'il s'essuie le nez.

— Villeneuve et Basile, vous vous occupez d'eux ! Germain, avec moi !

Guillaume pénétra à l'arrière du magasin, suivi du brigadier.

À peine eut-il franchi la porte qu'il reçut un coup violent à l'arrière de la tête qui le propulsa au sol. Le troisième pharmacien, une batte de base-ball brandie au-dessus de sa tête, s'apprêtait à lui fendre le crâne quand il sentit de l'acier froid pressé sur sa nuque.

— Lâche ça immédiatement, lui ordonna Germain, ou j'te crève…

Guillaume se releva en titubant.

— Tout va bien, capitaine ?

— Je vais m'en tirer avec un énorme œuf de pigeon, grimaça-t-il. Conduis monsieur auprès de ses collègues et rejoins-moi. Je vais inspecter les autres pièces.

En longeant le couloir, il arriva devant l'escalier qui menait à l'étage supérieur, l'emprunta. Un ordinateur portable sur une table basse de salon, un divan, une photocopieuse et deux grandes armoires métalliques, la pièce devait servir de bureau. Au mur figurait une grande reproduction du tableau de Böcklin, *L'Île des morts*. La même que chez Agnès Balandran. Il ouvrit une des armoires. Elle contenait de nombreux dossiers cartonnés. Il en sortit un, des polaroïds de jeunes femmes s'en échappèrent, tombèrent sur le sol. Il se baissait pour les ramasser quand il entendit un bruit en provenance de la porte-fenêtre ouverte donnant sur la terrasse.

Guillaume se jeta en arrière. Une balle siffla tout près de son oreille.

Enfoirés de pharmaciens ! Ils ne sont pas trois mais quatre !

Il voulut se mettre à l'abri derrière le bureau, trébucha contre la table basse, laissant échapper son arme. Son adversaire apparut dans l'encadrement de la porte-fenêtre, son arme pointée sur Guillaume.

Celui-ci sentit l'instinct de survie, ce rejet animal de la fatalité, l'envahir. Il se propulsa vers l'homme en roulant sur lui-même. Une détonation. Une balle lui effleura la joue, s'encastrant dans le plancher alors même qu'il se redressait et de toutes ses forces frappait de ses deux poings réunis la poitrine de son agresseur. Le pharmacien – si c'en était bien un – bascula dans le vide.

Guillaume récupéra son arme et regarda par-dessus la balustrade. L'homme gisait, trois mètres plus bas. Sa tête présentait une curieuse inclinaison. Une flaque de sang apparut alors, et grandit, dessinant autour de son crâne une étrange couronne.

Guillaume sentit une présence derrière lui, il se retourna d'un bloc, son arme braquée devant lui, la baissa aussitôt.

Paule jeta ses bras autour de son cou, se serra contre lui. Recula.

— Il y a encore le sous-sol, que nous n'avons pas visité... dit Guillaume.

Accompagné de Paule, il descendit jusqu'à une grande porte en fer. La clef était sur la serrure, ils ouvrirent et se retrouvèrent plongés dans une lumière verdâtre, comme s'ils entraient dans une grotte sous-marine. La pièce comptait de nombreux aquariums, soigneusement alignés, remplis de rocailles baignant dans une eau de couleur brune.

Paule colla son nez à la paroi, fit un pas en arrière. Elle avait cru voir glisser quelque chose entre les cailloux et les algues. Guillaume s'approcha à son tour. Un animal à la forme et la grosseur d'un lézard était tapi dans un coin. Paule courut à d'autres aquariums. Dans chacun d'eux bougeaient des créatures gélatineuses et translucides.

Au fond de la pièce, sur une table de marbre dotée de gouttières, deux de ces animaux inertes avaient été posés. De chaque côté se trouvaient des bistouris, des éprouvettes et des seringues, ainsi que des pinces.

Assis sur un tabouret réglable à trois pieds, un laborantin tournait de ses doigts brunis par le tabac la crémaillère d'un superbe microscope. La présence de Paule et de Guillaume ne semblait aucunement le perturber.

— Comment trouvez-vous mes homoncules ? demanda-t-il simplement.

— Répugnants, dit Paule sans hésiter.

L'homme poussa un soupir et glissa au bas de son siège comme à regret, abandonnant la crémaillère à mi-course. Il se tourna vers Guillaume.

— Croyez-vous que là où je vais on me laissera poursuivre mes expériences ?

45

Samedi 29 avril

En arrivant à la gendarmerie, Paule et Guillaume apprirent que trois nouveaux cadavres de femmes avaient été découverts à Roquebrune.

— Comment vais-je expliquer cette hécatombe au procureur ? se lamentait d'Auligny. C'en est fait de ma carrière…

Et il continua ainsi pendant de longues minutes en se tordant les mains, passant même en revue son parcours professionnel.

— J'aurais dû écouter mes parents en sortant de Saint-Cyr et ne pas choisir la gendarmerie…

Guillaume n'écoutait pas. Il demanda à Villeneuve de bien vouloir rédiger le rapport de l'opération pendant qu'il s'occuperait d'interroger les pharmaciens. Puis fit signe à Paule de le suivre dans son bureau. Et quand elle eut refermé la porte, il soupira :

— Et si d'Auligny avait raison ? Et si nous étions dans une impasse, après ce coup de filet ? Après tout, la Reine jaune est toujours en liberté…

Paule posa un coin de fesse sur le bureau et remarqua qu'il y avait dessus le carnet de voyage vintage en cuir qu'elle lui avait offert. Elle le feuilleta, il était intact.

— Si j'étais toi je commencerais par interroger le laborantin. J'ai l'intuition qu'il n'est pas taillé dans la même étoffe que les trois autres.

Guillaume appela Germain.

— Oui, mon capitaine.

— Je veux qu'on rassemble tous les flacons de… Comment s'appelle déjà cette médecine du diable ?

— PhysioMare, dit Paule. C'est ce qu'ils voulaient me faire prendre, ces salopards !

— Ces flacons doivent être analysés en urgence, mais envoyez-les dans un autre laboratoire, poursuivit Guillaume. Il faut absolument qu'Omar se concentre sur l'autopsie des trois femmes qui viennent d'être retrouvées. Et conduis le suspect que nous avons arrêté dans la salle d'interrogatoire. Je vais l'interroger.

Il se dirigea vers la porte. Paule lui emboîta le pas.

— Tu vas où ? sursauta Guillaume.

— Je t'accompagne. Nous avons déjà franchi toutes les lignes rouges. Alors un peu plus ou un peu moins…

Dans la salle Arnaud-Beltrame, le laborantin ne tenait pas en place. Avec son long nez fin et l'implantation de ses cheveux sombres qui commençait au milieu du front, il ressemblait à une musaraigne prise au piège.

— Bonjour, François Leclerc !

Il sursauta sur sa chaise. Guillaume s'assit et lut d'une voix monocorde, durant une longue minute, les chefs d'accusation retenus contre lui. Paule, qui avait pris place en retrait, s'amusait de la scène, elle savait que son ami avait saisi au hasard une feuille imprimée sur son bureau avant de descendre.

— Je n'ai rien fait, se défendit l'accusé. Vous n'aviez pas le droit d'interrompre mes recherches et de remettre ainsi en cause mon travail.

Paule sortit son paquet de cigarettes et en alluma une, négligemment. Elle souffla la fumée en direction du laborantin, sous l'œil indigné de Guillaume.

— Vous fumez ? demanda-t-elle sur un ton badin.

— Oui… je… je peux en avoir une ?

Elle en alluma une et la lui tendit. L'homme la prit d'une main tremblotante.

— Dites-moi, cher monsieur Leclerc, dit-elle avec son plus beau sourire, vous ne trouvez pas injuste d'être impliqué dans une affaire visiblement trop grande pour vous ?

La musaraigne timide changea de visage. Et Paule eut l'impression d'avoir face à elle un rat agressif.

— Et vous ? Cela ne vous gêne pas d'assassiner la Nature avec vos grands airs de bourgeoise arrogante ? Vous pouvez me cuisiner tant que vous voulez, vous n'empêcherez pas les vieilles racines du monde de vibrer…

— Pardonnez-moi, mais je ne comprends pas ce que vous essayez de me dire, cher monsieur, continua-t-elle paisiblement.

Le regard de l'homme s'assombrit, plein de haine et de morgue. D'un geste lent, il écrasa sans ciller sa cigarette sur le dos de sa main, comme si elle n'était pas la sienne.

— La Grande Nuit approche… et nous serons, encore une fois, au rendez-vous.

Puis il partit d'un grand éclat de rire. Il riait encore quand Paule et Guillaume eurent quitté la pièce.

— Qu'a-t-il voulu dire ? demanda Guillaume, encore sous le choc.

— Il fait référence à la grande nuit païenne. Certains l'appellent la Walpurgis, d'autres Beltaine. Elle fut célébrée clandestinement dans toute l'Europe après son interdiction par l'Église catholique. Cette dernière l'a présentée comme la nuit des sorcières, mais elle était le symbole de la fin de l'hiver, de la revanche éternelle de la Nature.

— Et cette célébration a lieu quand ?

— Nous sommes le 29 avril. C'est donc demain soir à minuit que se fera le passage au mois de mai. Et si tu t'apprêtes à me demander où, je te répondrai que je pense le savoir…

46

Dimanche 30 avril et lundi 1er mai

Depuis la recherche infructueuse de Dupont de Ligonnès, on n'avait jamais vu se déployer un tel dispositif autour du Rocher. La brigade de Fréjus avait été mobilisée, ainsi que celle du Muy et la police municipale de Roquebrune.

Direction Sainte-Candie. Quatre véhicules se garèrent dans une clairière et furent recouverts aussitôt de branchages. Les trois autres stationnèrent sur le parking du mas du réalisateur de films pornographiques.

Guillaume, Paule et le guide, Jean Pradel, furent les premiers à descendre de voiture. Un flot de clarté lunaire inondait les contreforts du Rocher. Guillaume fit un geste et les membres du groupe se mirent en marche à la file indienne, en prenant bien soin de suivre le chemin ouvert par Jean.

Paule reconnut ici l'arbre noirci frappé par la foudre, là le rocher qui rappelait une sculpture protohistorique. Cela aurait dû la rassurer, mais le souvenir du rire animal lui rendait l'atmosphère poisseuse. Elle sentait monter progressivement en elle une peur indéfinie.

Le groupe parvint à l'énorme dalle de pierre sur laquelle Paule s'était arrêtée la première fois pour reprendre son souffle. Elle trouva qu'elle ressemblait, cette fois, à une pierre tombale cyclopéenne, et la vue avait perdu tout son charme. Elle ne voyait qu'une masse sombre piquetée de lumières d'habitations qui donnaient l'impression de danser tels des feux follets.

Ils se remirent en route à grandes enjambées pour passer de rochers en monticules herbeux. Ils étaient parvenus à adopter un silence total en dépit des obstacles.

Lorsqu'ils s'arrêtèrent à l'abri derrière les remparts, Paule se dit qu'il y avait là matière à nourrir un peu plus la légende. La ville oubliée prise d'assaut une dernière fois…

Deux hommes qui avaient été envoyés en éclaireur revinrent. Sainte-Candie était vide.

— C'est impossible, murmura Paule à Guillaume et à Jean. Je suis sûr qu'ils sont là. Ils doivent être tous dans la grotte.

— La grotte ?

— Oui, la grotte mentionnée dans le récit, où les ultras pourchassent les villageois et où ils tombent sur une idole couronnée de bois de cerf. Il nous faut fouiller et trouver un endroit éloigné des deux églises…

— Le village est vaste, objecta Jean.

— Vous ne sentez pas une odeur de fumée ?

— S'il y avait un feu ici, nous le verrions !

— Non, répondit Paule, parce qu'il est à l'intérieur de cette grotte et que la fumée s'échappe par le conduit d'une cheminée. Il ne peut pas y avoir de nuit de Walpurgis ou de Beltaine en l'honneur de Cernunnos sans un grand feu purificateur.

— Cherchons, alors, ordonna Guillaume.

En fait, ils se fiaient surtout à Paule, qui arpentait le village en humant l'air. Jean ne la quittait pas d'une semelle. Près du flanc de la colline, tous deux repérèrent un rai de lumière qui filtrait à travers ce qui se révéla être une porte moussue. Le groupe s'engouffra dans un interminable couloir éclairé par des torches, une musique lancinante résonnait, un rythme propre à provoquer des états de transe.

— Des tambours sacrés, chuchota Paule.

Jean ouvrait la marche, agile malgré un énorme sac à dos qu'on aurait pu croire rempli de pierres. Plus ils avançaient, plus la musique était forte. À un signe du guide, le groupe s'aplatit et rampa sur le sol jusqu'à un escalier puis une rambarde en pierre derrière laquelle tous se dissimulèrent.

Dans une salle vaste comme la nef d'une cathédrale, une vingtaine de personnes faisaient cercle autour d'un grand feu. Elles se tenaient par les bras, composant une chaîne d'union et marmonnant des incantations. Tous ces gens étaient vêtus d'un pantalon, d'une chemise et d'une veste. Noirs.

À l'écart, sur une estrade de pierre, un homme jouait du tambourin. Au-dessus de lui, une femme au visage masqué par un crâne de cerf était assise dans un fauteuil de velours jaune. Avec les flammes, les bois de l'animal projetaient leurs ombres et semblaient danser sur le plafond.

— Que disent-ils ? demanda Guillaume.

— Je n'ai reconnu que le nom de Cernunnos, le dieu cornu des Celtes, celui des cycles naturels…

La Reine jaune fit un geste et le tambour s'arrêta. Les sectateurs se lâchèrent et se tournèrent d'un même mouvement vers elle lorsqu'elle se leva.

— Mes sœurs et mes frères, nous sommes réunis comme chaque année pour célébrer la Grande Nuit et rendre hommage à notre Déesse-Mère…

— Barbara ! laissa échapper Guillaume.

— … et cette année a été particulièrement faste, en dépit de tous les obstacles qu'on a mis sur notre chemin !

Elle désigna impérieusement une femme dont la tresse lui descendait jusqu'en bas des reins.

— Ma sœur, porte à notre connaissance la liste de celles que nous avons sacrifiées parce qu'elles ont osé provoquer le juste courroux de Gaia en enfantant ! Déesse-Mère, puissent nos offrandes t'avoir apaisée et le parfum de ces offrandes monter jusqu'à toi…

La jeune femme à la tresse entama une litanie de noms.

— Il me faut absolument cette liste… lâcha soudain Guillaume.

Il bondit hors de sa cachette et tira en l'air.

— À terre, tous ! Vous êtes en état d'arrestation !

Les gendarmes dévalèrent l'escalier et encerclèrent les disciples, les tenant en joue.

La femme à la tresse tenta de s'éloigner en se rapprochant du brasier. Guillaume fit feu. Elle s'écroula en hurlant et en se tenant l'épaule.

Un cri de rage retentit. La Reine jaune arracha son masque et le jeta violemment à terre. Le masque se cassa en deux.

— Guillaume, tu es devenu fou !? Tu tires sur une femme !? Une femme désarmée, qui plus est, comment oses-tu ?

Paule pensa qu'il allait manifester un certain trouble mais il n'en fut rien. Au contraire, il pointa son arme en direction de la fausse Barbara Carcosa.

— Ce que je viens de dire est valable pour toi aussi. Au moindre geste suspect, je t'explose la tête…

Les gendarmes s'affairaient, passant à chacun des participants des menottes en plastique. Germain apporta à Guillaume la liste, non sans avoir lutté avec la lectrice, qui avait essayé de le mordre et de lui asséner des coups de son bras valide.

— Merci, et maintenant éteins-moi ce foyer. Si une étincelle s'échappait du conduit, elle pourrait mettre le feu à toute la région…

— Non ! hurla la Reine jaune, qui venait d'être amenée en haut des marches.

Elle se débattit avec une telle fureur que le gendarme qui l'accompagnait trébucha et roula jusqu'en bas des escaliers.

La Reine jaune s'enfuit dans le couloir. Jean n'hésita pas une seconde et s'élança à sa poursuite.

— Jean, reviens ! cria Guillaume. Elle est peut-être armée...

Il bondit à son tour, suivi par Paule.

Une détonation illumina la nuit alors qu'ils sortaient de la grotte. Ils se figèrent, cherchant du regard comment avancer sur ce terrain accidenté. Guillaume se saisit de son téléphone pour éclairer les alentours. Il vit ce qui pouvait ressembler à un sentier et s'élança.

Paule se mit à courir derrière lui, indifférente aux branches qui lui griffaient le visage. Une seconde détonation déchira le silence.

Elle déboucha dans une clairière, au milieu de laquelle gisait le corps de Guillaume. Il était couché sur le dos, inconscient. Une grande tache sombre maculait son tee-shirt au niveau de la poitrine. Elle courut s'agenouiller auprès de lui.

— Guillaume, je t'en prie, reste avec moi !

— Vous auriez fait un joli couple, tous les deux. Si cette vieille folle de Saglietto ne t'avait pas attirée jusqu'ici...

La Reine jaune, sourire aux lèvres, pointait son arme sur elle. En voyant sa froide détermination, Paule comprit l'attraction que cette femme pouvait exercer sur le commun des mortels.

— Je voudrais qu'avant de mourir tu ressentes la puissance de ce lieu sacré prêt à t'accueillir comme une ultime offrande...

La Reine jaune appuya sur la détente, mais aucune détonation ne se fit entendre. Enrayé.

Paule cherchait à saisir une branche lorsque la Reine jaune tomba à genoux en hurlant. Une pierre l'avait atteinte au milieu du front. Une deuxième la frappa en pleine poitrine. Une troisième à la tempe, puis une quatrième à l'arcade sourcilière. Elle roula en position fœtale.

Jean sortit des fourrés en continuant à la lapider, y mettant toutes ses forces. Ses traits étaient déformés par la rage.

Attendons qu'il ait fini de vider son sac... se surprit à penser Paule, en un trait d'humour qui lui fit oublier l'espace d'une seconde l'état de Guillaume.

— Pour Roxane, dit-il en détachant les syllabes. Au moins, cette criminelle mourra d'une manière naturelle, elle, persifla-t-il en guise d'oraison funèbre.

Guillaume avait rouvert les yeux juste avant que ses hommes aient rejoint la clairière. Il tenta de se mettre sur un coude mais retomba en laissant échapper un cri de douleur. Germain appela une ambulance tandis que ses collègues fabriquaient un brancard de fortune.

C'était une vraie scène de retour de guerre, quand le groupe commença la descente avec des prisonniers sous bonne escorte et un blessé.

Paule allait les rejoindre lorsqu'elle entendit un bruit qui tenait à la fois du raclement de gorge et du beuglement. Il venait de l'endroit où la forêt se faisait plus dense et marquait la fin du village. Paule crut apercevoir deux yeux jaunes, comme deux fanaux, à travers un tas d'arbres morts.

Attirée, fascinée, elle voulut s'approcher mais trébucha sur une racine et s'étala de tout son long. Était-ce un signe pour qu'elle n'aille pas plus loin ? Allait-elle se trouver face à une créature ornée de bois et couverte de sang ? Pourtant, une force l'appelait, la poussait à aller de l'avant…

Jean la saisit par le bras sans ménagement et la tira en arrière.

— Tu fais quoi, là ? Il faut se dépêcher. Qui sait si d'autres membres de la bande ne se trouvent pas planqués dans une des grottes du Rocher…

Elle le suivit. À contrecœur.

Épilogue

Jeudi 5 octobre

D'abord, il fallait slalomer entre les échafaudages dans la cour ; emprunter un escalier en colimaçon en bois grinçant et longer un couloir à la peinture verte et écaillée le long duquel étaient alignées des armoires métalliques bancales, mais la plaque de cuivre avait bien été accrochée sur la porte : *Service d'études et de recherches françaises*. Paule trouva l'intitulé quelque peu administratif et pompeux, avant de s'amuser de l'acronyme : SERF. Cela voulait-il dire que ce service serait taillable et corvéable à merci, comme on le disait au Moyen Âge ?

Paule décida aussitôt de le rebaptiser « Département S ».

Le coup de filet qui avait permis l'arrestation d'un groupe de fanatiques au printemps précédent n'avait pas eu que des répercussions positives. De proches collègues de Guillaume en avaient profité pour ressortir à cette occasion l'affaire d'Étretat et souligner que ses comportements n'avaient pas changé, en dépit des avertissements et des sanctions prononcés à l'époque. Être muté à l'autre bout de la France ne l'avait pas empêché de franchir la ligne rouge une fois de plus, en impliquant à nouveau Paule Nirsen, une civile, dans l'enquête.

Décidément, son approche du métier et de la discipline ne correspondait en rien à ce que l'on attendait de lui. Mais Guillaume était en convalescence après qu'on lui eut retiré la balle qui lui avait troué le poumon gauche, et l'armée française n'abandonne pas un des siens, surtout quand celui-ci aligne de tels états de service. Plutôt que de le punir d'une sanction spectaculaire, il avait été décidé de le conduire gentiment vers le banc de touche.

Une chance pour lui, sous la pression du ministre de l'Intérieur, un homme ambitieux à fort tempérament, la police et la gendarmerie avaient décidé d'enterrer la hache de guerre.

Voilà plus de dix ans qu'il existait des passerelles entre les deux métiers, mais elles ne concernaient que les sous-officiers. Quid des officiers ? Quoi qu'il en soit, parce qu'il y avait de plus en plus de crimes en France qui mettaient en échec les esprits rationnels, une personne dans la hiérarchie, placée autrefois sous ses ordres, s'était souvenue de Guillaume. Elle avait jugé qu'il avait le profil idéal pour certaines enquêtes où il ne fallait pas se montrer trop cartésien.

Pourquoi ne pas créer une brigade volante et faire cadeau dans le même temps à la police d'un élément assurément brillant mais surtout encombrant ? Ils découvriraient plus tard combien l'impétrant était pathologiquement rétif à toute autorité. Il fallait un certain culot pour envoyer un gendarme porter secours aux policiers, mais après tout…

Le Service d'études et de recherches françaises (ou Département S…) avait été créé en trois réunions et un décret, et Guillaume en avait pris la direction avec le grade de commandant. Pour le moment, le service ne comprenait que deux salariés… Paule et lui.

Faire équipe avec Guillaume était apparu à Paule comme une évidence. Même si travailler avec un ami était plus compliqué qu'il n'y paraissait. En outre, même si elle n'en avait jamais parlé à personne de peur de se faire traiter d'illuminée, elle avait acquis dans les bois de Sainte-Candie l'intime conviction que le Malin existait et que les criminels, entre ses mains, n'étaient que des marionnettes.

Aussi avait-elle accepté de mettre entre parenthèses son métier de chartiste… à une seule condition, qui avait failli faire capoter tout le dispositif.

Les huiles de la PJ avaient décidé d'installer le nouveau service au sein de la toute neuve construction ultramoderne et rutilante de la porte de Clichy, avec ses cinq mille mètres carrés, son parking, son stand de tir et sa salle de sport. Mais Paule n'avait pas voulu en démordre. Ce serait au 36 quai des Orfèvres, ou rien. Petite, elle avait été fascinée, lors d'une visite scolaire, par cette vieille et belle bâtisse où étaient entrés menottés Landru, Petiot, Pierrot le Fou, Jacques Mesrine et tant d'autres grands criminels.

« Le passé, les vieilles pierres… chartiste un jour, chartiste toujours ! » avait raillé Guillaume sur son lit d'hôpital.

« Le premier arrivé choisit son bureau ! » lui avait lancé Paule la veille.

Guillaume n'arriverait pas avant une dizaine de jours. Paule prit celui près de la fenêtre. Au loin, Notre-Dame et la Sainte Chapelle se toisaient. Elle avait devant elle un parterre de zinc et s'imagina buvant un verre avec Guillaume sur les toits de Paris. Même si, au fond, elle se doutait bien que tôt ou tard les bâtiments allaient être, tout comme eux, recyclés, elle ressentait une certaine fierté à être parmi les derniers à entretenir l'esprit des lieux…

Remerciements

L'écriture d'un roman n'est pas seulement un travail solitaire. Ce livre que vous tenez entre les mains n'aurait jamais vu le jour sans le labeur et la patience de ceux qui m'ont entouré, porté et supporté.

Je voudrais adresser mes remerciements…

À Christophe Geeraerts, qui chemine à mes côtés.

À Laure Buisson, qui a cru en ce livre avant tout le monde et y a apporté son immense talent. Elle a su faire preuve à mon égard de plus de patience que je n'en méritais.

À mon éditrice, Sofia Bengana, à notre complicité et à toute l'équipe formidable des Presses de la Cité. À Sophie Thiébaut, pour sa flamboyante énergie.

Et je n'oublie pas pour mes recherches tous ceux qui se sont montrés aussi généreux de leur temps et de leur énergie, la commandante Marie-Pierre Mosin, Jean-Philippe Verne, Émilie Lasselin, Sophie et Alban Lalys, Florence Coupry, Alexis Bevillard et Gérard Brun, qui m'a conduit jusqu'au sommet.

Un grand merci à Pompon Bertholon, pour son aide, ainsi qu'à Karine et Willeme Kaczmarek, pour leur accueil et leurs encouragements.

Et un grand merci à toi, lecteur, qui vas réécrire ce livre et te l'approprier. À nos dialogues futurs. Je peux déjà te répondre que Paule et Guillaume reviendront.

Composition et mise en pages
Nord Compo à Villeneuve-d'Ascq

#lisez! engagé
www.lisez.com
Pour plus d'information :
Imprimé sur du papier issu de forêts gérées durablement.

Achevé d'imprimer en mai 2024
par la Société TIRAGE - 91941 COURTABŒUF

Dépôt légal : mars 2024
C20685/03

Imprimé en France